『바람의 천인!』
아크토는 타이치를 향해
창을 내찔렀다.
9
우치다 타케루 지음
Nardack 일러스트
박경용 옮김
이세계 치트 마술사
매지션

"상당히
커다란걸."
뮤라가 중얼거렸다.
타이치와 린에게
한 말이 아니라 무의식이었다.
정말이지 동감이었다.
여기는 제국립 기사 양성 학원.

"첩보 능력을
연마하고 있어요."
메리아는 온화하게 미소를 지었다.

에르자베트라고 불린 소녀가
우아하게 일어섰다.

린과 뮤라는
레미아에게 배운
마술을 행사한다.
『파이어볼』 한 발이다.

"그럼 한 번
보여주지."

이세계 치트 마술사(매지션) 9

Introduction

학원에 숨어든 어둠

묘라의 고향, 엘프의 마을을 방문한 타이치 일행은
거기서 뮤라의 출생에 대해 알게 됐다.
무녀의 계승을 둘러싼 소동도 끝나고,
보다 강한 인연으로 맺어진 일행은 또 다시 여행으로 돌아가,
가르겐 제국에 입국하여 제도를 향한다.
그 중간에, 갑자기 나타난 황제의 심부름꾼에게 안내를 받아,
황제 메키르드라와 만나게 된다.
메키르드라가 직접 부탁한 것은, 제국립 기사 양성 학원에서
학생의 호위와 잠입 조사의 의뢰였다. 어쩐 학생을 노리고,
학원 안에서 뒤숭숭한 음모가 꾸며지고 있다고 한다.
그 계획을 저지해달라고 하여, 타이치, 린, 뮤라, 레미아
네 사람은 제국립 기사 양성 학원에 다니게 됐고,
타이치와 린은 오랜만에 학생 생활을 보내게 됐다.
일행은 압도적인 힘을 보이면서, 학원의 학생들을 견제하고,
진상을 캐낸다.
아크토를 노리는 이유, 그리고 학원에 숨어든 어둠의 정체는—.

이세계 치트 마술사

매지션

9

우치다 타케루 지음
Nardack 일러스트
박경용 옮김

CONTENTS

이세계 치트 마술사(매지션) 9

illustration Nardack

프롤로그

뜨거운 숨결을 단속적으로 토해낸다.

그때마다, 작은 어깨가 격렬하게 위아래로 움직였다.

바라보는 지면에는 뚝뚝 땀방울이 떨어졌다.

"하아…… 하아…… 하아……."

지팡이 대신 삼고 있는 숏 스피어가 잘게 떨리고 있는 것은 어째서일까?

그러고 보니, 이 숏 스피어라는 것은 지팡이로 사용하는 것이었던가?

무릎이 흔들리고 있는 것이 떨림의 원인이라고, 자신의 몸이 떨리는 이유라고 깨닫지 못한다. 피로가 정상적인 사고력을 쫓아내고 있었다.

아크토 바스벨은 간신히 고개를 들었다.

단정한 중성적인 생김새. 몸집은 작지만, 날카로운 시선 덕분에 사납다는 말이 잘 어울린다.

어깨까지 닿기 직전으로 정돈한 라이트 브라운의 머리칼은, 땀으로 이마나 볼에 달라붙었다.

아크토라는 인물을 가리키는 특징은 대단히 확실하다. 머리의 좌우에서 삐쳐 나온 삼각형의 귀. 엉덩이 쪽에서 튀어나온 폭신폭신한 털에 휩싸인 꼬리.

아크토는 아인. 개 수인이었다.

그 모습은 언뜻 보기에도 녹초가 된 꼴이었다. 지쳐 빠져서 흐릿한 눈에는, 익숙한 훈련장. 사방 50미터 길이로 훌륭하게 만들어진 훈련장에 있는 것은 아크토 한 사람이다.

눈앞에는 찌르고 후려쳐서 너덜너덜해진 지푸라기 인형. 아크토가 얼마나 격렬하게 상대했는지 한눈에 알 수 있었다.

그러나.

"이, 정도인가……."

만족하지 않았다. 그렇게 투덜거렸다.

지푸라기 인형 정도는 얼른 못 쓸 정도로 만들 수 있을 정도는 되어야 한다. 아크토가 목표로 삼은 기준은 그것이다.

이 지푸라기 인형이라면, 아직 검으로 일도양단하는 훈련에는 쓸 수 있을 것이다.

누가 봐도 폐기하는 수밖에 없다. 아크토는 지푸라기 인형을 그 정도까지 너덜너덜하게 만든 것이다.

"조금, 더…… 조금만 더……."

유령처럼 중얼거리고, 아크토는 거의 말을 안 듣는 다리를 채찍질하여 숏 스피어를 겨누었다.

아무도 없는 훈련장을 뒤덮은 정적에 저항하는 것처럼, 공격하는 소리와 날카롭게 숨을 내쉬는 소리가 또 다시 피어 올랐다.

제17장 제국립 기사 양성 학원

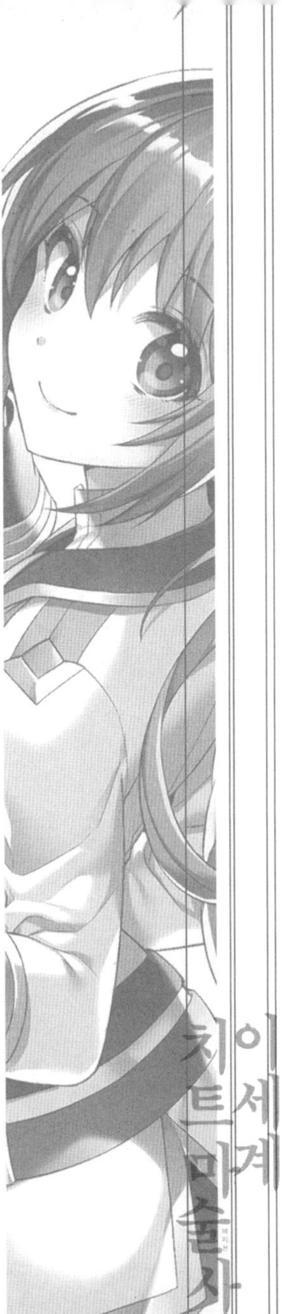

제53화 황제의 의뢰

현대의 대학에도 뒤지지 않는다.

눈앞에 펼쳐진 거대한 부지를 본 니시무라 타이치의 감상은 그것이었다.

옆에 선 린도 마찬가지 감상을 품었을까? 아니면, 더욱 다른 감개가 있을까?

"상당히 커다란걸."

뮤라가 중얼거렸다. 타이치와 린에게 한 말이 아니라 무의식이었다.

정말이지 동감이었다. 이 정도 토지를 준비하고 정비하고…… 그렇다면, 어느 정도 돈이 들었을지 알 수 없었다. 그걸 할 수 있다는 것만 해도 특별하다는 것과 같은 뜻이다.

여기는 제국립 기사 양성 학원.

제국립, 이라는 말로 알 수 있듯 여기는 제국이 국비로 세운 학원이다.

타이치와 린과 뮤라는, 개인 차이는 있지만 제각각 10억에 가까운 현금을 가지고 있다. 에리스테인 마법왕국에서 얻은 보수에, 모험가 활동으로 번 돈이 추가되어 저금이 점점 더 늘어난 것이다.

타이치 일행이 지출이 적은 특수한 파티이기 때문이다. 보통은 무기나 방어구를 위해서 번 돈을 상당히 쓰게 된다. 타이치 일행은 그것이 없었다.

돈은 있어서 난처한 것이 아니다. 돈에, 나날이 끼니를 걱정하게 되어서는 제대로 된 정신 상태로 있을 수 없다. 그런 자들을 잔뜩 보았다고, 그들의 스승이 말했다.

그래서 돈벌이를 할 힘이 있다면 사양하지 않고 번다. 돈벌이를 하고 싶어도 못하는 자도 있으니까.

그렇게 말하는 걸 들었기에, 주목적은 아니지만 벌 수 있을 때는 벌어온 결과이기도 했다.

그런 그들의 현금은 합쳐서 약 30억. 그 돈을 모두 쏟아 부어도, 수도 없이 세워져 있는 교사 중 한 동이라도 세우게 되면 태반이 사라질 것이다.

토지의 임대료에 건물의 수선 유지비 같은 러닝 코스트가 드는 것을 생각하면 연간 얼마나 들어갈지 계산하는 것도 귀찮았다.

이 정도의 토지를 준비하고 정비하여, 수많은 건물을 세운다는 것은 국가 사업이 아닌 한 비현실적이었다.

"이제 충분히 봤나?"

세 사람 뒤에서 말을 건 것은 타이치 일행의 스승인 레미아였다.

"보기 드물다는 건 알겠다……. 나도 이 눈으로 실제로 보는 건 오랜만이야. 벌써, 몇 년 전이었는지."

아무래도, 레미아는 과거에 본 적이 있는 모양이다.

"옛날 일이야. 이래저래 변했을지도 모른다. 뭐 이제부터 안을 직접 볼 수 있지. 얼른 가자."

레미아는 세 사람을 추월하여 성큼성큼 나아갔다.

로브를 입은 그녀의 등을, 타이치, 린, 뮤라가 따라갔다.

"잠시만 기다려 주세요."

정문에서 신분증명서를 제시하자, 신분을 물은 수위가 송구스러워하며 대기소에서 한 명이 부지 안으로 달려갔다.

몇 분 지나, 아까 달려간 수위가 여성 한 명을 데리고 돌아왔다.

희미한 녹색 머리칼을 가진, 묘령의 여성이었다.

"기다리셨습니다. 담당자를 데리고 왔습니다."

"저는, 이 학원의 교사를 맡고 있는 마이라 아파리니움이라고 합니다. 여기서부터 안내는 제가 이어 받겠습니다. 자, 이쪽으로."

딱딱하지만 정중한 그녀의 인사를 받고, 네 사람은 나란히 걸었다.

부지 안에 들어가자 뛰어든 것은, 레미아를 제외한 세 명의 상상을 넘어서는 규모였다.

널찍한 교정.

교정의 한참 너머, 외벽을 따라서 세워진 많은 건물.

우뚝 선 시계탑.

거대한 돔 모양의 건물.

그리고, 걸어가는 길 앞에 보이는 거대했던 돔 모양 건물에 뒤지지 않는 교사.

타이치와 린이 다니넌 학교와 비교해도, 그 규모는 솔직히 말해서 단위가 달랐다. 과거에 본 적이 있는 레미아도, 군데군데 고친 곳이 있다면서 턱에 손을 대고 있었다.

마이라가 말하기로는, 지금은 수업중이라서 걸어 다니는 학생이 한 명도 없다고 한다. 실습을 하고 있다고 하는데, 그건 아까 본 돔 안에서 하는 거라 지금은 수가 적은 교정이 쓰이지 않는 시간이라고 한다.

계단을 올라가서 최상층. 그곳이 목적지다.

여교사는 문 앞에 서서 똑똑 두 번 노크했다.

"학원장. 그 모험가 분들이 왔습니다."

예상대로, 여기는 학원장실인 모양이다.

대답은 한 박자 뒤였다.

"그래. 들여보내게."

주름지긴 했지만 심지가 있는 목소리가, 문을 거쳐서인지 먹먹하게 들렸다.

"알겠습니다."

마이라는 대답을 듣고서 2초 정도 기다려, 문 손잡이를 철컥 비틀었다.

"자, 들어오게."

그 말에 따라, 레미아를 선두로 네 명이 입실했다.

한 마디로 말하자면, 제국립 학원의 원장실에 걸맞은 훌륭한 집무실이었다.

그래도 요전에 방문한 집무실보다는 못하지만.

가장 안쪽에는, 학원장 것으로 보이는 집무 책상. 그 뒤에는 커다란 창문. 교정을 한눈에 볼 수 있는 방향이다.

그 앞에는, 여섯 명 정도 앉을 수 있는 소파가 한 쌍, 마주 보도록 놓여 있었다. 그 사이에는 중후한 테이블.

한 쌍이 되어 있는 소파 안쪽에, 학원장으로 보이는 고령의 남성, 그리고 젊은 남성이 옆에 앉아 있었다.

입실한 타이치 일행을 보고 일어서더니, 환영의 인사와 함께 앉으라고 권했다.

그 말에 순순히 따르면서, 타이치는 학원 안을 돌이켜 보았다.

나붙은 종이 따위는 대단히 적었다. 있어도, 일부의 게시판에 정리되어 있고 교실 바깥의 벽 따위에는 붙어 있지 않았다.

건물은 어쩐지 궁전이 연상되는 의장. 다니고 있던 고등학교나 모교인 중학교와 비슷한 것은 구성뿐이고, 안쪽에서 받는 인상은 역시 상당히 달랐다.

그렇지만, 여기는 학교다, 라는 분위기 하나는 분명하게 타이치도 알 수 있었다.

린은 어떨까? 같은 생각을 하고 있다면, 별 차이 없는 감상을 품고 있지 않을까?

뭐 지금 여기서 확인할 수는 없지만.

지금도 학원장과 레미아가 기본적인 점에 대해서 서로 확인하고 있다. 타이치는 그것을 들으며 머리 한 구석에서 돌이켜

보았다.

여기서 그것을 물어보는 것은 눈치가 없는 거다.

그리고, 지금 하고 있는 확인은 타이치도 알고 있는 이야기. 모두 이미 머릿속에 넣어둔 내용이었다.

명분은 아래와 같다.

'어디보자, 에리스테인 마법왕국에서 특별 유학생이 되어 일시적으로 학원에 다닌다. 기간은 미정이지만 장기가 되지 않을 예정이다. 명목은 타국과 교류. 그리고, 현역이자 B라는 고랭크 모험가가 수업에 참가하는 어떤 종류의 촉매제로 이용하는 것. 그리고, 교류를 위해서, 훗날 제국에서도 에리스테인 마법왕국으로 실력이 있는 학생을 골라 유학을 보낸다, 였었지.'

생각을 해봤다. 결론부터 말하자면, 명분은 어엿했다. 그리고 명분을 내세우는 이상, 본래의 목적이 있다.

이 학원에 잠입하여, 어떤 계획을 방해한다는 의뢰다.

그 의뢰를 낸 것은 이 나라의 최고 권력자, 황제가 직접이었다.

의뢰를 받은 것은 어제. 이 자리의 이야기가 막힘없이 진행되는 것도, 의사 결정이 가능한 자가 즉시결단을 했기 때문이다.

이 스피드감에, 타이치는 자연스럽게 어제 있었던 일을 떠올리기 시작했다.

◇◆◇◆◇◆◇◆

제도 가르게니아.

확고부동한, 아르티아에서 최대 규모를 자랑하는 대도시였다.

인구는 웨네픽스를 웃돌아, 계산으로는 400만 명 이상. 자세한 수는 미처 파악하지 못할 정도로 규격이 다르다.

도시의 규모도 과거에 본 적이 없는 크기다. 세상을 향해 외치는 듯 하다.

주위는 높이와 두께가 어우러진 외벽으로 빙 둘러싸여 있고, 선인들이 얼마나 시간과 노력을 들여서 만들었는지 엿볼 수 있었다.

가르게니아는 세 구역으로 나뉜다.

중심에 가까운 구역이 상위 귀족이나 부유층이 사는 구역. 여기에는 들어가는 것에도 특별한 자격이 필요하며 제1구라고 불린다.

그 바깥쪽에는 중간층이 사는 구역. 하급 귀족이나 중견에 위치한 상인들이 살고 있다. 호칭은 제2구. 귀족이라도 그만한 작위가 없으면 제1구에 살 수 없다는 것에서, 명확한 실력주의를 알 수 있었다.

그 바깥쪽, 외벽과 마주보고 있는 것이 제3구. 가장 인구가 많은 구역이며, 일반시민이 생활하고 있다. 밀려난 자들이 모여 만들어낸 슬럼 같은 지역도 제3구에 있었다.

길거리에는 활기가 넘치며, 웨네픽스의 대로에도 뒤지지 않는다.

여기저기에서 힘찬 목소리가 들리고, 매대에서는 식욕을 자극하는 냄새가 끊이지 않는다.

대로는 길이가 수 킬로미터. 둥근 제도에 여덟 방향의 방사 모양으로 뻗어 있으며, 모두 황제의 성으로 이어지고 있었다.

세계최대의 군사국가라는 것은 의심할 바 없는 사실이지만, 시내를 보면 그걸 전혀 느낄 수가 없었다.

주위의 소국에 침공을 했던 당시에는 군사국가로서 이름을 떨치고 있었다. 지금은 과거의 이야기다. 요즘에는 전쟁에서 거리를 두고, 또한 제국은 내전을 일으키는 자에 대한 체벌이 엄격하며, 대응도 빠르기 때문에 내부의 다툼은 거의 일어나지 않는다. 전쟁과 거리를 두면 시정은 평화롭다.

이제부터 방문하는 이 세계 최대의 도시에 대해, 중간에 들르는 도시에서 이것저것 들었다.

여기저기 있는 이름도 없는 마을이나 촌락과 다르기 때문에, 가르게니아를 조사하면 에리스테인에서도 알 수는 있었다.

그렇지만, 실제로 그 나라에 사는 자들에게 듣는 이야기는 리얼리티가 있었다.

사전 정보로 그것을 조사하여, 나중에 이 눈으로 보는 것을, 타이치와 린은 물론이고 그다지 멀리 나서는 일이 없다는 뮤라도 기대하고 있었다.

엘프 마을에서 합류한 레미아는 그 세 사람을 멀찍이 지켜보고 있었다.

한 번 방문한 적이 있는 레미아는 세 사람 정도로 신이 나지는 않았지만, 당시하고는 황제가 바뀐 것도 있어서 과거하고는 다른 점에서 재미를 느끼고 있는 모양이지만.

제도를 눈앞에 두고서, 세 사람이 근처의 잡목림 근처에 야영 거점을 만든 타이밍에 어둠 너머에서 손님이 찾아왔다.

덜컹덜컹 울리는 마차의 차륜과 몇 기의 기마병이었다. 밤의 이동은 밝을 때와 비교하여 위험이 늘어나기 때문에 하는 자가 적을 뿐이지, 딱히 드문 이야기는 아니다.

그들은, 존재를 숨기지도 않고 이쪽으로 곧장 오고 있었다.

적의는 없었다.

그러나 바라고 있던 손님, 이라는 것도 아니었다.

"휴식하시는 중에, 실례하겠습니다."

마차에서 내려 이쪽으로 걸어온 것은 집사복을 입은 장년의 남자와, 그 뒤를 따르는 메이드복을 입은 여성.

레미아는 물론이고, 에리스테인 마법왕국의 성에서 진짜 집사나 메이드를 본 타이치, 린, 뮤라 또한 그들이 겉으로 보는 것과 같은 직업이라는 것을, 동작으로 판단할 수 있었다.

그리고, 발걸음 따위를 보면 그들이 나름대로 실력자라는 것도.

집사나 메이드가 전투 능력을 가지는 것은 당연하다고는 할 수 없지만, 특별한 것도 아니다. 섬기는 주인의 방패가 되기 위해 전투술을 습득하는 것은 효과적인 수단이다.

"무슨 용건이지?"

레미아가 물었다.

집사가 멈춰 섰다.

"우리 주인께서, 여러분과 만나고 싶다고 바라고 계십니다. 그리하여, 마중을 나온 것입니다."

나란히 모은 손을 가슴에 대고서, 집사가 고개를 숙였다.

"주인? 마중?"

말을 되뇌는 린에게 응답하듯, 집사가 고개를 끄덕였다.

에리스테인 마법왕국의 내전에서 화려하게 활약했기 때문에, 이름이나 존재가 드러난 것은 이해하고 있었다.

자신들이 평범하지 않다는 것은, 이해하고 있다고 생각했다. 그래서 줄을 만들고 싶다. 가능하면 끌어들이고 싶다. 그런 권력자가 나올 가능성은 예상하고 있었다.

어디의 귀족일까?

"흠. 적어도, 끄트머리 귀족은 아니겠지."

"혜안, 송구합니다."

그렇다. 레미아 말처럼, 약소 귀족이 아니다.

눈앞에 있는 집사나 메이드, 그리고 기사는 상당히 수준 높다.

그들을 가신으로 삼는 것은, 상당한 재력이 없으면 어렵다. 그들 정도의 기량이 있으면 어디서나 환영이다. 고용하는 귀족도 돈을 아끼지 않으리라. 그 임금을 계속 낼 수 없는 귀족은 저절로 후보에서 도태된다.

그들의 주인은, 아군이라면 든든하지만 적으로 돌리면 성가셔진다는 것이 확정됐다.

"우리들의 주인은, 제국에서 가장 고귀한 핏줄인 분이십니다."

집사는, 품에서 문장을 꺼냈다. 그것은 황제와, 황제가 직접 허가한 자만 소지 및 제시할 수 있는 문장이다. 이것을 사칭하면, 제국에서는 거의 정상참작의 여지가 없이 처형되는 안건이다. 또한, 당연히 날조도 용납되지 않는다. 가지는 것도 만드는 것도 대단히 하이리스크이며, 또한 밀고자에게는 황제가 손수 막대한 보수를 준비하는 것과 동시에 밀고자의 안전이 확보될 때까지 황제가 단단히 보호하는 것이 법으로 정해져 있기 때문에, 위험한 짓을 하는 자는 일단 존재하지 않는다.

레미아는 그걸 알고 있었다. 그것을, 타이치 일행에게도 공유했다.

가만 생각해 보면, 그냥 내버려 둘 리가 없었다. 에리스테인 마법왕국의 지르말 왕도, 타이치 일행과 나라의 관계를 강하게 만들고 싶다고 생각할 게 틀림없다.

자국의 발전을 생각하면, 개인의 자유가 뒷전이 되는 경우도 있다. 나라의 운영이란 그런 것이다.

"황제폐하인가요."

타이치 일행이 그렇게 묻자, 집사는 「그러하옵니다」라고 대답했다.

결코 강요하는 건 아니다. 그렇지만 거절할 수도 없다.

하기는, 황제가 스스로 얼굴을 보여주겠다는데, 그걸 거절하려면 어지간히 적지 않은 이유가 필요하다. 그리고 지금 현재, 타이치 일행은 그런 이유를 가지고 있지 않았다.

이세계 치트 마술사 9
© Takeru Uchida 2019
Illustration Nardack
[NOT FOR SALE]

"제반 사정에 따라 여러분을 부디 비밀리에 안내하도록, 말씀을 받았습니다."

그걸로 단숨에 수상쩍음이 늘어났다.

황제와 그냥 만나는 걸로 끝날 가능성은 거의 제로가 되었다.

비밀리에 라는 것은, 타이치 일행의 도착을 알리기 싫은 상대가 있다는 것이니까.

"그래서군. 아까부터 상당히 기척을 지우는 게 능숙한 녀석이, 주위를 경계하고 있더군."

여기서, 레미아가 한 가지 질문했다.

비밀리에 만나고 싶다는 것은, 그 대상 또한 자신들의 존재를 알고 있을 것이다.

이 부분에 대한 대책이 어떤 걸까? 조잡하다면 리스크가 높아진다.

"네. 이 마차는, 제도 주변의 정기 순회에 사용하는 부대의 것입니다. 이것이 출동하는 것은 일상이기에 딱히 위화감을 주는 일은 없습니다. 또한, 저희들 뒤를 따르는 자가 없는지, 황제 폐하 직속의 그림자가 세 명 체제로 감시하고 있습니다."

비밀리에 행동하는 체제는 만전. 행동 방침은 심플하지만, 그렇기에 딱히 구멍이 있는 것 같지는 않았다. 계획은 세밀하게 세우는 것만이 정답이 아니다. 때로는 퍼지하게, 플레이어가 개개인의 판단으로 움직일 여지를 남겨두는 편이 좋은 경우도 있다.

이번 경우는 후자인 것이리라. 큰 줄거리와 판만 짜놓고,

다음은 현장의 판단으로 움직인다. 그렇게 할 수 있는 자들만으로 구성되어 있으니까, 라고 할 수도 있지만.

"그렇군, 알았다. 그래서, 우리는 어느 정도 위장을 하는 거지?"

"딱히 위장은 하지 않습니다. 요컨대, 누가 보지 못하면 되는 것이다, 라고 폐하는 말씀하셨습니다."

대담하다. 재빠르다. 효율적이다. 아니면 과격하다.

그런 말이 떠올랐다.

자세한 이야기는 안 들었지만, 대강 상상은 된다.

타이치 일행이 성에 도달하기까지 길을 정리할 체제가 갖추어져 있는 것이리라. 그리고, 그 상상은 옳다.

그러면 맡기면 된다. 황제가 직접 보낸 등성 요청에 응하지 않는다는 선택은 없다.

묘한 존재의 경계를 하면 문제없겠지.

덤으로 말하자면, 어둠 속에 숨어 지금 이동하는 편이 좋다.

야영의 준비를 재빨리 정리하고, 기사들을 따라 이동을 시작했다.

초원을 똑바로 달려가서, 일반인은 사용하지 않는 성벽의 문을 통과했다.

그대로, 건물에서 띄엄띄엄 흘러나오는 불빛 따위를 의지하여 거리를 달리고, 황제가 거하시는 성까지 도착했다.

"제도에 들어와서 처음 들어가는 건물이 황제성이라는 건 어떤 걸까……."

새삼 타이치 일행을 마중 나온 집사의 첫 말이 「먼 길 오시

느라 수고하셨습니다」였다.

세 명은 현재, 황제성의 한 구석에 있는 괜히 호화로운 객실에서, 상당히 사치를 부린 음료수와 과자로 환영을 받고 있었다.

오늘은 이대로 휴식, 내일 황제와 알현하는 흐름이었다. 알현이라고 해도 비공식이기에, 타이치 일행은 알현의 방이 아니라 황제의 집무실로 안내 받을 예정이라고 집사에게 들었다.

그러면, 과연 어느 정도의 의뢰일까? 내용에 따라서는 생각을 해봐야 무의미하다.

그보다도 신경 써야 할 것은, 어떤 조건인가, 였다.

지르말이 타이치 일행을 어떻게 받아들이고 있는지. 그것을 황제가 알지 못하면, 소홀한 취급을 받을 가능성도 있을지 모른다.

그러나, 그 가능성은 낮다고 생각했다. 제도까지 오는 동안, 황제에 대한 이야기를 레미아나 뮤라에게 들었기 때문이다.

메키르도라 사인스 릭시온 가르겐.

긴 역사를 자랑하는 제국의 당대 황제.

선대 이전에는 제어되지 못했던 내각부에 대한 수많은 반발을 한 세대 안에서 진정시켰을 뿐 아니라, 반발하고 있던 조직의 힘을 깎아내는 정책을 취하고, 빼앗은 힘을 그대로 내각부로 돌려 적의 약체화와 자신의 강화를 동시에 이룬 뛰어난 지도자다. 그뿐 아니라, 황제 측에 붙은 자에게는 원조를 아끼지 않는 방식으로 순식간에 강대한 힘을 얻었다.

올해로 29세. 자칫하면 애송이라고 가볍게 보여도 이상하지 않은 나이지만, 그의 실적이 그것을 용납하지 않는다.

어중간한 재능으로는 도저히 불가능하리라.

헤아릴 수 없을 정도의 가능성을 검토하여, 그 가운데 묻혀 있는 최선의 한 수를 뛰어난 후각으로 찾아낸다.

그런 신기 같은 것을 반복한 결과가, 지금의 제국이다.

"들은 그대로의 황제 폐하라면, 어지간한 일이 없는 한 괜찮겠지만 말야."

타이치의 한 마디는, 낙관적이라고 할 수 있지만 사실은 상황을 잘 파악하고 있었다.

타이치의 역린을 건드리면, 나라라는 울타리는 아무런 의미도 없다. 동료 중 누군가를 인질로 잡는 것은 봐주기도 어려운 악수다. 그 경우 타이치는 수단을 가리지 않는다. 에리스테인의 내란에서 무슨 일이 일어났는지 황제는 모르지 않을 테니까.

아까도 말한 것처럼 대책을 세울 수 있는 것이 아니기에, 타이치 일행은 까놓고 의식을 나라의 정상을 상대하기 위해 높여갔다.

이용당할 생각은 전혀 없지만, 스탠스로서는 받아들이는 것이 전제다.

셋이 모이면 문관의 지혜가 된다. 현대에는 오래 전부터 전해지는 말이 있지만, 현시점에서는 셋이 뭉쳐도 레미아를 따라잡을 수가 없다.

"좋은 아침입니다. 기다리셨습니다, 여러분. 이제부터, 폐하의 어전으로 안내하겠습니다."

밤이 밝고 아침 식사를 한 다음, 식후 휴식을 하고 있는 참에 메이드가 찾아왔다. 젊지만 일류라고 해도 지장이 없는 기량을 가진 메이드였다.

안내를 맡은 메이드를 따라가서, 널찍한 성 안을 안내 받았다.

"이쪽이옵니다."

짧지 않은 거리를 걸어가서 도착한 곳은, 만듦새는 튼튼하지만 그렇게 크지 않은 문이었다.

드디어 황제와 대면한다. 타이치 일행의 마음을 아는지 모르는지, 메이드는 문을 돌아보며 똑똑 노크를 했다.

안에서, 젊은 여성이 수하하는 목소리.

"폐하께서 초대하신 손님을 모셔왔습니다."

몇 순간의 시간. 그리고, 철컥 문이 살짝 열렸다. 그것에 이어, 메이드가 문을 열고 입실했다.

"부디, 들어와 주세요."

손님을 맞이하는 메이드. 그것에 따라, 타이치 일행은 집무실에 발을 들였다. 한 눈에 고급이라는 걸 알 수 있는데 화려한 구석이 없는 집무실. 황제의 사람됨을 나타내는 것 같았다.

문의 정면, 검은 집무 책상 너머에는 부드러운 미소를 지은 청년이 있었다.

◇◆◇◆◇◆◇◆

황제는 손에 들고 있던 서한을 살며시 놓았다.

눈을 감고, 잠시 꼼짝도 안 했다.

찰랑거리는 화려한 금발은 흐르는 물 같았다. 그 아래에는 탁월한 뇌가 들어 있으며, 지금은 그 안에서 온갖 계산을 하고 있을 것이다.

미목수려. 그런 말이 딱 맞는다. 말라보이기 때문에 가녀린 인상이지만, 검과 활, 또한 말의 명수이기도 하며, 마른 것이 아니라 탄탄한 것이다. 더욱이, 소양이란 차원을 넘어설 정도로 마술의 재능도 뛰어나다.

입으로 말하는 것처럼, 문무양립은 쉽지 않다. 둘 다 할 수 있는 자는 적지 않겠지만, 둘 모두에 전념한 자와 비교하면 어중간한 인상을 금할 수 없다.

그것을, 자신의 의지로 손을 댔다면 달인이라고 자부할 수 있는 수준까지 승화시켜야 한다 생각하며, 또한 그것을 태연하게 실현하는 것이 메키르도라라는 남자다. 지위와 재능에 빠져서 어리광부리지 않고, 노력할 수 있는 재능이 누구보다도 뛰어난 것이다.

상대가 누구든지, 그는 전혀 방심하지 않는다. 자신이 목표로 하는 제국 실현을 위해서 적대한 유력자들이, 메키르도라 자신이 「강적」이라고 평가한 자들이, 메키르도라를 「애송이」라고 얕보았다가 마지막에는 자신의 오만함이 부른 빚을 갚으며 쓰러져간 것을 보았기 때문이다.

지금은 제위를 찬탈하여 그 지위를 반석에 올리고 있지만, 당시 메키르도라의 세력은 미약했으며 그의 상대는 「강대」하다는 평가가 정당할 정도의 차이가 있었다. 메키르도라도 가능한 모든 것을 했다고 자부하고 있지만, 그래도 그들이 가진 힘을 완전히 발휘했다면 모든 싸움에서 승리하지는 못했을 것이다.

이길 수 있는 상대에 대해서 방심하게 되면 발목을 붙잡힌다는 것을 알고 있기에, 메키르도라는 일절 방심하지 않는다. 상대가 격이 높다, 동격이다, 격이 낮다는 것에 상관없이, 다.

그런 그가 보기에, 이제부터 이 집무실을 방문하는 상대는 참으로 형용키 어려운 것이었다.

자신이 지고 있는 점을 들어보자. 일단은 무엇보다도 전투력이다.

검에 활, 말에 마술. 모두 다 운 좋게 재능을 타고나서, 그것을 승화시켰다. 그러나 바탕이 되는 힘이 다르다. 그들 중에서, 소녀 두 사람은 에리스테인 마법왕국의 기사단장, 궁정마술사장에게 뒤지지 않는다고 했다. 그녀들의 활약을 실제로 목격한 부하의 관찰안을, 메키르도라는 의심하지 않는다. 그녀들을 끌어들일 수 있다면, 그에 상응하는 지위를 만들어 말도 안 될 정도의 급여를 매년 지불해도 아깝지 않을 것이다.

휘하의 장군이나 기사단장에게 아부를 빼고서도 무예백반에 정통 하다는 평가를 받는 메키르도라도, A랭크 모험가와 비견될 정도의 힘은 가지지 못했다.

더욱이, 소년소녀는 『낙엽의 마술사』에게 가르침을 받았다고 한다. 소문으로 들은 대마술사 중 한 명. 그녀를 신하로 둘 수 있다면, 아무리 돈을 쌓아도 아깝지 않다. 그렇게 생각하는 것은 메키르도라뿐이 아니다. 에리스테인 마법왕국의 지르말 왕, 시카트리스 황국의 이루지아 황제도 마찬가지고 생각할 것이다.

그리고, 어느 나라에 가도 지위를 얻는데 곤란함이 없을 소녀를 두 사람이나 거느리고, 『낙엽의 마술사』를 스승으로 모시는 것이 타이치라는 소년이다.

아무래도 좋지만, 소녀 두 사람의 외모는 상당히 아리땁다. 그림으로 보았는데, 아름다운 여자 따위 질릴 정도로 보았던 메키르도라마저도 그렇게 생각했다.

소년에게 그럴 마음은 없더라도, 그 두 사람을 거느리고 있다는 말을 듣는 건 어쩔 수 없다.

어쨌거나.

그 소년은, 소환술사라고 한다.

보고로 듣기는 들었지만, 좀처럼 믿기 어려웠다.

그러나, 방금 전까지 보고 있던 것은 지르말 왕의 친필 서한이었다.

그것에는 이렇게 적혀 있었다.

『나의 마법왕국은, 타이치 니시무라와 계약이라는 연결을 가지는 것에 머물렀다. 그의 고삐를 쥐는 건 불가능하다. 만약의 때, 제어할 자신이 없다. 그러나, 짐보다도 뛰어난 황제 폐하라면 어찌하겠는가』

라고.

"지르말 왕놈. 상당히 부추기는군."

쿡쿡. 머금은 웃음소리가 흘러나왔다. 지르말 왕의 선택은 영단이라고 메키르도라도 생각한다. 그걸 알면서 말하는 것이다. 나보다도 잘할 수 있다면 좀 보고 싶다, 라고.

멀리 떨어진 땅에 있는 뛰어난 남자들 사이에서 불똥이 튀고 있는 것이다.

이윽고 눈을 뜬 메키르도라는, 가까이 있던 측근 시녀에게 말을 걸었다.

"너는, 엘레멘탈에 대해서 얼마나 알고 있지?"

시녀는 싹싹하게 움직이며, 그러나 상스럽지 않은 여유 있는 동작으로 메키르도라에게 돌아섰다.

황제를 가까이서 보살피는 것이 그녀의 역할이지만, 그 총명함이 마음에 들어서 메키르도라는 때때로 시녀에게 질문하는 일이 있었다.

"남들만큼이옵니다."

"남들만큼이라. 네가 보기에 엘레멘탈은 어떤 존재지?"

"네. 있는지 모를 신보다도, 대자연이라는 은혜를 내려주시는 엘레멘탈 쪽이, 저에게는 어지간히 신으로 보입니다."

"신, 이라."

집무 책상 위에서 깍지긴 양손에, 턱을 올린다.

그녀의 말이 진실을 정확히 찌르고 있다면.

적으로 돌리는 것은 너무나도 어리석다. 사람의 몸으로 신에게 저항하는 것 따위, 제정신이 아니라는 생각밖에 안 든다.

"제국은, 신을 이 땅에 불러들였다는 것이군."

"그뿐이 아닙니다. 말 그대로, 신에게 의지하는 것입니다."

"절묘한 말이군. 어느 정도 관계를 구축할지, 숙고가 필요하겠어."

황제를 상대한다고 생각할 수 없을 정도로 솔직한 말투. 메키르도라는 단정한 얼굴에 사나운 웃음을 지었다.

불손함을 탓하지는 않는다. 생각한 것을 그대로 말하라고, 이 머리 좋은 시녀에게는 미리 명령을 해뒀으니까.

"바로 얼마 전까지, 그 자들을 내 나라로 끌어들이고 싶다, 라고 말씀하셨다고 기억하고 있습니다만."

말을 한 것은 대개 실현해온 것이, 시녀의 눈앞에 있는 황제였다. 그런데 「끌어들이고 싶다」에서 「관계 구축에 숙고가 필요하다」로 변화했다. 이런 단기간에 어떠한 변화가 있었을까?

시야크에서는, 벌집을 건드려서 그들에게 보내는 행동을 했다. 그 전말을 듣고서는, 그들의 일상적인 발걸음을 캐내는 것에 머물렀다. 그들이 들른 도시 몇 군데에서 들키지 않도록 멀리서 동향을 캔 것이다. 그들의 이동 속도가 마차를 끄는 흑요마 덕분에 비상식적으로 빠르고, 첩보부가 비명을 지른 것은 꽤 새로운 기억이다.

"지르말 왕의 친서를 읽었으니까. 그 왕에게 내가 뒤떨어진다고 생각지는 않는다. 그러나, 극적으로 뛰어나다고 자만하지도 않았어."

극적으로 뛰어나다면 분명히 미래는 달랐을 것이다. 그러나 지르말 왕 친필 서한의 한 글자 한 글자에, 그가 보내는 감정이 언뜻 보인다. 그들을 끌어들이지 못한 것에 대한 아쉬움과, 끌어들이지 않은 안도, 그리고 자신의 판단에 대한 자신을 읽을 수 있었다.

"황제도, 전지전능하지는 않다, 라는 거야. 왕과 마찬가지, 라는 거지."

지르말 왕이 할 수 없는 일을, 자신이라면 할 수 있다고 우쭐해져선 안 된다.

끌어들여서 동료를 인질로 삼아 부린다. 확실히 보통이라면 효과적이다. 주제를 모르는 암군이라면 할 법한 일이지만, 소환술사 소년은 상식으로는 잴 수 없는 힘의 주인이다. 전장에서 발휘된 힘을 생각하면, 세계에서 가장 경비가 엄중한 성에 단신으로 쳐들어와 상처 없이 인질을 구출해버릴 것이다. 그리고, 그러한 폭거를 저지른 왕에 대한 니시무라 타이치의 보복이 치열할 것이란 것은, 조금 상상을 해보면 알 수 있다. 인질에 대한 취급에 따라서는 말할 것도 없다.

피아의 전력 차이를 정면으로 바라보고, 또 다시 생각한다.

그러면, 메키르도라가 이기고 있는 점은 무엇일까?

생각나는 것은, 역시 황제의 경험에서 오는 갖가지 능력일까?

제위에 취임하고서 지금까지, 보통 사람은 도저히 따라올 수 없는 세월을 보냈다. 자신의 능력을 과신하지 않아도, 자신은 가지고 있다.

솔직히 말하자. 베키르도라는 상석을 앞두고 환희로 떨고 있었다.

지금까지의 경험이라는 것은, 어디까지나 『사람』을 상대로 한 것이었다.

『사람』이면서 『사람』의 울타리를 일탈해버린 자와 만난 경험을 젊은 황제는 가지지 못했다.

상대는 제대로 싸우지도 않고 총 2만의 병사가 부딪힌 전쟁을 막아버린 걸물.

그 소년에 대해서, 적이라고 생각되지 않으면서 제국이 최대한의 이익을 가져와야 한다.

그리고 그 교섭을 메인으로 담당하는 것은, 그들의 스승이며, 자신보다도 오랜 시간을 살아온 하프 엘프였다.

"……그럼, 실력 발휘를 해볼까."

한 번 중얼거리고, 그리고 묵고했다. 집무실에는 정적이 내렸다. 황제의 생각을 방해하지 않기 위한 건지, 아무 소리도 안 난다.

그때.

정적을 깨는 것처럼, 베키르도라의 정면 문에서 노크 소리가 들렸다.

시녀가 눈짓을 받고서, 고개를 끄덕였다.

여자의 등을 바라보면서, 베키르도라는 앞으로 숙였던 등을 뻗었다.

◇◆◇◆◇◆◇◆

"잘 와주었다."

단정한 얼굴에 부드러운 미소를 지으며, 메키르도라가 일어서서 양손을 펼쳤다.

그 행위에 어안이 벙벙해지고, 다음으로 당황한 것은 타이치 일행이었다.

비공식이라지만 상대는 나라의 정상이다. 입실한 다음 정중하게 예절을 갖추어 인사하려고 하려는데 선수를 빼앗겼다.

그 얼굴에는 알기 쉽게 「예는 됐다」라고 적혀 있었다.

미소의 뒤에 본심을 숨기는 재주쯤이야 식은 죽 먹기일 터. 그것을 믿어도 되는 건지, 타이치 일행 세 사람은 파악할 수 없었다.

유일하게 레미아만, 이거 당했다, 라고 눈으로 말하고 있지만. 역시 메키르도라보다 3배의 시간을 살아온 총명한 마술사는 얼버무릴 수 없었다.

그러나 그것도 그로서는 예상한 바였다. 애당초 이 자리에서 주로 말을 나누는 건 메키르도라와 레미아라고 생각하고 있었으니까.

"아아, 그렇군. 짐의 이름으로 맹세하지. 예는 됐다고."

상대의 안색을 보고 하고 싶은 말을 짐작하는 통찰력. 타이치는 그것을 본 적이 있었다.

지르말을 상대할 때와 거의 같은 흐름을 따르고 있었다. 그 웃음에서 상상해보면, 아마도 일부러. 그런 부분의 정보도 얻었을 것이다.

역시 대국을 다스리는 황제라 그런지, 네고시에이트는 간단히 못할 것 같았다. 선두에 선 레미아는 특히 그렇게 생각했다.

'흐으음. 흉금을 털어놓으며, 방심하지 않는다, 라. 이거 어렵겠군.'

어려운 판단이 요구된다. 황제를 상대로 간단히 이야기를 진행시킬 수 있다고 생각하지 않았지만— 뭐 타이치를 보살펴주기로 정했을 때부터, 이런 귀찮은 일이 일어날 것은 알고 있었다. 소환술사에게 직접 이야기를 들을 수 있다는 걸 생각하면, 대금으로 지불하고서도 거스름돈이 남는다고 레미아는 생각했다.

문득, 타이치의 태도가 변한 것을, 레미아는 깨달았다.

어차피 읽어낼 테니까, 꾸며도 무의미. 기왕 상대도 괜찮다고 말을 해줬으니 괜찮겠지. 그렇게 생각한 타이치가 진심을 숨기는 걸 그만둔 것이다.

그렇군. 나쁘지 않다고 레미아는 생각했다. 언질을 하게 되면 물론 곤란하다. 그렇지만, 어설프게 숨겨도 무의미한 짓을 안 하는 것은, 마음가짐이란 의미로는 좋다. 무의미한 것은, 린도 뮤라도 마찬가지다. 머리 회전은 빠르지만, 경험이 부족하다. 메키르도라와 심리전으로 맞설 수 있는 건 레미아뿐이니까.

타이치에 이끌려, 린과 뮤라도 그를 흉내 내기로 한 모양이다.

분위기의 변화를 느끼고 웃음이 짙어지는 메키르도라. 그렇게 된 이유는 대강 예상할 수 있다. 부족한대로 생각하고 행동을 하는 것도, 황제를 앞에 두고 그러는 배짱도 좋다.

체면치레 삼아 제국의 약식으로 경례를 한 네 사람을 보고, 황제는 홀로 앉는 소파에 고쳐 앉았다. 그의 말에 따라, 타이치 일행도 맞은 편 소파에 앉았다.

"실례하겠습니다."

메이드가 모두가 먹을 음료수를 준비한다. 적당한 물의 온도, 순서도 낭비가 없고 능숙하다. 그러면서도 깔끔한 솜씨를 감상할 수 있는 속도였다. 뛰어난 시녀나 집사의 동작은 하나하나가 계산되어 유려하며, 감상하기만 해도 눈이 호강한다는 걸 알고 있는 행동이다.

차와 다과를 나눠준 참에, 시녀가 등 뒤로 물러나 존재감을 줄였다.

새삼 집무실을 눈이 움직이는 범위에서 보았다.

알기 쉬운 호화로움은 거의 보이지 않는다. 그러나 하나하나는 대단히 훌륭하다. 한 번 사면, 다시 살 필요 따위 발생하지 않는 것이 아닐까?

"질박하지 않나?"

메키르도라가 말했다.

"이걸 질박하다고 해버리면, 세상의 기술자들이 재기할 수 없어요."

뮤라가 대답했다.

잠깐이나마 왕성에 머무른 경험이 있어서, 타이치 일행은 무지하지 않았다.

이 방의 가구는, 기술자가 겉으로 보이는 화려함을 일절 추구하지 않고 질박함과 좋은 만듦새로 가치를 끌어올린 것이다.

물건의 가치를 보는 눈이 있군. 메키르도라는 만족스럽게 고개를 끄덕였다.

"심술궂은 질문이었군, 용서해라."

"……아뇨."

깔끔하게 사과하자, 뮤라는 간신히 그렇게 대답하는 게 고작이었다.

경험적으로도 실력적으로도 평범한 로우틴과 동떨어진 소녀인 뮤라였지만, 아무리 그래도 3대 대국의 황제를 상대로는 긴장하고 있었다.

본래는 메키르도라는 그렇게 간단히 사과할 수 있는 입장이 아니다. 자신에게 잘못이 없다는 걸 알고 있어도. 상대 쪽의 그런 대응이 괜한 긴장을 조장했다.

자신과 타이치 일행은 대등하다, 라고.

"너무 괴롭히지 말아 주시지요."

레미아가 옆에서 커트했다. 이야기할 상대는 자신이라고, 황제에게 알리기 위해서이기도 했다.

"후, 그렇군. 분명히 장난이 지나쳤어. 딱히 다른 뜻은 없으니, 신경 쓸 필요는 없어."

"그것이 용납되는 입장이 아니겠지요."

"그래. 보통은 그렇지. 예는 됐다고 한 말을 뒤집을 생각은 없다. 짐과 그대들은 대등하다."

그 말에, 레미아는 한 바퀴 돌아서 질려버렸다.

제국 귀족에게도 귀족의 말이 있는 것은 마법왕국과 마찬가지다. 별 것 아닌 발언에서 속뜻을 읽는 것은 귀족들 사이의 대화에서 당연한 것이며, 오히려 직접적인 표현을 하지 않는 것이 미덕이라는 경향마저 있다.

하나의 나라의 최상위라는 것을 생각하면, 귀족 언어로 이야기하는 것이 예의로서는 당연한 것이리라.

그렇지만 예를 차리지 않는다. 다시 말해서 귀족 언어는 필요 없다는 것. 아무리 존중하는 말투를 쓰더라도, 편하게 대화한다는 것이리라.

이 젊은 황제와 대등한 위치에서 대화가 가능한 자가, 대체 얼마나 있다고 생각하는가?

메키르도라와 대등하다는 것 따위, 양손의 손가락으로 꼽아봐도 남아돈다는 건 확실하니까.

"그래서, 이번에 그대들에게 오라 한 것은, 황제로서 모험가를 만나고 싶었기 때문이다."

일 이야기, 인 것일까?

나라에서 의뢰를 받은 것은, 이걸로 두 번째다.

고위 모험가가 되지 않으면 일단 없는 일이다.

귀족이나 왕족과 대화하는 게 싫다면서 랭크를 어느 정도에서 멈추는 자도 있다. 실력에 따라서는 자유를 살 수 있다는 것에 매력을 느끼는 자는, 일부러 여러 제약에 묶이고 싶지 않다는 가치관을 가지고 있어도 신기할 것 하나 없다. 한 번 의뢰를 받고서 일을 막힘없이 진행하여 일을 잘 하는 모험가라고 인상이 좋아지면, 다음부터 지명으로 의뢰가 들어오는 일도 종종 있는 법이다. 명확한 장래 설계가 있는 자에게는 그밖에 얽매일 수 있는 연줄이라는 것은 자칫하면 그저 방해가 되는 것이다. 뭐 길드로서는, 귀족의 지명 의뢰가 들어와도 이상하지 않은 실력을 가진 모험가의 랭크를, 그에 걸맞게 올리고 싶다는 것이 본심이라는 딜레마가 있지만.

한편 귀족이나 왕족의 의뢰는, 받는 자에게는 그에 걸맞은 메리트가 당연히 있다. 일단 귀족이나 왕족의 인상이 좋아진다. 이것은 장래 헤드헌팅을 받아서 안정된 수입을 얻고 싶다고 생각하는 자에게는 더할 나위 없는 메리트다. 또한 보수의 지불도 좋다. 귀족들로서는 보수를 깎는 것쯤이야 간단하다. 그러나, 그때는 괜찮아도 라이벌인 다른 가문에게 공격 재료라는 이름의 먹이를 주는 것이 된다. 플러스마이너스를 생각하면 귀족에게는 수지가 안 맞는다. 따라서, 실력이 있으면 수입이 좋아진다. 귀족이나 왕족을 모시게 되는 건, 모험가의 성공 형태 중 하나가 되어 있었다.

“의뢰 이야기인가요?”

“바로 그거다.”

만약을 위해 확인한 린에게, 메키르도라는 너그럽게 고개를 끄덕였다.

지난번 에리스테인의 내란. 그 사건에 관여한 타이치 일행에게, 자신이 지르말이라면 얼마나 지불할 것인가? 그걸 생각하면, 지금 이 순간 모험가를 은퇴해도 평범하게 살아가는데 전혀 난처하지 않을 돈을 가지고 있다는 건 상상할 수 있다.

타이치 일행의 태도를 자연스럽게 캐낸 결과, 돈에 대한 집착이 그렇게 강하지 않다는 것이 결론이다. 필요하다면 스스로 벌어들일 힘도 있는 이상, 돈은 결정타로서 조금 약하다고 보았다.

"어떠한 내용인지, 들려주실 수 있을지?"

받을 수 있는 내용과 받을 수 없는 내용이 있다. 황제의 직접 의뢰다. 거절하는 건 어렵지만, 조건은 이쪽에 유리하게 해야 한다. 할 수 없는 것까지 하게 되어서는 봐줄 수가 없다. 이것은 의뢰주가 누구든지 마찬가지다.

타이치 일행— 레미아로서는, 계약을 맺는 것보다 전단계인 이 순간부터 이미 일이 시작된 것이다.

귀족 언어를 사용하지 않는다고 해도, 사고력이나 통찰력이 떨어진 건 아니다. 레미아는 메키르도라의 통찰력을 고려하여 염려가 전달되는 것을 믿어 의심치 않았고, 메키르도라 또한 추측한 레미아의 속셈이 정확했다는 것을 의심하지 않았다.

"물론, 이야기를 해야지."

황제는 오른손을 슥 얼굴 옆에 들었다.

그러자 대기하고 있던 시녀가 소리도 없이 다가와서, 메키르도라 앞에 들고 있던 것을 정연하게 놓았다.

양피지가 몇 장, 가죽 주머니. 반지가 4개. 태그가 달린 목걸이. 그리고, 한 번 물러났던 시녀는 집무실로 이어지는 옆방으로 사라졌다 싶더니, 이동식 행거 랙에 걸린 의상을 가지고 돌아왔다.

"준비한 것은 이상입니다."

"수고했다. 물러나도록."

"알겠습니다."

그것들은, 타이치 일행이 이 나라에 올 것을 안 시점에서 준비를 시작한 것이었다.

"이것은, 이번 의뢰에 필요한 것이다."

타이치와 린은, 의상을 보고 퍼뜩 알아차렸다.

그렇다. 의장은 현대와 다르지만, 방향성이 통일된 디자인의 그것은.

"제군들은, 제국립 기사 양성 학원에 잠입하여, 어느 꿍꿍이를 방해해주기 바란다. 그것이, 짐이 내는 의뢰다."

메키르도라는 뮤라, 린, 사이의 레미아를 넘기고 타이치에게 시선을 돌렸다.

상상한 그대로였다. 그것은 학생의 제복이었다.

"학생인가요? 분명히, 저는 그렇다 치고, 제자들은 연령이 일치합니다만."

그것을 듣고, 생각한 것을 말하는 레미아.

"그래. 의뢰를 하면서, 단기 유학생의 신분을 준비했다. 짐의 이름으로 보증하는 정식 신분이야."

"그것은 또……."

평범하게 생각하면 과분하다고 할 수 있는 신원 보증.

이 총명한 황제가, 어떠한 의도로 그것을 필요하다고 판단했을까? 신경 쓰이는 건 그거다.

"『낙엽의 마술사』 선생도 임시 강사로 학원에 들어가줬으면 좋겠다. 그러는 편이 지원을 할 수 있을 테니까."

학생 측, 그리고 교직원 측에서 2방면 작전.

"어쨌거나, 이것만으로는 받을지 말지 대답이 안 나오겠지. 자세한 설명에 들어가도 상관없겠나?"

받을지 말지를 판단하는 재료가 되는 이야기다. 이것을 놓치거나 생각하는 것을 게을리하면 정상적인 판단을 못하게 된다.

손님 네 사람은 경청할 자세를 가다듬었다.

들을 준비를 마쳤다고 판단한 황제는 시녀를 불렀다.

"이 의뢰에 대해 설명하라."

다가온 시녀에게 황제가 명했다.

"알겠사옵니다."

시녀는 그 자리에서 정중하게 인사를 하더니, 그대로 타이치 일행을 돌아보았다.

"그러면, 주제넘지만 설명하겠습니다."

그녀는, 요약한 포인트를 일단 짚었다.

보수에 대해서.

구체적인 내용에 대해서.

석에 대해서.

의뢰의 배경에 대해서.

학원 안의 협력자에 대해서.

이것들에 대해서 하나씩 하나씩 이야기한다고 했다.

"불명한 점이 있다면, 언제든지 질문을 하셔도 상관없습니다. 괜찮으실까요?"

레미아가 일단 고개를 끄덕였다. 덤으로 타이치, 린, 뮤라가 수긍하는 것을 보고, 시녀는 이야기를 이어나갔다.

일단 보수에 대해서는, 일당 플러스 상담 가능. 제시된 일당은, 현대 엔으로 환산하여 대략 하루에 한 명당 50만이었다. 기간은, 의뢰를 수락한 다음날부터 황제가 의뢰서에 완료 사인을 할 때까지. 레미아에게 나중에 들은 이야기에 따르면, 평균적인 A랭크 모험가의 일당보다 2.5배라고 한다. 틀림없이 얕보는 것이 아니며, 오히려 상당히 높게 평가된 금액이라고 했다. 타이치 일행의 실질적인 랭크를 생각하면, 상식적으로는 과분하기 짝이 없는 것이라고 한다.

상담 가능에 대해서는, 의뢰에 따라 보수를 지불해야 할 안건이 있었던 경우에 별도 조종한다는 것.

얕보지 않는 거면 됐다. 그러나, 의뢰자가 어렵다고 생각하는 일에는, 받아들이도록 하기 위해 처음부터 보수를 두둑하게 제시하는 경우가 있다.

이 패턴은 경계해야 한다.

이 총명한 황제가 모험가에게 지불해야 할 보수의 기준에 대해서 조사하지 않았을 리 없다.

제시된 금액은 평균을 상당히 웃돈다는 걸 알고 있을 것이다. 이 높은 보수액을 설정한 의도가 어디에 있는지, 이제부터 간파해야 한다.

"보수에 대해서 뭔가 질문은?"

조금 시간을 두고서, 타이치, 린, 뮤라가 아무 말이 없는 걸 확인한 레미아는 다음 말을 재촉했다. 시녀는 「알겠습니다」 하고 다음 포인트 설명에 들어갔다.

"구체적인 의뢰 내용은, 어떤 학생의 호위. 대상은 제국립 기사 양성 학원 소속의 학생, 아크토 바스벨입니다. 바람 속성의 마술을 다루는 창잡이이며, 분류하면 마술 전사가 됩니다."

이야기를 들어보니, 창 솜씨는 나쁘지 않다고 한다. 바람 마술에 대해서는 평균보다도 떨어진다. 이론 수업의 성적은 딱히 뛰어나지는 않다. 총합 성적은 평균을 약간 밑도는 정도. 득점은 전투 능력이 절반 이상을 점하며, 이론의 득점은 절반 이하.

수업이 끝난 다음, 창의 자기단련도, 마술의 자기단련도 빼먹지 않는다고 하는데, 창의 실력이라면 몰라도, 마술 실력은 성장이 신통치 않다고 한다.

어머니와 둘이 살고 제도의 평균 소득을 밑돌며, 생활은 결코 풍족하지 않다. 어머니는 아크토를 학원에 보내기 위해 일하고 있는 식당의 시간을 늘려서 대응하고 있다.

슬럼에 가까운 추레한 식당에선, 급사가 돈을 벌기 위해 손님을 받는 일도 드물지 않다. 아크토의 어머니는 용모가 아름답기 때문에 손님을 받으면 상당히 벌 수 있지만, 그녀는 그러지 않고 있다고 한다.

아크토는 기사가 되어, 그런 어머니를 편하게 해주려고 다니고 있다고 한다. 자기단련도 귀기가 느껴질 정도이며, 무리를 거듭하는 일도 드물지 않다고 한다.

참으로 향상심이 넘치는 학생인 모양이다. 노력을 하기에 걸맞은 모티베이션이라고 할 수 있으리라.

이야기를 들어보니, 전투력은 그럭저럭 있는 모양이다. 틀림없이 완전 초보는 아니다.

그런 학생을 호위한다면, 노리는 적은.

"짐작하신 것처럼, 아크토 바스벨을 노리는 적은, 호위 대상의 손이 닿는 범위에서 대처할 수 있는 영역을 넘어서고 있습니다."

스스로 대처 가능하다면, 애당초 호위는 필요 없으리라.

"아크토 바스벨을 노리는 것은, 같은 학원 소속의 학생. 비르겔 백작가의 여식, 세레스 님입니다."

적은 귀족가의 여자라고 한다. 평민은, 어지간한 일이 없는 한 저항하기 어렵다. 집안의 이름을 이용한 권위는 물론, 쓸 수 있는 돈도 평민하고는 비교가 안 된다.

백작가라고 하면 불평할 것 없는 상급 귀족. 그녀는 중간

규모지만 파벌을 가지고 있으며, 그녀 곁에 있는 자작이나 남작, 기사 계급 아이를 거느리고 있다고 한다.

평민이 보기에는, 설령 기사계급이라도 거스를 수 없다. 한 번 눈 밖에 나면 성가시기 짝이 없다고 할 수 있다.

평민이라도 커다란 업적을 올려 상가의 연자가 되면 또 다르겠지만, 바스벨 가는 슬럼 가까운 곳에 자리잡은 걸로도 알 수 있는 것처럼 결코 유복하다고 할 수 없다.

저항하는 것은 어려울 것이다.

'이지메 문제인가……? 그렇지만, 그저 그것만을 위해서 우리들을 부른 건 납득이 안 돼. 극단적인 이야기로, 이 황제라면 마음에 안 든다고 생각하면 얼마든지 해결할 수 있을 텐데.'

그렇게, 타이치는 생각했다.

'성가신 이야기라서, 우리들이 여기로 불려왔다, 라고 생각하는 게 자연스럽지.'

현대에서도 흔히 문제가 되는 이지메 문제. 다만, 일이 그렇게 단순하다면 여기에는 없었을 거라고 생각한 타이치와 린이 눈짓을 나누었다.

어디. 그러면, 어째서 위협을 받고 있는 걸까?

그저 위협을 받는 것뿐이라면, 딱히 타이치 일행이 힘을 빌려줄 필요는 없다.

귀족과 평민의 신분 차이에 따른 트러블 따위는 흔히 일어나는 일이고, 그것을 일일이 감시할 정도로 황궁도 한가하지 않다.

마음만 먹으면 마땅한 루트로 「적당히 해라」라고 명령하면 진정될 정도의 이야기다. 보통은 외부 위탁을 할 이야기가 아니다.

후술하지만, 학원 안으로 한정하면, 평민이라도 귀족의 권위에 굴하지 않을 방법도 있으니까.

"이번 일은 귀족 여자애가 마음에 안 드는 평민에게 심술을 부리고 있다, 라는 것만으로 끝나는 게 아닙니다."

그런 단순한 이야기라면 얼마나 편할지. 그렇게 말하고 싶은 시녀의 표정이 인상적이었다.

"조사한 결과, 아무래도 그냥 귀족의 생떼로 정리할 수 없다고 생각되는 움직임이 보였습니다."

"어느 정도 조사를 한 건가?"

수상쩍은 말에 대해 레미아가 물어보자, 시녀가 즉시 고개를 끄덕였다.

"네. 세레스 님의 배경은 조사가 끝났다고 해도 될 겁니다."

"허어……."

"세레스 님의 배경은, 베를리니 후작가 부인, 라라리스 님입니다."

후작가. 이미 설명할 필요조차 없는 대귀족이다.

공작가에는 권위가 떨어진다. 그러나, 공작가라고 해도 억지로 눌러서 따르게 만들 수 없는 게 실정이다. 나이가 맞는 아이가 있다면 황자나 공주의 상대로서 공작가와 나란히 우선적으로 후보에 오르는 핏줄에 대해서는, 어느 정도 경의와

배려가 필요하다. 아무리 황제 메키르도라의 지반이 반석이라지만, 평소에는 귀족에 대해 어느 정도 배려를 하고 있다는 걸로도 그건 명백하다.

그들이 고개를 돌리면, 국정에 영향이 생긴다. 그걸 위해서는 그들에 대한 배려가 필요하다. 제위 찬탈을 위해서 나라가 흐트러지는 걸 알고 있으면서 **여러 가지** 일을 한 메키르도라도, 안정된 지금 괜히 나라를 흐트러뜨릴 생각은 안 한다.

그러나, 거기서부터가 문제였다.

"그 세레스 님에 관해서 말하자면, 배후에 있는 후작가의 위광이 있어서, 좀처럼 멈추지 못하고 있다고 하는 건가?"

"그러하옵니다. 세레스 님이 손을 댄 것이 평민이라는 것, 그밖에 영향을 주지 않고 있다는 것 때문에, 동격이나 격이 높은 자들도 묵인하고 있는 상태입니다. 또한, 그 정도에 있어서 상당히 신중한 자세를 보이고 있다, 고 합니다."

학원의 질서가 흐트러질 정도는 아니다, 라는 것이 다른 가문의 판단인 것이리라.

이것이, 단순히 건방진 평민에게 귀족이 화를 내서 울분을 푼다, 정도의 어린애 싸움이라면 간단했다. 도가 지나친 시점에서 학원장이 나서면 되는 이야기니까.

학원의 부지 안에서 학원장의 권한은, 황족에 준한다. 이것이 황제가 된 메키르도라가 입학식에서 공언한 것으로, 새롭게 제정된 규칙이었다.

당대의 학원장은 교육열이 높고, 학생을 지키는 것에 심혈을 기울이는 남자라고 한다.

설령 공작가 출신이라 해도, 집안을 잇지 않았다면 정확하게는 귀족조차 아니다. 그런 아이가, 황속에게 거스를 도리 따위 있을 리 없다.

이것들을 종합하면, 아크토에 대한 심술은 도가 지나치면 학원장의 권한으로 막는다……라는 수준에 이르지 않았다는 것이다.

귀족 여자라고 해도, 어른과 마찬가지로 이성이 작동하는 자는 적다. 그렇기에 아이이며, 배울 기회를 주고 있는 거니까. 그렇다면, 상대측의 신중한 움직임은…….

"평민 한 명에게 심술을 부리는 것만이 목적인데 세심한 조정을 하고 있는 것에 의문을 느낀 자가 조사를 한 결과가, 이번 의뢰의 배경입니다."

시녀가 말하기에는 이렇다.

학교에서 주도하는 세레스와, 그것을 부추기는 라라리스의 행동은 신중하다. 마치, 문제가 되는 걸 피하는 것처럼.

신중한 행동 자체가 반대로 위화감을 드러내서, 결과적으로 문제가 된 것은 그녀들로서는 얄궂은 일이다. 당사자들이 문제가 되지 않도록 한다면, 문제가 되지 않는 한은 심술은 계속 되리라. 지금 심술을 받고 있는 건, 어설프게 조사하여 꼬리가 잡히지 않도록, 문제시되는 것을 교묘하게 은폐했다. 하지만 당국은 그 쪽을 조사하는 데는 프로다. 범인들이 경계를 품지 않도록 계속 조사하는 것은 당연히 할 수 있는 것이다.

그 결과 판명된 것이, 라라리스 후작부인을 뒤에서 조종하는 조직의 존재.

"폐하 직속의 첩보원에 따르면, 후작부인에게 접근하는 자들을 확인했다고 합니다만, 소속까지 밝히지는 못했다고 합니다."

황제 직속이라면, 상당히 우수한 첩보원이리라. 시야크에서 만난 은밀인 카게로우에 필적하거나, 거기까지는 못 되더라도 그에 준할 정도로.

그 정도 실력자가 조사해도 꼬리를 잡을 수 없다.

이것이, 상대의 정체를 조사한다, 라는 거였다면 어려운 의뢰였으리라.

"놈들은, 라라리스 부인의, 아크토에 대한 적개심을 이용하고 있는 모양이다."

갑자기 시녀에게서 배턴을 받은 황제가, 표정을 바꾸지 않고 말했다. 그 표정이 변하지 않는 것 자체가, 그의 내심을 이야기하는 것 같았다.

이것은 짐의 예상이다만— 그렇게 말하고, 그의 분석 결과를 말했다.

아크토의 고립은 누군가 의도한 것. 후작가가 뒤에 있지 않아도 백작가는 충분히 상급 귀족. 자칫 관여해서 불똥이 튀지 않도록 지켜본다는 선택을 한 것이리라.

또한, 그것을 조장하는 사안이 여기저기서 보인다.

이것은, 아크토의 강한 정의감을 이용한 것.

적이지만 상당히 잘 이용하고 있다고, 황제는 소감을 말하여 마무리를 지었다.

"최근, 무언가 꾸미고 있는 움직임이 보인다. 이에 따라, 그곳에 초점을 맞추어 활동해주면 좋겠다."

마지막에 그렇게 말하고, 황제는 시녀에게 배턴을 넘겼다.

이걸로 호위대상의 적과, 배경에 대해서 어느 정도 알게 됐다.

마지막은, 학원 안의 협력자에 대해서다.

어떤 종류의 치외법권이지만, 학교라는 장소의 내부 사정 같은 것은 드물지도 않다.

현대에서도 그런 사례는 적지 않았다. 심플하게 납득할 수 있었다.

"조사에 있어, 협력자를 준비했습니다."

의뢰의 배경에 대해서 시녀의 설명은 이걸로 끝인 모양이다. 그녀는 어디선가 벨을 꺼냈다.

한 가지, 지금 이야기를 듣고서 떠오른 의문이 있었다.

시녀가 그것을 울리기 전에, 타이치가 손을 들었다.

타이치를 깨달은 그녀는 벨을 울리려던 손을 멈추고, 「네」 하고 말을 기다렸다.

"소박한 의문인데요, 아크토라는 학생은 어째서 위협을 받고 있는 거죠? 적개심을 품고 있는 이유는?"

당연한 의문이었다. 그러고 보니 설명을 안 했다며, 시녀는 말이 부족한 것을 후회하며 입을 열고자 했다.

그것을, 황제가 손을 들어 막았다.

자신이 섬기는 주인의 동작을 놓칠 리 없으니, 시녀가 고개를 숙였다.

"그것은, 지금부터 부르는 자와 연관이 있다. 뭐 저속한 이야기이지만, 젊은 시절의 혈기란 것이지."

황제는 그렇게 말하고 웃더니, 시녀에게 「불러라」 하고 명령했다.

시녀도 그 명령에 공손하게 응답하고, 벨을 두 번 울렸다.

얼마 지나지 않아, 문을 노크하는 소리가 들렸다.

"들어와라."

시녀의 움직임을 기다리지 않고 메키르도라가 입실 허가를 내렸다.

시녀가 허가를 받거나, 문을 열러 가는 수고를 생략하기 위해서다.

본래는 그런 절차라는 것은 격식이라는 면에서 귀찮아도 답습해야 하지만, 효율을 중시한 결과이리라.

"실례하겠습니다."

방 바깥에서 대기하고 있던 기사가 문을 열고 들어왔다. 붉은 색이 섞인 금발을 가진 미장부. 키는 180센티미터를 넘을까 말까 하다. 위에 선 자 특유의 분위기가 떠돌고 있었다.

나름대로 연령을 거듭하여 얼굴에 주름이 새겨져 있지만, 나이를 먹고서도 점점 더 빛나는 활력이 온몸에 흘러넘치고 있었다.

그리고 무엇보다도, 그에게서 떠도는 것은 역전의 수컷의 기척.

베를리니 후작가. 대대로 이어지는 무문의 명가였다.

"세로프 켄들 베를리니. 달려왔습니다."

"수고했다."

그가 타이치 일행을 원조하는 귀족인 것이리라. 세로프는 메키르도라에게 신하의 예를 취했다. 그리고 메키르도라도 그를 맞이했다.

딱히 문제가 있는 광경은 아니다.

다만, 그것은 지금까지 이야기를 듣지 않았을 경우, 였다.

황제가 말한 저속한 이야기, 세로프의 젊은 시절의 혈기란 말도 신경 쓰이지만, 어쩐지 상상이 되는 이야기이기도 했다.

일부러 나라의 치부를 드러내는 의뢰에 관여하는 측근이니까, 그 정도로 일의 수완에 대한 신뢰가 흔들리지는 않으리라. 프라이빗에서 스캔들이 있더라도, 일은 별개. 황제는 그런 스탠스인 모양이다.

타이치 일행으로서도, 그것을 파고들 우선순위는 낮다. 아크토가 적개심을 사서, 위협 받기에 충분한 이유가 있다는 걸 안 것만으로 충분했다.

그리고, 그 이상으로 들어야 할 것이 있었다.

"여러분의 염려는 당연합니다."

시녀는 타이치 일행의 염려를 정확하게 이해하고 적절한 타이밍에 개입했다.

황제를 모시는 시녀라지만, 본래 그녀는 메키르도라와 세로프의 대화를 가로막을 수 있는 입장이 아니다.

그렇지만 메키르도라는 그것을 당연하게 받아들이며, 세로프는 그녀에게 다른 태도를 일절 보이지 않았다.

"그러면, 설명을 해줄 수 있을까요?"

"물론이옵니다."

타이치가 물어보자, 딱 맞춰서 대답한다.

"베를리니 후작부인 라라리스 님에게, 다른 자들이 접근하고 있는 것 같습니다. 그러나, 다른 분들에게는 수상한 점은 없었습니다."

"근거는?"

"귀족을 전문으로 하는 심문관에 의해, 당주 세로프 님, 후계 파브리스 님, 여동생이신 장녀 에르메리아 님 모두에게, 하자가 없는 것이 증명되었습니다."

"심문관은 괜찮아?"

"제국 재판소의 심문관은, 심문의 결과를 조작할 수 없습니다. 조작한 시점에 즉시 목숨을 잃는 마술 계약을 받지 않으면, 심문을 할 수 없습니다. 계약하는 것을 승낙한 자만, 심문관의 직위에 취임할 수 있습니다."

—그리고, 그 심문관은 현재도 건재합니다.

린과 뮤라의 질문에, 시녀는 그렇게 설명했다.

타이치는 마술의 전문가인 레미아에게 시선을 보냈다. 스승이 제자의 시선에 고개를 끄덕였다.

그렇다면, 충분히 담보가 됐다고 판단한 것이리라. 틈을 찾아 찌르는 건 간단하다. 그러나, 그렇게 말을 하면 끝이 없는 것이다.

그리고, 메키르도라의 바로 앞에서 그러한 일은 용납되지 않으리라. 이 황제는 그렇게 물렁한 남자가 아니다.

"제국부의 요직에 있으면서, 부정행위는 용납되지 않습니다. 폐하는 그러한 것을 놓치지 않는 분이기 때문입니다."

"그래. 들어본 적이 있어. 아무리 실력이 좋아도, 최근 제국의 중추에서 공작을 하여 성과를 내는 것은 지극히 곤란하다. 파고들 수는 있어도, 거기서 책략이 결실을 맺는 일은 거의 없다던가."

"네, 사실이옵니다."

제국은, 그런 부분이 대단히 엄격한 모양이다. 레미아가 들은 이야기라서 타이치 일행이 직접 확인한 건 아니지만, 그녀가 하는 말은 신용할 수 있다.

"알겠습니다. 가로막아서 죄송해요. 계속해 주세요."

타이치가 말하자, 시녀는 한 번 인사를 하고 말을 이었다.

"세로프 님의 여식인 에르메리아 님은, 학원에 다니는 학생이옵니다. 필요한 일이 있다면, 상담을 하는 것이 좋을 줄로 압니다."

"폐하께 칙명을 받았다. 우리 가문이, 그대들의 일을 지원한다. 잘 부탁하지."

세로프는 타이치 일행에게 고개를 가볍게 숙였다.

후작가의 당주인 그가, 일개 모험가에 지나지 않는 타이치 일행에게 정중하게 대한다는 것은 가볍게 놀랄 일이다.

황제가 그곳에 있기 때문이라고 생각했지만, 실제로는 다르다.

베를리니 가문은 본래 무력으로 성장한 집안이다. 「제국의 영예로운 귀족인 것과 동시에, 무인이어야 한다」 그것을 후작가는 긍정한다.

세로프는 우직한 남자, 라는 것이다.

타이치, 린, 뮤라는 그의 아내인 라라리스 일이 있어서, 아무래도 플랫한 판단을 못하고 있었다.

과실이 있으니까 고개를 숙였다, 라는 것이 아니다. 그것이 없었다고 해도 그가 우직하다는 것은 변함이 없다는 시녀의 말.

"주요 창구는 내 딸 에르메리아가 된다. 딸에게는 재량을 주었으니, 어지간한 일이 없는 한 문제는 없을 거야. 에르메리아의 신변을 걱정할 필요도 없다. 폐하께서 각별한 사려를 내려주셨으니."

에르메리아의 친모가 뒤에서 조작을 하고 있는데, 친딸은 괜찮을까? 생각하지 않았던 의문에 대한 대답도 금방 얻어서, 질문이 하나 사라졌다.

"알겠습니다."

배신하는 일이 있을 것인가에 대해서는 신경 쓰지 않기로 했다. 그에 대해서는 황제가 조사를 했을 거고, 이 위압감과 관록의 덩어리 같은 황제를 속일 정도라면 어지간히도 걸물일 것이다.

설령 그런 일이 있다고 해도, 도망치면 된다. 보통은 어려운 그 선택도, 타이치라면 가능하다.

아무래도 이래저래 생각을 해버리지만, 극단적인 수단을 고를 수 있다는 건 크다.

타이치 일행의 양해를 얻은 세로프는 다시 한 번 고개를 숙였다.

세로프가 물러가는 것을 보고, 시녀는 황제에게 인사를 했다.

"폐하. 이상이옵니다."

"수고했다."

메키르도라는 몸을 앞으로 내밀며 깍지를 끼었다.

"우리들은 이상이다만, 뭔가 질문이 있는가?"

분명히, 대강의 일은 해소됐다. 그 다음은 세세한 부분의 확인이다.

의뢰의 기일은 정해져 있는지, 라는 물음에는, 아크토의 상황을 보아 안전하다고 판단하면, 이라고 했다. 의뢰의 내용처럼, 역시 정해진 기일은 없었다. 알고는 있었지만, 이런 부분의 확인이 중요하다.

실패했을 때의 페널티에 대해서는, 성공했을 때의 보수와 같은 액수의 위약금을 지불하라는 것이었다. 상당한 기대를 하는 만큼, 실패했을 때의 페널티도 적지 않다. 거기서부터 상황에 따라 적절하게 조정을 하는 법이지만, 값싼 액수는 되지 않을 거라는 것을 타이치도 금방 눈치챘다. 제국 입장에서는 타이치 일행이 위약금 따위 지불하지 않는 상황이 좋다. 어차피 제국의 입장에서는 위약금 따위를 받아도 푼돈이고, 그보다도 의뢰의 성공이 바람직할 것이다.

위약금에 대한 설명이 끝난 참에, 린은 타이치, 뮤라, 레미아 순서로 보았다. 그들은 고개를 옆으로 저었다.

"또 한 가지 괜찮을까요?"

"뭐든지 물어보라."

"학원은, 어떤 곳인가요?"

린의 질문에, 메키르도라는 흐흠, 한 번 고개를 끄덕이고 팔짱을 끼었다.

"나중에 설명할 예정이었다만, 딱히 이 자리에서 해도 되겠지. 설명해줘라."

황제의 시선을 받고서, 시녀는 알겠습니다 하며 공손하게 고개를 숙였다.

"제국립 기사 양성 학원의 이념은 실력주의이옵니다. 그렇지만, 신분의 귀천을 따지지 않고 평등, 이라는 것도 아니옵니다."

일단은 평민측. 사회에 나서면 모든 자가 어쩔 수 없이 명확한 신분사회에 노출된다. 그걸 몰랐다, 가 통하지 않는 세계다. 애당초 몰랐다고 해서 용서를 받아서는 무엇을 위해 신분의 차이가 있단 말인가? 라는 논리가 되어 버리기 때문이다. 따라서, 학생일 때부터 신분의 차이라는 것에 익숙해지고, 평민의 자위 수단을 지금부터 갈고 닦아 둘 필요가 있다, 라는 생각이다.

이어서 귀족측. 함부로 평민이라고 해서 얕보게 되면, 귀족의 권위를 지키는 것에만 열심인 신념의 소유자라면서 다른 가문에게 비난을 받는다. 다시 말해서 사소한 일도 용인하지 못하는 그릇이 작은 자, 라는 것이다.

다른 가문이 깔보게 되면 귀족으로서 대미지가 크기 때문에 자연스럽게 자중하는 법. 하지만 유감스럽게도 자중할 줄 아는 자들만 있는 것도 아니다.

"평민은 귀족을 공격하는 것이옵니다."

시녀는 거기서 말을 한 번 끊었다.

"다만, 아무리 귀족의 자제들이라 해도, 신분을 제멋대로 휘둘러도 되는 것이 아니옵니다. 도가 지나친 경우는, 폐하께도 이야기가 올라오게 되니까요."

"학원은, 미래의 제국을 지탱하는 인재를 육성하기 위한 곳. 우수한 인재가 될지도 모르는 자를, 귀족의 생떼로 뭉개는 것을 허용할 수 없으니까."

그렇게, 황제는 조용히 말했다. 억양이 없는 것이, 그의 본심을 알려주고 있었다.

"애당초, 귀족의 지나친 권위주의가 횡행하고 있었습니다만, 폐하께서 손을 쓰셨습니다."

황제의 이름으로, 지나친 귀족주의를 용납하지 않게 됐다. 이번 의뢰는, 지나치다고 판단되지 않는 것이 귀찮은 점이라고 황제가 말했다.

공개적으로 지키기에는 대의명분이 부족하다. 그리고, 뒤에 수상쩍은 느낌이 있었기에 외부에서 힘을 빌리게 된 것이다.

"……대략적인 건 알았습니다. 마지막으로 한 가지 괜찮을까요?"

레미아가 황제를 똑바로 보았다. 본래는 불경한 그 행위지만, 황제는 재미있다는 기색으로 마주볼 뿐이었다.

"좋다. 뭐지?"

"어째서, 우리들인 것입니까?"

재미있는 질문이었는지, 메키르도라는 큭큭 웃었다. 조금 심한 것 같지만, 하고 황제가 말했다.

"짐의 진짜 목적은, 그대들과 한 번 만나두는 것이다. 뜬금없이 말하자면, 이번 의뢰도 그대들을 여기로 부르기 위해 딱 좋았기 때문이지. 가능하면 내 나라로 끌어들일 수 없는가, 라고 생각도 없지는 않았다. 그것을 이루지 못해도, 황제의 일을 받으면 달콤한 꿀을 맛볼 수 있다 정도라도 생각하게 되면, 짐의 승리가 되겠지."

상상 정도는 하고 있지 않았나? 그는 그렇게 말하고, 타이치 일행을 순서대로 둘러보았다.

황제가, 타이치 일행과 연결을 가지는 것에 가치를 발견했다고 드러낸 것이다.

그리고, 말은 안 했지만 문제는 의뢰를 하지 않아도 어떻게 못할 것은 아니다, 라고 시사했다.

이것을 부정할 수는 없다. 자신들에게 그 정도의 가치가 있다는 것은, 이미 알고 있었다. 황제가 보기에는, 타이치가 주목적인 것은 틀림없으리라. 다음으로 마술의 권위자인 레미아일까? 그렇지만 린과 뮤라를 소홀히 볼 수는 없다. 두 사람에게 무슨 일이 있으면 타이치는 움직이는 것을 망설이지 않는다.

아마도, 타이치 일행과 적대하지 않기 위해, 라는 것이 진심일까? 그러한 것을 이유로, 에리스테인 마법왕국은 가깝지도 멀지도 않은 관계를 구축하고자 했다. 제국이 그것을 본받는 것도 딱히 신기할 것이 없다.

그 이전에, 타이치가 너무나 빼어날 뿐이며, 린과 뮤라가 인재로서 전혀 뒤떨어지지 않는다는 것은, 메키르도라는 물론 이해하고 있었다.

아직 10대 중반, 모험가라지만 새내기인 나이로 이미 A랭크에 필적한다면, 대국이라지만 어지간한 일이 없으면 만날 수 없는 인재다. 보통은 끌어들이지 않을 이유가 없다.

그런, 에리스테인 마법왕국이 「끌어안지 않는다」라고 판단한 것을 경시할 셈은 없었다.

"……그렇군요. 잘 알겠습니다."

뭐 그렇겠지. 라는 표정으로 레미아가 황제의 말을 받아들였다.

옆에 있는 타이치, 린, 뮤라의 세 사람도 마찬가지다.

이렇게 황제와 직접 면회를 하지 못한다. 황제를 만나고 싶다고 바라는 자는 헤아릴 수 없이 많다. 다망한 황제가 예정을 조정해서 알현을 해준다는 것을, 네 사람 모두 깨닫고 있었다.

모두 대강 짐작한 것을 본 메키르도라는, 그 눈치가 좋은 것에 살며시 입가를 끌어올렸다.

그러한 부분의 눈치도, 메키르도라는 호감을 느꼈다. 동시에, 그렇기에 끌어들이고자 안달하는 이유도 되며, 끌어들이지 않는다, 라는 지르말의 판단에도 납득이 되는군, 하고 고개를 끄덕이는 황제였다.

제54화 전입

제국립 기사 양성 학원 종합과 2학년인 아크토 바스벨은, 평소처럼 학원에 등교하여 평소처럼 교실로 가서, 평소처럼 자기 자리에 앉아, 교사가 도착하기를 기다리고 있었다.

평소와 같은 하루의 시작.

그러나 그것에, 평소에는 없는 들뜬 분위기를 느끼고 아크토는 의문을 느꼈다. 오늘 무슨 일이 있었나? 그러나 아크토는 짚이는 것이 없었다.

"여어, 아크토."

해결할 수 없는 의문을 어찌할까 하고 있는데, 등 뒤에서 누가 말을 걸었다.

"아, 안녕? 쉘튼."

흐린 회색 머리칼을 짧게 자른 소년이, 친근한 미소를 지었다.

쉘튼은 그대로 아크토의 자리로 다가와서, 책상에 털썩 앉았다.

버릇없는 짓이지만, 하는 쪽도 당한 쪽도 전혀 신경 쓰지 않는다. 늘 있는 일이다.

"야 쉘튼. 이거 무슨 일이야?"

아크토는 친구에게 말을 걸었다. 술렁거리는 교실 안에서, 아크토의 목소리는 쉘튼에게 닿은 다음 소음에 사라져 버렸다.

"아아, 이거."

주위를 둘러보고, 쉘튼이 고개를 끄덕였다. 정보통인 그는 이미 원인을 알고 있었다. 물론 정보는 신선도가 생명이다.

"듣자니 편입생이 이 반에 온다더라."

"편입생?"

아크토는 새롭게 떠오른 의문에 고개를 갸웃거렸다.

"이 학교, 편입 같은 게 가능했어?"

제국립 기사 양성 학원은, 중간 입학을 인정하지 않는다. 입학하고 싶다면 마땅한 시험을 치고서 합격 라인을 돌파해야 한다. 그 다음 한 해에 한 번 있는 입학식에 출석해야 비로소 학원생으로 인정받는 것이다.

물론 아크토도 쉘튼도 입학시험을 돌파했다.

아크토와 쉘튼이 입학한 뒤로 적어도 과거 2년 동안, 그러한 사례는 없었다고 기억한다.

"그게 말이지."

이건 대부분의 녀석은 모르겠지만, 하고 운을 띄우더니 쉘튼은 소리를 살짝 죽였다.

"뭔데?"

역시 이 정보통은 뭔가 알고 있는 것 같다. 쉘튼에 맞추어 아크토의 목소리도 볼륨이 내려갔다.

언젠가 밝혀질 테니 그렇게까지 신경질적이 될 필요는 없겠지만, 그래도 비밀 이야기를 할 때는 저절로 목소리가 작아진다.

"듣자니 유학생이라던데."

"유학생?"

"그래. 그래서, 에리스테인에서 온다고 하더라."

"응."

"그리고. 편입해오는 녀석들이, 우리랑 같은 나이인데도 현역 고랭크 모험가라고 해. 재학생에게 자극을 주는 게 목적 같아."

"헤에. 여전히 귀가 밝구나. 대단해."

"뭐 그 정도는 되지!"

"우쭐거리지마."

매몰차게 말하자, 가슴을 쭉 폈던 빡빡 머리가 어깨를 늘어뜨렸다.

에리스테인에서 불러들였나?

다시 말해서, 거기서 불러오기에 걸맞은 상대라는 것이리라. 에리스테인 마법왕국에서 유명한 것은, 누가 뭐래도 궁정 마술사. 이름 그대로 엘리트 마술사 집단이다. 그 실력은 대륙에서도 손꼽힌다고 하며, 그 나라가 3대 대국이라고 불리는 이유이기도 했다.

쉘튼의 이야기를 듣고서, 아크토는 뭔가 걸리는 걸 느꼈다.

"기다려. 녀석들, 이라고 했어?"

"그래."

만족스럽게 고개를 끄덕이는 쉘튼.

"그렇다면, 편입생은 여러 명이야?"

"그렇지. 수는 세 명이야. 그리고, 여기서부터가 중요하지."
그 말에, 아크토는 보다 주의 깊게 귀를 기울였다.
"사실은 말이지?"
"사실은?"
"세 명 중에서, 두 명이 미소녀라더라!"
작은 소리로 외친다. 이런 재주 좋은 짓을 하는 쉘튼.
"……."
그런 그를, 변함없는 표정으로 바라보는 아크토.
두 사람 사이에 가라앉는 침묵.
"……그래서?"
맥이 빠진 쉘튼은, 덜컥 하면서 넘어졌다. 좋은 리액션이다.
"그래서, 라니 너……. 아주 중요한 거잖아. 미소녀라고, 미소녀."
"흥미 없어."
"……너는 여전히, 정말로 여자애는 거들떠보지도 않는구나."
아크토의 너무나도 흥미 없는 말에, 쉘튼은 질색하는 모습을 감추지 않았다.
"같은 걸 또 묻는데. 너, 연애 부정파?"
"같은 대답을 하는데. 누구랑 누가 사귀어도, 딱히 뭐라고 할 생각 없어. 그저, 나는 흥미가 없는 것뿐이야."
"생각은 변하질 않는구나."
"그렇게 간단히 변할 거면, 처음부터 생각 안 한다."
잠시 아크토를 보고 있던 쉘튼이었지만, 정정할 기색이 없

는 것을 느끼고 어이쿠야 하며 고개를 흔들었다.

"아깝단 말이지. 너 이렇게 귀여운데."

말하면서, 쓱씩쓱싹 아크토의 머리를 난잡하게 쓰나듬는다.

칭찬을 받았을 아크토는, 오히려 쌀쌀맞은 기색으로 게슴츠레하게 쉘튼을 보았다.

"……그거, 칭찬이야?"

"당연하지. 너 같은 녀석은 말이지, 누님들한테 인기가 있다는 게 내 분석 결과다."

자신만만하지만, 뭘 어떻게 분석을 한 걸까? 아크토는 생각했다.

아크토의 얼굴 조형은 단정하다고 단언해도 지장이 없다. 약간 몸집이 작고 중성적이지만, 마음가짐에서 오는 의연한 태도나 탄탄한 몸이 그렇게 만드는 건지 사나운 인상을 상대에게 주는 생김새였다.

거기에 포인트를 더하는 것이, 어깨까지 자란 라이트 브라운의 머리칼에 같은 색의 복실복실한 개 귀와 꼬리.

이 두 가지 요소가, 아크토는 누님들에게 인기가 있다, 라는 쉘튼의 논거다. 확인한 것은 아니지만, 개인적으로 교류가 있는 몇 명의 누님들에게 자연스럽게 아크토를 소개하여 감상을 들어본 결과로 예측했다.

"그래그래. 참 고맙습니다."

"……정말로, 아깝다니까."

더 이상 무의미하다고 느낀 쉘튼은 아크토에게 들리지 않도록 작게 중얼거렸다.

여자애랑 깊은 사이가 되는 걸 꿈꾸는 소년으로서는 가만히 기다리고 있어도 여자애가 다가올 아크토의 소질이 부러울 따름이었다.

"그건 그렇고, 쉘튼……."

"엉?"

그런 생각에 몰두하고 있던 쉘튼은, 아크토의 말에 현실로 돌아왔다.

"그 편입생들은, 나하고 그다지 연관되지 말라고 말을 해줄래?"

"……너."

자신의 포기한 것 같은 말에, 약간 담겨 있던 쉘튼의 의분을 느낀 아크토는 작게 쓴웃음을 지었다.

"나로서는, 아무리 너라도, 이 정도로 나랑 얽혀서, 입장이 나빠지지 않는 게 신기한데 말야."

"……."

그것은 그의 인덕이 있는 덕분이지만, 또 하나의 요소도 크게 얽혀 있다. 이론 성적은 신통치 않지만 머리가 나쁘지도 않은 쉘튼은, 현재의 원인을 냉정하게 분석하고 있었다.

그래서, 분하다.

이런 상황에 놓여 있으면서도, 똑바로 목표로 돌진하는 우직한 그에게 걸어줄 말이 없는 자신에게.

"……알았어."

교실 안의 소란을 멀리 느끼면서, 마지못해, 친구의 말을 받아들이는 수밖에 없었다.

"어~이, 너희들 자리에 앉아라~."

드르륵 문이 열리는 소리와 함께 들어온 것은, 이 교실의 담임인 젊은 남자였다.

소문에 이야기꽃을 피우고 있던 클래스메이트들이, 황급히 자리로 돌아갔다.

휑하고, 지금까지의 소란이 거짓말인 것처럼 교실이 조용해졌다.

학원에 다니려면, 그럭저럭 자금이 필요하다. 따라서 나름대로 유복한 가정이나 귀족이 학생의 태반을 점하고 있다. 내실은 그렇다 쳐도, 표면상의 규율은 잘 지켜지고 있다.

교단에 선 교사는 빙글 학생들을 둘러보더니, 그들의 눈에 떠오른 기대의 색을 읽어내고 쓴웃음을 지었다.

"좋은 아침이다."

『좋은 아침입니다.』

"……정말이지. 사람의 입을 막을 수는 없다고 하지만, 너희들은 소식이 빠르군."

학생들은 일절 괜한 말을 하지 않는다. 소문에 들은 편입생이 이 반에 오는 것은 알고 있었다. 교사의 이야기가 중단되면 될수록, 소개가 늦어지는 것이다.

"평소에도 이 정도로, 일치단결하면 좋을 것을."

교사의 진심일 말에, 짚이는 부분이 있는 몇 명의 학생이 살짝 시선을 흔들었다.

"뭐 좋다. 시간도 한정돼 있으니, 얼른 들여보내지. 너희들, 들어와라."

입실을 권하자, 세 명이 교실로 들어왔다.

곧장 술렁거림이 흘렀다. 그것은 기쁨과 놀라움. 학생의 절반 이상이다.

그 중에서 기뻐하는 것은 대부분이 남자들. 놀라는 것이 여자다.

"어허. 마음은 알겠지만 진정해라. 일단 내가 간단히 설명하지."

교사의 한 마디에, 술렁거림이 순식간에 잦아들었다.

"이번에 학원으로 편입해온, 에리스테인의 유학생이다."

아무래도 쉘튼이 말한 것처럼, 유학생이라는 정보는 몰랐었는지 교실 안이 술렁거렸다.

"뭐 어째서 에리스테인에서 온 것인지는, 아무래도 높으신 분들의 사정이라는 모양이니까, 나는 자세히는 모른다."

터놓고 말한 교사에게, 학생들이 쓴웃음을 지었다.

"그러자, 다음은 어째서 그들인가? 라는 의문이 생기겠지. 그들은 말이다. 놀랍게도 에리스테인에 자리잡고 있는, 『낙엽의 마술사』의 직전 제자다."

『낙엽의 마술사』라는 이름에, 교실이 놀라움에 휩싸였다.

타국에도 울려퍼질 정도. 돈을 아무리 준비해도 얻을 수 없는 명예.

그런 마술사에게 인정받으려면 어떤 실력을 가진 걸까?

학생들의 흥미를 부추기기에는 충분하고 남을 소개였다.

"그러면. 내 목소리는 자주 들었으니 그만하지. 그들의 자기 소개를 들어보자."

교사는 편입생 세 명에게 눈짓을 했다. 그것을 받고서, 일단 소년이 입을 열었다.

◇◆◇◆◇◆◇◆

아까 쉘튼에게는 그렇게 말했지만, 아크토도 그 편입생에게 흥미는 있었다.

소란스러워지는 교실. 남녀 가리지 않고 학생의 태반이 소리를 내는 이유는, 아크토도 잘 알고 있었다.

쉘튼이 한 말이 맞았다. 검은 머리칼을 머리 뒤로 묶은 소녀도, 엘프 소녀도, 흔히 볼 수 없는 수준의 미소녀였다.

검은 머리 소녀는 열 명에게 물어보면 아홉은 미인, 혹은 귀엽다고 대답할 거라고 생각된다. 남은 한 명은 취향의 문제, 오차의 범위다. 금빛 머리칼의 소녀도 비슷하리라.

그에 비해, 그녀들과 함께 있는 소년. 이렇게 말하면 미안하지만, 솔직히 평범한 인상을 지울 수 없었다. 비교 대상이 나쁜 거라고 생각한다. 옆에 있는 두 명이 지나치게 비범한 것이다.

아크토는 시선을 삭 클래스메이트에게 돌렸다.

과연, 그들의 외모에 속지 않은 자는 얼마나 있는지를 확인했다.

'절반…… 아니, 3할? 적네.'

소란을 떠는 클래스메이트의 수는 많다. 그들 대부분은 그냥 소란을 피우는 것뿐이지만, 소란을 떨면서도 눈동자에 지성의 빛을 남긴 자도 약간 있었다.

알기 쉬운 것은, 분위기이리라.

실력을 보지 않으면 실제로 어떤지는 알 수 없다. 하지만, 이 삼인조는 틀림없이 이미 실전을 경험했다.

태도가, 다르다.

'뭘까……? 귀족하고는 달라. 관록, 이라는 걸까?'

귀족 여자는 남들 앞에 나서는 것에 익숙한 자도 많다. 그러나, 이 학원에 소속된 귀족 학생들 중에서, 편입생 삼인조에 필적하는 관록을 갖춘 자는 그리 많지 않다.

그러는 아크토도 경험치로는 압도적으로 뒤떨어지리라. 신경이 쓰였다. 이야기를 들어보고 싶었다. 그들은, 어떤 경험을 해왔을까?

교사의 간단한 소개가 끝나고, 각자 자기소개를 했다. 소년은 타이치 니시무라. 검은 머리의 소녀는 린 아즈마. 엘프 여자애는 뮤라라고 했다.

'이야기, 해보고 싶지만…….'

아까, 쉘튼에게 못을 박았던 참이다. 그리고, 아크토는 그것을 자신이 어길 생각은 없었다. 상대가 몇 번이나 우호적으로 다가온다면 친해지는 것도 거부할 생각은 없지만. 그야말로 쉘튼은 그런 느낌으로 친구가 됐다.

'뭐 나는 멀리서 보는 것만으로 충분해.'

아크토는 눈을 감고서 묵고했다. 자신의 상황을 비추어보다, 그렇게 결론을 내렸다.

눈을 감고 있던 아크토에게, 편입해온 세 명 중에서 소년이 시선을 돌렸지만, 기어코 깨닫지는 못했다.

◇◆◇◆◇◆◇◆

제국립 기사 양성 학원은, 제도 가르게니아의 남동쪽에 있었다.

거대한 부지, 건물을 가진 학원을 중심으로 학생을 대상으로 한 가게가 늘어선 방과 후에는 시장처럼 떠들썩함을 보이는 구역이다.

학원은 몇 개의 학과로 나뉘어 있다.

무술과, 기사과, 문관과, 마술사과, 종합과 다섯이다.

무술과는 무기를 가리지 않고 접근전과 강화 마술을 주로 배우고, 기사과는 검술과 중거리까지의 마술을. 마술사과는 학생들 개개인이 가진 속성의 마술을 철저하게, 종합과는 위의 셋을 골고루.

문관과는 졸업하면 나라를 섬기는 것이 결정된다. 최소한의 호신술 말고는 거의 이론 수업이라는, 다른 넷하고는 색이 다른 학과다. 교사도 문관과만 따로 있었다.

학생들 사이에서 문관과는『내정』, 무술과 등는『전투』라고 불리며 구별되고 있었다. 둘 다 나라에는 필요하기 때문에,

미찰 따위는 없다.

어느 학과든지 완전 실력주의다. 학년말에 합격 라인에 이르지 못하면 진급할 수 없다. 즉시 퇴학되진 않지만, 재적 기간은 최대 8년으로 정해져 있다. 그 기간 안에 네 번 합격 라인에 도달하지 못하면 꿈은 끝나고, 『내정』 소속인 자는 상인 따위, 『전투』인 자는 모험가나 자경단, 일반 병사를 목표로 하게 된다. 물론 4학년까지 진급하게 되면, 졸업하지 못해도 「즉시 전력」으로 취급해준다. 졸업하면 「즉시 전력」이 「엘리트의 알」로 변하는 것이다.

귀족 저택의 부지 면적에도 필적하는 거대한 교사. 그 안에 있는 무수한 교실 중 하나가 타이치 일행이 편입한 종합과.

예상대로, 말을 걸려는 클래스메이트로 타이치 일행 자리 주변이 붐비고, 교실은 한때 소란스러워졌다. 특히, 보기 드문…… 이라기보다, 이 학원에서 특례 중에서도 특례인 편입생이라면 더욱 그렇다.

그 교실은, 현재 정적이 내리고 있었다.

"……이렇게, 마력을 가졌다, 라는 것은 그것만 해도 어떤 종류의 특별한 일이라고 할 수 있습니다."

부드러운 미소를 지은 중년 여성 교사는 거기서 한 번 말을 끊고 교실을 둘러보았다.

"그러면, 마력을 가진 자와 가지지 못한 자, 그 차이는 어째서 생기는 걸까요? 대답을 해볼까요, 쉘튼 군."

"우엑!"

지적을 받으리라 생각 못 했으리라, 패스를 놓친 것처럼 흐른 신음 소리에, 키득키듯 웃는 소리. 음험한 것이 아니라, 반의 분위기는 나쁘지 않다.

소년은 일어서서, 「그~게……」 하며 생각에 잠겼다.

대답을 못할 건 없다. 만약 그렇다면, 그는 진급하지 못했을 것이다. 이곳은 그런 장소인 것이다.

"정령에게 선택 받은 자가 마력을 가집니다. 부모님 중에서 어느 쪽이든 마술을 사용할 수 있는 경우, 정령에게 선택될 가능성이 높아집니다."

"네, 정답입니다."

쉘튼은 살며시 한숨을 쉬고 자리에 앉았다.

지금 그건 기초 중에서도 기초다. 실제로 이 학원에 입학하자마자 배우는 마술학의 기초인 것이다.

그러나 방심할 수는 없다. 진급하고서도, 갑자기 과거에 배운 것이 튀어나오는 것이다. 그것에 대답하지 못하면, 자기 연마를 게을리했다고 하여 진급 과정에 적지 않은 대미지가 남는다.

"그러면, 조금 파고들어보죠."

학생들의 눈빛이 바뀌었다. 여기서부터는 점수 벌기. 방금 복습에 오답을 하면 감정을 당하는 것은, 정답이 당연하다고 보기 때문이다. 한편으로 파고드는 질문에 정답을 맞히면 가산점이 있다. 라인을 더욱이 밀어 올리는 자리다.

"마술이란, 주어진 속성의 정령에 마력을 바치고, 힘을 빌려 발동하는 것입니다."

진심으로 마술사가 되고자 한다면 반드시 알아두어야 할 일. 아무도 의문으로 생각하지 않는 모양이다.

"그러면 여기서부터 질문입니다. 영창이 틀리지 않았는데, 마술이 실패했습니다. 실패한 마술사는, 마술사라고 자칭해도 부끄럽지 않은, 다시 말해서 충분한 수준이라고 하겠습니다. 그러면, 원인을 알 수 있는 사람은 손을 들어주세요."

다시 말해서, 맨 처음 시절의 린이 발목을 잡혔던 이미지 부족이나 마력의 조작 능력이 포함되지 않는다는 것이다.

삭 손이 올라갔다. 모두다. 반의 모두가 손을 들었다.

교사가 어느 남학생을 가리키자, 일어선 소년은 「술자의 마력 고갈이 원인입니다」라고 대답했다. 그래도, 올라온 손이 전혀 내려가지 않는다. 다음으로 교사가 여학생을 가리켰다. 그녀는 「마나 부족이 원인입니다」라고 대답했다.

이 시점에서, 8할이 넘는 학생이 분한 기색으로 손을 내렸다. 지명되지 않은 것은 교사의 변덕, 운이 나빴다. 그러나, 운으로 살아남는 것 또한 일상다반사인 것이 이 세계. 이 학사는 「운이 나빴다」라는 부조리에 익숙해지는 장소이기도 했다.

남은 것은 여덟 명의 학생. 타이치, 린, 뮤라는 손을 들고 있었다. 나머지 다섯 명은 명백하게 고위 귀족이란 걸 알 수 있다. 어렸을 때부터 고등 교육을 받았으리라.

여기서부터는 수업에서 배우지 않은 부분. 예습 레벨을 알 수 있다.

"그러면, 에르자베트 양."

"네."

에르자베트라고 불린 소녀는 우아하게 일어섰다.

'오오, 저 녀석이 지명됐다.'

타이치는 감동하고 있었다.

에르자베트가 백작 가문 영애이기 때문이 아니다.

화려한 금발에, 날카로운 눈매의 단정한 생김새에 넋이 나간 것이 아니다.

'세로 롤이다!'

그렇다. 어떻게 세팅을 한 건지, 허리까지 뻗은 그녀의 화려한 금발이 중심에 공간을 만드는 것처럼 소용돌이를 만들고 있는 것이다.

컬을 조금, 정도의 어중간한 것이 아니다. 가장 두꺼운 뿌리 부분에서는 직경 3센티미터, 소용돌이를 그리면서 가늘어지며 아래로 뻗어 있었다. 아가씨라고 하면 바로 이거, 라고 타이치 개인이 생각하는 머리 모양을 지금, 만난 것이다.

에르자는 우아하게 「마나의 포화가 원인이랍니다」라고 대답했다. 정답이다. 몇 명이 의문스러운 기색이지만, 교사의 「정답」이란 말에 놀라움으로 바뀌었다. 또한, 몇 개의 손이 내려갔다.

"설마 그것을 알고 있다니. 에르자 씨는 제대로 공부를 해와서 대단히 근사하군요. 그래요, 마나는 고갈되어 있어도, 포화되어 있어도 안 되는 겁니다. 그러면…… 어머나? 아직 손을 들고 있는 사람이 있군요."

그렇다. 손을 들고 있는 건 타이치, 린, 뮤라 세 명이었다.
“편입생 여러분이군요. 그러면, 린 양이 대답을 해보겠나요?”
그렇게 부드러운 목소리로 린을 지명한 여성 교사. 목소리와 달리, 눈빛이 살짝 빛났다.
린은 일어서서, 딱히 뭔가 생각하는 기색도 없이 입을 열었다.
동시에, 타이치와 뮤라도 손을 내렸다.
“마나끼리 서로 반발하여, 마술이 실패하는 일이 있습니다. 『상극』이라는 현상입니다.”
답이 맞는지 확인하지도 않고, 린은 자리에 앉았다. 확인할 것도 없다. 놀라움에 물드는 교사의 얼굴을 보면 결과는 명백하다. 교실이 술렁거렸다.
“용케, 알고 있군요……? 명칭조차도 일부 고위 학자밖에 모르는 현상일 텐데요?”
“제 스승은 우수하니까요.”
그렇게 생긋 웃으며 대답했다. 그 얼굴을 보고, 교실이 다른 의미로 술렁거렸다.
이걸로 에리스테인의 주가가 올랐으리라. 그런 생각을 하면서, 린은 자신의 스승인 레미아를 떠올렸다. 『상극』은 그녀의 연구 주제 중 하나다.
그 마술학의 귀신인 레미아가 계속 연구하고 있는 주제. 그것만으로도, 얼마나 고도의 영역인 건지 알 수 있다.
“역시, 에리스테인 궁정마술사의 제자로군요. 여러분도 그녀에게 지지 않도록 연마하세요. 그러면, 다음으로…….”

린이 자신의 레벨을 보인 것처럼, 뮤라 또한 자신의 실력을 알린다.

이이지는 수업은 약학.

오늘은 교실에서 수업하지만, 날에 따라서는 실습을 위해 교실 이동도 하는 모양이다.

"그리고, 여기까지가, 회복, 해독, 마비 해제의 초급 마법약을 만드는 법이다."

30대 후반의 신경질적인 인상의 남성 교사가, 필기를 마치고 돌아보았다.

"1개월 뒤, 이 셋 중에서 랜덤으로 만들어야 한다. 물론, 재료 모으기부터다."

교실이 긴장에 휩싸였다. 뚜껑을 열 때까지 뭘 만들지 알 수 없는 과제. 클리어를 위해서는 셋 모두 습득할 필요가 있다는 것. 그러나 과제로서는 이치에 맞는다. 모험가나 기사도, 원정에 나섰다가 약이 다 떨어졌을 때, 재료가 모여 있으면 스스로 만드는 일도 드물지 않은 케이스다.

학생들이 긴장하는 것을 보고 만족스러웠던 교사였지만, 문득 교실 한 구석을 보고 볼을 파르르 떨었다.

"……한눈을 팔다니 여유로군, 뮤라."

창가에 앉아 있던 뮤라가 멍하니 바깥을 보고 있었기 때문이다.

"……죄송합니다."

턱을 괴고 있던 것을 풀고, 반성을 하는 건지 아닌 건지 알 수 없는 음색으로 대답한다. 본인으로서는 딴생각을 하던 걸 반성하고 있지만, 운이 나쁘게도 전달되지 않았다.

"그러면, 상급 마법 회복약의 재료 중에서 셋을 말해봐라. 대답한다면 불문에 부친다."

뮤라는 고개를 갸웃거리며 일어섰다.

상급 마법 회복약은 고급품이다. 마법약의 완성품마저도 웬만해서는 볼 수 없는데 제조법까지 알려고 하면 상당히 고생한다. 이 학원의 도서관에서도 알 수가 없다. 교사로서는 뮤라가 난처해하는 것도 이미 예상하고 있었다.

아무리 『낙엽의 마술사』의 제자라지만, 상급 회복 마법약의 재료까지는 모를 거다. 딱히 감추고 있는 건 아니지만, 약사뿐 아니라 실력 있는 기술자들은 자신의 기술과 지식의 갭이 밥벌이의 씨앗이기 때문에, 그것들을 숨기는 것이 상식.

그 때문에 같은 위치에 서지 않는 한 알 수 없으며, 일반적으로는 침투되지 않은 것이다.

교사로서는, 그걸로 반성을 촉구할 셈이었다. 상대는 에리스테인의 객원 학생. 명목상으로는 재학생들과 평등하지만, 그렇게 간단하지 않은 것이 어른의 사정이었다.

다른 학생들의 시선을 받으며. 현실은, 예상을 삐딱하게 넘어섰다.

"그러니까, 토르시의 꿀, 블랙 머더 베어의 담, 엘더 트렌트의 수액…… 정도면 될까요?"

교사가 눈을 깜빡거렸다.

정답이었다.

취미와 실익을 겸하여 온세계의 고급 도서를 수집하고 잇는 레미아의 집에 오래 살고 있던 뮤라. 레미아의 집에서는, 상급 마법약이라도 정보의 희귀도는 그렇게 높지 않다. 재료의 지식 정도라면 책장에서 적당한 약학 분야의 책을 꺼내 몇 권 파라락 보면 알 수 있다.

그리고 그녀는 수업의 일환으로 마법약의 제조법도 배우고 있었다.

뮤라가 멍하니 있는 것은 너무나도 초보적이라서 들을 것도 없이 배울 것도 없이 알고 있었기 때문이다.

"……."

신경질적인 교사는 현재진행형으로 굳어 있었다. 설마 대답을 할 줄은 몰랐던 것이다.

그때, 뮤라가 추가 타격을 가했다.

"틀렸나요? 그러면, 특급 마법약의 재료와 만드는 법을 다시 대답할게요."

"아, 아니, 됐다. 상급 마법약의 재료는 정답이다."

"그런가요."

그 말투에서, 올바른 대답을 알고 있다, 라고 전해진다. 아마도 재료만 있으면 특급 마법약도 만들 수 있을 거라고 교사는 예측했고, 그것은 정답이었다.

그러면 초급 마법약 따위는 독서를 하는 틈틈이라도 만들 수 있으리라.

그 정도의 기술을 습득한 자에게 초급 마법약의 제조법을 진지하게 들으라고 하는 것은 아무리 교사라도 말하기 어렵다.

그 자신도 가르치는 입장이니까 이야기를 하는 것이지, 듣는 입장이 되면 지루해지는 것은 빤하기 때문이다.

"따분한 건 잘 알았다. 그런, 수업은 수업. 들어주지 않으면 곤란해. 미안하지만 조금 더 참아라."

"알겠습니다."

그저 그 정도의 잔소리로 끝내 버렸다. 학생들은 이 남성 교사에게 찍히면, 논리정연한 정론으로 오래도록 잔소리를 듣는 게 보통이었다.

다소 문제가 있어도 힘이 있으면, 실적이 있으면 세상이 필요로 한다. 뮤라의 태도는 수업을 받는 태도로서는 다소 걸맞지 않지만, 실력으로 문제가 없다는 판정을 얻었다.

지금 그 장면은 틀림없이 사회의 축소판 중 하나였다.

직함이 멋이 아니라는 편린을 보여주면서, 수업이 진행되어 오전중의 수업 종료를 고하는 종이 울렸다.

점심 식사를 한 다음, 그라운드에서 전투 훈련 실습이 시작된다.

◇◆◇◆◇◆◇◆

초로의 남자 앞에 있는 창문에서는 광대한 학교의 부지를 한눈에 볼 수 있다. 앞에 보이는 훈련장은 학생들이 나온 참이었다. 여기서는 사람 한 명의 크기가 콩알처럼 보인다.

학원의 최상층.

점심 식사 뒤의 일과로 창문에서 그 모습을 바라보고 있넌 그는 쿠페를 홀짝였다.

풍부한 향이 코를 지나고, 기분 좋은 씁쓸함이 목을 지나 위로 흘러 떨어진다.

"오후의 첫 시간은 전투훈련의 수업이군요, 학원장."

초로의 남자를 향해 중년 남자가 말했다. 주어는 전혀 부족하지만, 초로의 남자는 그가 무슨 말을 하는지 잘 알고 있었다.

"그래. 『낙엽의 마술사』 나리가 지원을 하는 수업이었군, 교감 선생."

사전 정보로는 황제에게서 맡은 명목상의 학생 세 명이 몇 개월 전에 A랭크 모험가로 승격 타진을 받았다고 했다. 그것도, 그 소환술사 소년뿐이 아니라, 동료 소녀 두 사람도.

이 학원도 엘리트의 알을 수도 없이 배출해온 역사가 있다고 자부하고 있었다.

그러나 과거를 풀어보아도 재학 중에 A랭크 모험가의 영역에 달한 자는 한 손에 꼽을 정도밖에 없다.

B랭크 수준까지 도달한 것은 한줌. C랭크라도 학교 안을 걸어 다니면 찬사를 받으리라. D랭크까지 도달하면 충분히 자신을 가지고 걸을 수 있는 성적이었다.

현시점에서 재적하고 있는 학생들 중에 최고의 성적을 가진 『전투』의 학생은 모험가 랭크 B에 상당하는 두 사람.

그것도 실전으로 단련되어 랭크업한 같은 랭크의 현역 모험가와 비교하면, 경험이 압도적으로 적은 학생들 쪽이 한 걸음 두 걸음 뒤떨어진다.

"학생들이 부럽기도 합니다. 제가 수업을 받고 싶을 정도군요, 하하핫."

교감이 그렇게 말하며 웃음소리를 냈다.

그의 말에, 학원장도 맞는 말이라며 고개를 끄덕였다. 『낙엽의 마술사』에게 지도를 받는다. 세상 마술사들이라면 눈이 멀 정도의 거금을 준비해서라도 이루고 싶은 일이리라. 그리고, 눈이 멀 정도의 거금으로는 이룰 수 없기에, 지도를 받을 기회는 귀중한 것이다.

"이 지도는 부산물이지만, 감사를 해야 하겠지."

"네, 그렇습니다. 이거야, 학생들에게는 좋은 기회가 됐어요. 마음 놓고 기뻐할 수 없다는 것 하나가, 유감스럽군요."

그렇게 눈썹을 살짝 내리며, 쓴웃음 지은 것은 교감이다.

"그렇군. 가능하면 어느 정도는 더, 학원에 있어주면 좋겠지만, 그건 바라서는 안 될 일이지."

"그렇습니다."

오래 있어주면 좋겠다. 그건 틀림없는 본심이었다. 그렇지만, 레미아가 오래 있다는 사실이 어느 사실과 교환이 되는 것이다.

말할 것도 없다. 황제가 직접 내린 안건이 해결되지 않는 것을 의미하니까.

“그 제자들의 모습을 보면, 교원이 학생들을 부러워하는 것도 무리는 아닐 게야.”

그렇게 말하는 것은 교감뿐이 아니었다. 학원에 학생으로 잠입한 세 명 중, 소녀 두 사람을 본 교사가 둘 다 『낙엽의 마술사』의 강의를 수강할 수 없냐고, 교원실에서 투덜거렸다고 한다.

“그들 중에서, 린 아즈마 양은 『상극』이라는 현상을 알고 있었으니까요.”

“『상극』 따위를 아는 자는 극히 일부야. 어지간해서 일어나는 일이 아니지.”

“네. 그리고 뮤라 양은 상급 마법약의 재료 일부를 흔들림 없이 대답했다고 합니다. 뿐만 아니라, 특급 마법약의 재료와 제조법도 알고 있는 기색이었다는 보고가 들어왔습니다.”

“상급에 특급……이라.”

“네. 약학의 강사가 수업 중에 그녀가 딴청 피우는 것을 타이르기 위해 냈던 물음이었는데, 자연스럽게 대답하여 할 말이 없었다고 합니다.”

“우우음…….”

지금 그 이야기만 들어도 틀림없이 이 학원에서 배우는 레벨을 초월하고 있었다.

역시 전세계의 마술사가 찬사와 질투의 시선을 보내는 『낙엽의 마술사』 비장의 제자들, 이라고 해야 할까?

“그래서, 타이치란 소년은 어땠지?”

보고를 들어보면, 소환술사의 동료 소녀 두 사람밖에 등장하지 않았다. 초로의 남자가 가장 신경 쓰는 소년은 어떤 걸까?

"아뇨. 그는 수업에서는 딱히 눈에 띄지는 않았다고 합니다. 다만, 그도 상당한 지식을 가지고 있는 건 틀림없습니다."

"그렇군."

직접 만났을 때, 그는 스스로 「나는 두뇌 담당이 아니라서」라고 했다. 그래도 수준이 높은 것은 역시 배운 스승이 이유일 것이다.

중년 남자는 새삼 보고했다. 지식 레벨은 학원 안이라는 필드에서 보면 상당히 위쪽이라고.

"그렇군."

"그의 진가는, 이 학원에 있는 사이에는 자리를 준비하지 않는 한 좀처럼 알기 어렵겠지요."

"역시 그런가."

턱수염을 만지면서, 상당히 미지근해진 쿠페의 컵을 집무책상에 놓았다.

"그러면, 자리를 마련하지. 딱 좋은 행사도 있으니 말이야."

"그러지요."

교감이 인사를 하고 퇴실했다.

우연찮게도, 이 시기는 학원의 행사가 많이 있었다.

종합과를 비롯한 전투를 주체로 하는 학생들은 이제 곧 매년 열리는 던전 탐색 실습이 기다린다. 이것은 각 학년마다 전체적으로 개최되는 행사다. 뭐 초심자용 영역을 중심으로,

학생들의 실력이나 현지의 대응력을 보고, 교사가 중급자용 영역을 조금 경험시켜주는 정도. 던전에서 돈벌이를 노리는 모험가와 비교하면 상당히 안전 대책을 하고 있었다.

학원으로서는 미래의 인재에게 무모한 짓을 시키지는 않는다. 물론, 그렇다고 해도 위험하다는 것은 변함이 없고, 매년 평범하게 부상자가 나오며, 몇 년에 한 번은 사망자도 나오는 실습이다.

그리고, 던전에 들어간 학생들의 물자 조달이나 이동 수단의 확보, 던전을 실습으로 사용하는 수속이나 각종 스케줄링은, 문관을 목표로 하는 자들이 담당한다. 만에 하나라도 실습에 지장이 있으면 안 되기에 학원이 지원, 상황에 따라 담당을 바꾸는 일도 있지만, 기본은 학생 주체였다. 문관을 목표로 하는 학생들로서는, 일을 학원에 빼앗기는 것은 자신들의 일이 실패했다는 것을 의미하기 때문에 그들 또한 기합을 넣는다.

이것은, 제국립 기사 양성 학원의 2대 이벤트 중 하나다.

이 던전 탐색 다음에는, 탐색을 앞두고 단련이나 실습의 성과를 발표하는 통칭 대항전 ― 정식 명칭 「학년 대항 팀전」― 이 있다. 학원 전체가 들뜨는 이벤트가 이어진다. 특히 대항전은, 제도의 귀족들도 관전하는 일대 이벤트다.

다시 말해서, 그만큼 떠들썩해지며, 이벤트의 규모를 생각하여 갖가지 속셈이 뒤엉키게 된다.

책모를 꾸미기에는 안성맞춤이다. 그리고 동시에, 그것을 요격하기 위한 함정을 파기에도 안성맞춤이다.

마침 이 시기에 타이치 일행이 찾아온 것은, 어떤 종류로 하늘이 도왔다고도 할 수 있지 않을까? 학원장은 생각했다.

'폐하께서 직접, 강대한 검을 하사해주였다고 생각하면, 그 검을 마음껏 휘두를 수 있도록 꾸미는 것은 우리들의 책무.'

교감의 기척이 멀어지고, 이윽고 닿지 않게 됐을 무렵. 초로의 남자는 의자에서 일어서, 또 다시 창 너머로 고개를 돌렸다.

"제국을 노리는 어리석은 자들. 우리들은 네놈들에게 무릎 꿇지 않는다. 꿈속에서도 잊지 말거라."

누구에게 말하는 것도 아닌 결의. 제국 최고 학부의 우두머리의 말은 집무실의 공기에 녹아들었다.

◇◆◇◆◇◆◇◆

넓은 훈련장. 이것도 그라운드의 한 구석이라고 하니 황송스럽다.

운동복으로 갈아입은 아크토가 소속된 반의 학생들은, 그곳에 모여 있었다.

"운동복 같은 거 오랜만에 입는데."

타이치는 자기 모습을 내려다보고 중얼거렸다.

위아래 연지색의 운동복. 다리 바깥쪽에는 하얀 선이 셋 있었다. 옷감이 다르거나 색이 다르거나 선의 수가 다르거나 하지만, 이 운동복은 중학교 때 입은 거랑 비슷해서 타이치는 위화감을 느끼지 않고 옷을 입었다.

사실 이 운동복, 학원 안에서 실전 형식의 수업할 때 제복이었다. 특수한 부여 마술이 걸려 있고, 또한 안쪽에는 공격이 직격했을 때 발동하는 방어 결계가 있어서, 몸의 어디에 맞아도 칼날의 직격을 막는 원리가 되어 있다. 겉보기와 달리 방어력은 보증을 받았다.

수업 시작 때마다 부여되어, 수업이 끝난 다음에 갈아입으면 반납해야 한다. 우수한 것이라 반출하면 상당한 가격이 될 법하지만, 이 운동복을 반출하면 아무리 성적이 우수해도 문답무용으로 유급이 결정된다. 게다가 두 번째가 되면 이 또한 문답무용으로 퇴학.

여담이지만, 전문 업자가 사용한 뒤의 운동복을 정성스레 세탁하기 때문에 언제나 청결하다고 한다.

그건 그렇고.

"설마, 블루머가 있다니……."

린이 자기 하반신을 보았다. 운동복의 긴 바지에 가려져 안 보이지만, 이 안은 블루머였다.

"그것도, 설마였다니까."

타이치와 린은 현대의 중고등학교에서, 블루머를 본 기억이 없었다. 남녀 모두 사이즈가 다른 반바지였다.

"설마."

힐끔 타이치가 옆으로 시선을 돌렸다.

"설마."

린이 타이치의 시선을 좇았다.

"……왜?"

시선 끝에는, 뮤라.

"설마, 아래는 그냥 블루머라니."

"빅 서비스네."

타이치와 린이 위아래 운동복인 것에 비해, 뮤라는 위는 운동복을 걸치기만 하고, 아래는 블루머였다.

투명할 정도로 하얗고 긴 다리가 아낌없이 햇살 아래 드러나고 있었다.

당연히 상당히 시선을 모으고 있지만, 주목을 받는 것에 익숙한 뮤라는 어디서 바람이 부느냐 싶다.

"움직임에 방해되는 건 싫어."

전투를 하는 그녀의 장비 또한, 방어력보다도 기동성을 우선하고 있기에, 일관적이었다. 실제로 위쪽 운동복도 소매를 안 넣은 채 어깨에 걸치기만 했다.

실제로 움직이게 되면 그것도 벗고, 하얀 운동용 셔츠에 블루머가 될 것이다.

"애당초, 여기서 부상 같은 건 없잖아?"

"그다지 얕보지 않는 편이 좋을 것 같은데."

"얕볼 셈은 없어. 그렇기에, 움직이기 쉬운 차림으로 임하는 거니까."

그녀도 일단 사람의 자식이니 완벽하다고 할 수는 없지만, 기본적으로 대충 한다, 라는 말과는 인연이 없는 소녀다.

물론 상대가 누구든 전력전개, 라는 의미는 아니다. 상대에 맞추면서, 그런 가운데 성심성의를 다한다.

"그보다도, 너야말로 절도를 잘 지켜서 해야 돼?"

"그래. 뭐 나는 그런 부분 특기니까."

타이치의 힘 조절은 심플하다. 강화의 강도를 어느 정도로 할 것인가로, 발휘하는 힘을 제어할 수 있다.

레미아의 수업을 받은 성과다.

"타이치. 그거 쓸 거야?"

"아아, 그럴 셈이야."

「그거」란, 실피의 힘이다.

힘의 사용법을 제어하면, 상식의 범위 안에서 바람 마법을 쓸 수 있다.

"흐응. 뭐 지금의 타이치라면 괜찮겠지."

"그래. 섣부른 짓은 안 해. ……아마."

"괜한 한 마디."

지금까지의 타이치를 봤다면, 그의 제어능력이 어느 정도인지는 금방 알 수 있다.

뮤라도 딱히 걱정하는 건 아니다.

애당초 자신보다 낮은 레벨의 상대와 싸우는 일이 대부분이었으니까.

'응~. 역시, 신경 쓰이네.'

그 옆에서 두 사람의 대화를 보고 있던 린은 주위를 가볍게 보았다.

자신들을 힐끔거리며 돌아보는 시선은, 물론 깨닫고 있었다. 특징은 허벅지나 가슴을 향하는 욕정 섞인 시선이 비교적 적다는 것일까?

이유는 알 수 있다. 타이치와 뮤라의 무기이리라.

자신들은『낙엽의 마술사』의 제자로서 여기 와 있다.

그 세 명 중에 두 명이, 지팡이가 아니라 검을 가지고 있으면 눈에 띈다.

딱히 근접 전투 주체인 자도 마술은 쓰기 때문에, 넓은 의미로는 마술사라고 하는 것도 틀리지는 않는다.

그렇지만,『낙엽의 마술사』의 제자라면, 평범하게 생각하면 린처럼 후위 타입의 마술사일 거라고 예상해도 신기하지 않았다.

그것이 뚜껑을 열어보니 두 명이 날붙이다 보니까, 세 명에 대한 기대 말고, 의문의 시선도 당연하다고 할 수 있었다.

'뭐. 지팡이뿐이라고 누가 정한 건 아니니까.'

그렇다. 린은 입 안에서 중얼거렸다.

접근전 주체인 자를 마술사라고 부르지 않는다면, 레미아를 본받아야 한다. 과거에 마월트 회전에서, 마술사를 상대로 접근전을 걸어 승부의 흐름을 끌어왔다고 들었다.

린도 전투를 할 때 필요하다면 굳이 간격을 좁히는 일도 있으며, 오히려 접근전에 의식을 두고 있을 정도였다. 마술사에게 접근전의 전투기술이 필요 없다고 생각하면 위험하다는 것을, 린은 몸소 알고 있었다. 여차할 때 못했습니다, 라고 할 수는 없는 것이다.

"좋~아. 다 모였군."

수업 시작의 종이 울리고, 교사가 그라운드에 찾아왔다. 타이치 일행을 학원장에게 안내해준 마이라라는 교사다.

마른 체구를 가진, 남자에게 지지 않는 웃음이 어울리는 여성이다. 키는 평균적. 몸놀림이나 태도가, 보통이 아니라는 것을 이야기하고 있었다. 왼쪽 허리에 차고 있는 레이피어와, 그 반대쪽, 오른쪽 허리에 끼운 숏 스태프. 그녀는 접근전도 장거리전도 소화하는 올라운더이리라. 타이치 일행이 예측한 것처럼, 이 학원에서 일하기 전까지는 C랭크면서 전투력은 B랭크 상당이라는 분명한 실력을 가진 모험가였다.

"다들, 지난번에 제출한 자신의 과제는 기억할 거라고 생각한다. 어디, 그건 그렇다 치고, 소개하지."

학생들이 고개를 끄덕이는 걸 보고, 여교사는 만족스러워 보였다.

"이 수업에, 특별 어드바이저로 참가하는 『낙엽의 마술사』 레미아 산타클 씨다. 다들 아는 것처럼, 이 교실에 편입한 에리스테인의 유학생의 스승이지."

"소개 받은 레미아다. 오늘은, 제군의 모의전을 보고 깨달은 점이 있다면 말을 해주게 됐다."

"그렇게 된 거다. 그녀에게 받는 것이 어드바이스일지, 결점의 지적일지, 장점의 칭찬일지…… 그것은 모두 맡기고 있다."

학생들이 이해한 것을 확인하고.

"평소와 마찬가지로, 순서대로 나와서 모의전을 한다. 자신의 과제를 의식하여 모의 전투에 임할 것. 곧장 해결하라고는 안 한다. 그러나, 성장하려는 의식이 없는 것이 가장 큰 해악이다."

여교사는 학생들을 한 번 보았다.

"앞으로 시시한 일로 죽기 싫다면, 죽을 각오로 과제를 해결하는 게 기본이다. 몇 번이나 말하는 것은, 기본이란 간단한 것이 아니라 중요한 것이기 때문이다."

그렇다. 기본은 무엇보다도 중요하다. 기본을 한계까지 승화시킨 끝에, 1년에 걸쳐 도전해오는 전세계의 정상급 프로를 계속 물리치며, 정점에서 함락을 용납하지 않았던 운동선수를 린은 알고 있었다.

"그러면, 페어를 짠 자들부터 이쪽으로 와라."

마이라의 말을 끝으로, 학생들이 차례차례 페어를 짰다.

"린 씨! 나랑 페어를 짜주세요!"

"뮤라 씨, 괜찮으면 저랑 안 하실래요?"

린과 뮤라 곁에도, 남녀를 가리지 않고 몇 명이 순식간에 모여들어 산더미 같은 인파가 생겨버렸다.

"어이쿠."

그 고리에서 튕겨나간 타이치. 「역시 사내자식보다는 미소녀겠지~」 하고 홀로 납득하면서, 누가 없나 고개를 좌우로 흔들었다.

그러자, 혼자 덩그러니 하릴없이 서 있는 숏 스피어를 가진 학생이 한 명. 그 학생은 익숙했다. 보기 드문 전학생에게 말을 거는 클래스메이트 덕분에, 거의 모두와 대화를 할 수 있었다. 그 중에서 가끔 시선을 주지만, 기어이 한 마디도 말하지 않은 유일한 인물이다.

다시 한 번 주위를 둘러보았다. 그밖에 밀려난 자는 없는 모양이다.

이 상황, 그 학생에게 접촉할 좋은 기회다. 그리고, 이야기한 적이 없어서 자기소개를 하기에도 마침 좋다.

타이치는 그렇게 생각하면서, 소년 곁으로 향했다.

◇◆◇◆◇◆◇◆

아크토는 이쪽을 향해 걸어오는 타이치를 보고 한숨을 쉬었다.

전학생의 허벅지에 텐션이 올랐던 쉘튼이랑 페어를 짤까 생각했지만, 그가 어느샌가 다른 클래스메이트랑 짜고 있었다. 깨닫고 보니, 아크토는 이미 밀려나 있었다.

마찬가지로 페어가 없는 사람끼리, 전학생인 그가 자기 곁으로 오는 것은 지극히 당연하다고 할 수 있었다.

"너도 밀려났구나."

"……그렇네."

전학생에겐 관여하지 않는다, 라고 정하고 있었었는데.

타이치는 자기 정면 2미터 위치에 있었다.

자기 뒤에 있는 누군가에게 말을 걸고 있다, 라는 지독히도 무의미한 희망적 관측을 하면서, 가장 뒤에 있던 아크토의 뒤에는 아무도 없다는 걸 알고 있었다. 아크토는 포기하고 대답했다.

"내 이름은 알고 있지?"

"……응. 타이치 니시무라 군이지?"

"그래 맞아. 너는?"

"나는 아크토. 아크토 바스벨이라고 해. 아크토라고 불러."

"그래. 나도 타이치면 돼."

딱히 아무런 특색도 없는 평범한 자기소개다.

"혼자 남아버렸거든. 나랑 모의전 안 할래?"

아크토는 좀처럼 내키지 않는 마음을 들키지 않도록 의식적으로 평정을 가장하며 고개를 끄덕였다.

"좋아, 하자."

"좋았어."

타이치가 가지고 있는 것은 자루나 칼집의 장식을 보아 무기점이라면 어디서든 팔 것 같은 강철 검. 간단히 구할 수 있지만, 완전히 다루려면 그에 상응하는 실력이 필요한, 새내기 졸업의 증거도 되는 검이었다.

"……마술사인데, 검이구나."

"응? 마술사가 검을 써도 이상하지 않잖아?"

그것도 그렇다.

타이치가 말했다. 마술을 쓸 수 있다면, 다들 마술사라고 부를 수 있다고.

애당초 아크토만 해도 메인 웨폰이 숏 랜스지만, 전투에서는 공격 보조를 포함하여 마술도 쓰는 것이다. 자신도 마술을 쓰는 자— 마술사라고 부를 수 있다.

"그렇네. 선입견에 사로잡히는 건 좋지 않아."

"그런 거야. 그러면, 가자."

"그래."

어디. 타이치는 어떤 싸움을 하는 걸까? 『낙엽의 마술사』의 제자, 라는 직함을 가졌으면서 검을 다루는 소년.

검은 장식이 아니리라. 그렇다면, 무기는 다르지만 자신과 같은 스타일이라고 예측할 수 있다.

일단은, 혼자 남는 일은 사라졌다. 특히 이번에는 고명한 레미아가 어드바이스를 해주는 날. 평소처럼 교사와 모의전을 해도 나쁘지 않지만, 학생들끼리 싸우고 싶다고 생각하는 것도 사실.

걸어가는 타이치 뒤를 따라서, 교사 곁으로 걸어갔다.

"좋~아. 다들 짰구나. 그러면, 모의전을 시작한다. 늘 그렇듯 시간은 한정돼 있으니까 얼른얼른 움직이도록."

그렇게 말하고, 마이라는 명부에서 랜덤으로 학생의 이름을 불렀다. 불린 학생과, 그 학생과 짠 학생이 앞으로 나선다.

어떻게 선출하는지는 사전에 알려주지 않는다. 명부의 위에서부터, 혹은 아래서부터 순서로 부르는 일도 있고, 오늘처럼 랜덤으로 부르는 일도 있었다.

그 이유는 「언제든지」라는 마음가짐을 주기 위한 것, 이라고 한다. 도시 바깥으로 나서서 마물 토벌을 하면, 갑자기 습격을 받는 일도 종종 있다. 또한 토너먼트 같은 시합에서도, 앞 시합의 진행에 따라서 개시 시간이 선수의 예상보다 빨라지는 일도 있기 때문이다. 그때 「이렇게 빨리 싸우게 될 줄은 몰랐다」는 통하지 않는다.

학생들의 얼굴도, 자연스럽게 언제 불려도 괜찮도록 긴장이 서린다.

처음에 나온 것은 남학생 두 명. 둘 다 지팡이를 든 후위형이다.

둘 다, 레미아가 있기 때문인지 평소 이상으로 긴장감이 높았다.

이유는 뭐든지 좋지만, 적당한 긴장감에 여교사는 만족스레 고개를 끄덕였다. 그리고 대기하고 있던 학생들 앞에 장벽을 준비하더니, 목소리를 높였다.

"그럼 시작!"

첫 수. 장벽을 준비하기 시작한 학생과, 신체강화 마술의 준비를 시작한 학생으로 방향성이 갈라졌다.

방어력을 높이는 선택과, 회피 능력을 높이는 선택이었다.

영창시간은 길지도 않고 매끄럽다. 둘이 거의 동시에 마술 전개를 마쳤다.

장벽을 치는 것과 동시에 공격 마술을 준비하는 학생. 그가 고른 것은 『파이어볼』이었다. 그냥 쏘아도, 기동력을 올린 상대가 피해버릴 가능성이 높다.

한편, 기동력을 올린 학생이 선택한 것은『에어 커터』다.

두 명은 불 속성과 바람 속성의 싱글 매지션.

아크토도 두 사람을 잘 알고 있었다. 그들의 모의전은 이미 몇 번이나 봤기 때문이다. 위력이 높은 경향이 있는 불 속성의 학생이 허리를 낮추며 방어를 높이고 강한 마술을 쓰는 전술은 심지가 있고, 한편으로 바람 속성의 학생이 방어를 기동력으로 보충하고 마술의 스피드로 공격하는 전술도 틀리지 않았다.

먼저 날아간 것은『에어 커터』. 그것은 장벽에 튕겨나가, 표면에 녹색과 붉은색이 섞인 빛이 흘렀다.

직후, 불덩이를 오른손과 왼손에 한 발씩 준비한 학생이 일단 왼손의 마술을 쏘았다. 그것을 피하여 움직인 학생이 가는 곳에 오른손의 마술을 뿌린다.

두 발의 마술로 편차 사격. 그냥 쏘아도 간단히 피해버린다는 생각 때문에 하는 대응이었다.

그러나 바람 속성의 학생이 보기에는 두 발 다 피하는 게 큰 고생은 없다. 회피하면서 반격 준비를 할 정도였다.

"……."

턱에 손을 대고서, 레미아가 모의전 상태를 가만히 보았다.

그녀는 무슨 생각을 하고 있을까? 아크토는 그런『낙엽의 마술사』의 모습을 곁눈질로 한순간 살피고, 시선을 정면으로 돌렸다.

승부는, 아마도 한순간일 거다. 장벽이 끊어지는 순간. 다음 장벽을 준비하는 한순간의 틈이 있다.

그것이, 바람 속성의 학생에게는 공격을 성공시키기 쉬워지는 찬스.

한편 불 속성 학생에게도, 장벽이 없는 만큼 위험도가 높아지지만 찬스를 잡으려 하는 상대의 틈을 찔러 반격할 찬스였다.

장벽이 흔들리고, 효과가 끊어지려고 한다.

"지금이다!"

바람 속성의 학생은, 그때 당연히 마술을 준비. 도달의 순간을, 장벽이 끊어지는 순간에 맞췄다.

불 속성의 학생은 그때 함정을 치고 있었다. 준비하고 있던 것은 장벽이 아니었다. 위력은 억누르고 있지만, 발동을 빠르게 한 『파이어볼』을 쉴 새 없이 뿌렸다.

아크토가 봐도 훌륭한 연사. 바람 속성의 학생이 장벽이 끊어지는 타이밍에 의식을 기울인 것을 읽고서 뿌린, 장벽이 끊어지는 틈을 메우기 위한 공격.

『파이어볼』의 연사라는 공격 편중을 예상하지 못했는지, 노린 것처럼 대응을 늦출 수 있었다.

바람의 망치로 불덩이를 흩어 놓았지만, 그걸로 상쇄가 되어 두 발째는 건재.

다가오는 불덩이를 다시 한 번 상쇄할 시간이 없다. 바람 속성의 학생이 할 수 있는 것은, 손에 바람을 두르는 것뿐. 이걸로 실현 가능한 것이라면, 닿지 않도록 비껴내는 것 정도이리라.

그것을 안 할 이유가 없으니 불덩이에 바람이 휘몰아치는 손을 대려고 하다가…… 직전에 불덩이가 팽창 파열하여 불꽃에 휩싸였다.

"우왓!"

불꽃에 시야가 가로막힌 데다가, 열의 대미지도 있다. 시야와 열을 떨쳐내고자 바람을 둘러서 불꽃을 흩어놓았다.

"그만!"

교사의 목소리를 듣고서, 바람 속성의 학생은 움찔 어깨를 떨었다. 시선 끝, 발사 준비가 끝난 『파이어볼』이 노리고 있는 걸 깨달았다.

지고서 분한 기색의 바람 속성의 학생과, 해냈다는 불 속성의 학생.

모의 전투를 보고 있던 레미아에게, 여교사가 눈길을 주었다.

본래는, 그것을 고하는 것은 마이라의 역할이다. 그렇지만 그녀는 이번에는 그 역할을 레미아에게 건넨 모양이다. 학생들의 심정을 생각한 것이리라.

"지금 그 모의전, 어땠을까?"

"흠."

팔짱을 끼고서 그 모습을 바라보던 레미아는 오른손의 주먹을 턱 아래 대고서 고했다.

별칭을 가진 마술사에게 직접 평가를 받는 것이라 지금 싸우고 있던 학생 두 사람은 그 승패의 희비도 잊고서 뚫어져라 레미아를 보고 있었다. 자신들이 빼어나게 우수하다고 자만하는 건 아니지만, 성적은 결코 나쁘지 않다, 라는 자부도 있다.

그러나.

"전투 기술, 마술의 취급 등, 미숙한 부분이 다수 보이는군. 이긴 쪽, 진 쪽 둘 다야."

싹둑 내치는 평가에, 두 사람이 동시에 어깨를 떨구었다. 그 솔직한 리액션에 레미아는 훗 웃었다.

"태어나면서부터 강자인 사람 따윈 없다. 비관할 것 없어."

어디보자…… 한 번 생각하고서.

"일단 해야 할 것은, 마력 조작을 더욱 연습하는 거다. 요컨대 기초를 철저하게다. 나도 아직까지 거르지 않고 단련하고 있다."

사관을 하겠다고 정하면, 어떤 나라든지 최고의 경의 대우로 맞이해줄 정도의 명성을 가진 마술사가, 중요하다고 공언하는 기초. 이 자리에 있는 학생들이 얼마나 그것을 중요시하고 있을까? 귀가 아픈 학생도 한둘이 아니었다.

"노력을 거듭해 상급 마술을 배우는 것도 좋다. 상급 마술이 아니라도, 특기인 마술을 갈고 닦는 것도 좋다. 「이거」라는 형태에 빠질 필요 따위 없으니까. 그리고, 장래에 노려야 할 것은 영창의 단축. 이어서, 무영창이다."

당연하다는 것처럼, 고등 기술을 말하는 레미아였다.

그러나 고등 기술이기에, 습득했을 때 어드밴티지는 헤아릴 수가 없다. 간단히 얻을 수 없다. 그러나 얻었을 때의 효과는 절대적이다. 그렇기에 고등 기술이라고 불린다.

"마술사로서 보편적인 노력법의 지표 하나를 보여줬다. 그리고 지금 모의전 말인데…… 좋았던 점은, 하나의 공격마술만으로, 잘 생각하고 연구하여 상대를 몰아 세웠다는 거군."

고개를 갸웃거리는 학생 두 명. 연구를 하는 것 따위 당연하다고 생각하고 있었다.

"생각 없이 싸우는 자도 뜻밖일 정도로 많다. 현역 모험가들도. 특히 지금은 훈련장이니까. 시행착오를 반복하여 실컷 실패를 해봐라. 자기가 가진 패는 무엇인가? 상대의 패는 무엇인가? 상대가 그 패를 어떻게 쓰는가? 자신은 어떻게 쓸 것인가……. 이번처럼, 언제나 생각해라. 그리고 결단력도 단련해라. 눈이 돌아가도록 상황이 바뀌는 전투중의 사고력을 단련하는 것도, 실력 향상에 커다랗게 기여할 거다. 마술만 단련하면 좋은 마술사가 될 수 있는 게 아니란 것을, 꿈에서도 기억하도록."

전술이 좋고 나쁘고는 따지지 않는다. 그렇게 생각하여 싸우는 것 자체를 평가할 수 있다.

말은 안 하지만 그것이 전달되어, 모의전을 보여준 학생 두 사람은「감사합니다!」하고 소리를 모으며 고개를 숙였다.

레미아가 말한 것은 특별한 게 아니다. 그러나, 누가 말하는가에 따라 같은 말을 들어도 설득력이 바뀐다.

여교사도 말한 적이 있다. 보다 견고한 설득력으로 보강해준 레미아에게, 담당 교사도 강하게 감사하는 기색이었다.

그리고 모의전을 치르고, 레미아의 어드바이스를 모두가 듣는 것이 반복된다.

아크토에게도, 레미아의 어드바이스는 금언에 필적하는 것이었다.

강해지고 싶은 아크토는 레미아의 말은 한 마디도 흘려들을 수 없다. 알고 있는 것이라고 해도 『낙엽의 마술사』가 말한다면 들리는 방식이 다르다.

그렇게 모의전 수업은 지나가고, 가경으로 다가갔다.

"다음!"

자리에 올라간 것은, 레미아의 제자라는 린 아즈마였다.

이 승부, 놓칠 수 없다. 그렇게 생각하는 건 아크토뿐이 아니다.

정적이 주위를 감싸고—.

"그럼, 시작!"

교사의 말이 드높이 울렸다.

◇◆◇◆◇◆◇◆

불, 흙, 바람.

이것들은 동료 두 사람의 영역이었다.

'그러면, 나는 물, 일까?'

자신이 상대하는 남학생이 겨누는 양손검을 바라보며, 린은 생각을 정리했다.

슬금, 슬금. 남학생이 발을 미끄러뜨리는 소리가 희미하게 린에게 닿았다.

'거짓말은 안 했으니까.'

사용 속성을 물어봐도, 물이라고 대답한다. 나중에 다른 속성을 사용할 경우에는 또 뭐라고 하겠지만, 그때는 「물만 쓸 수 있다고 말 안 했어」라고 얼버무릴 셈이다.

그 변명을 약간 치사하다고 할 가능성은 부정할 수 없다.

'뭐 실전에서 일부러 자기 패를 밝히는 사람은 없으니까.'

처음 만난 상대와 싸울 경우, 정보가 전혀 없는 일도 종종 있다.

그럴 때는 상대의 정보를 얻으면서 이쪽을 덮치는 공격에 대응하고, 더욱이 공격도 하는 동시 진행을 해야 한다.

정보가 없으면 싸울 수 없다면, 전투의 가능성이 있는 일을 포기하는 편이 좋다.

'어디, 안 오면 내가 먼저 갈까.'

상대가 선수를 양보해준 건가 생각한 린은, 늘어뜨린 오른손을 들었다.

실제로는 『낙엽의 마술사』의 제자라는 직함에 상대가 멋대로 신중해진 것뿐이지만, 그런 건 린하고는 상관없다.

직후에, 린의 등 뒤 1미터 지점에서 지면을 꿰뚫고 물기둥이 솟아올랐다.

눈을 홉뜨는 학생을 보고, 어느 쪽으로 움직일 것인가 예측한다. 그리고 공격의 순서를 구축.

『수룡』

물보라를 뿌리는 물기둥이 용의 형상으로 학생을 덮친다.
"큭!"
남학생이 옆으로 뛰어 회피한다. 예상 범위 안.
물의 용이 땅바닥에 격돌하여 작렬. 물이 주위에 튀었다. 수압으로 눌러 뭉개는 마술이다. 물론 확실하게 힘 조절은 했으니, 직격했어도 타박상 정도로 넘어가는 위력이다.
『물 탄환』
"풉?!"
고속으로 날아온 물덩이가, 구른 다음에 일어서려는 남학생의 안면에 직격했다.
수쇄탄과 달리 파열은 안 하는 그냥 물 덩어리. 그러나 갑자기 안면에 대량의 물을 끼얹으면, 시야가 상당히 막힌다.
발을 멈춘 남학생은 이미 린의 표적에 지나지 않았다.
"여기까지네."
"……큭!"
자신의 등줄기에 싸늘한 것이 닿자, 남학생은 우두커니 섰다.
그것은 물을 압축하여 만들어낸 검. 절삭력은 강철의 철판마저도 가볍게 양단한다.
남학생은 정확한 위력의 예상까지는 못하는 모양이지만, 위력이 어떻다기보다 이렇게 되어버렸다는 사실 쪽이 중요했다.
"졌습니다."
그는 어깨를 떨구며 검에서 손을 떼고, 양손을 들었다.
철컹, 검이 떨어지는 소리가 났다.

"그만!"

교사가 시합 종료를 고했다.

시합이 시작되고, 린이 움직인 뒤로 순식간에 결판이 났다.

"후우."

지금 시합도 해설을 할 테니까.

이렇게 그녀의 평가를 듣는 것도 오랜만이다.

스승에게 시선을 보내는 제자.

제자의 시선을 받고서 스승은 한 번 고개를 끄덕였다.

"본래는 내 제자가 사용한 마술 『수룡』은 칭찬할 만한 게 아니다. ……어째서인지 아는 자는?"

학생들이 제각각, 자신이 생각하는 「칭찬 못하는」 이유를 나열했다.

몇 갠가 나온 이유 중에 「느리다」라는 것이 있었다.

깨달은 자, 알고 있던 자가 있다는 것에 레미아는 고개를 세로로 흔들었다.

"거기 학생, 정답이다. 『수룡』은 겉보기에도 화려하고 임팩트가 있지만, 아무래도 심플하게 느리다. 따라서, 대응 가능한 마술사 상대라면 빈틈을 주기 쉬운 마술이라고 할 수 있다. 그러나, 이번 같은 경우에는 선택하는 것도 좋다."

이번 같은 경우.

그것은 상대가 움직이지 않을 경우다.

린이 『수룡』을 쓴 것은 그러한 이유도 있기 때문이었다. 누가 뭐래도 위력 하나는 높다.

공격이라는 면에서 보면, 발동이 느린 것만 어떻게 할 수 있다면 적극적으로 고를 가치가 있는 마술이라고 린은 생각했다.

결과부터 말하면, 그 선택은 정답이었다.

상대 학생이 린을 경계하여, 첫수를 양보하는 동작을 보였기 때문이다. 막무가내라도 시작과 동시에 검을 들어 덤벼들었다면, 아무리 그래도 갑자기 『수룡』을 쓰는 선택은 안 했을 거다.

"마술을 구축하는 난이도는 높지 않지만, 사용할 때가 별로 없다, 라는 의미에서는 난이도가 높다고 할 수 있다. 그런데……."

레미아가 진 남학생을 보았다.

"상대의 수법을 캔다, 라는 의도나, 받아치기를 취한다, 라는 목적이 있어서 첫수를 양보하는 건 나쁘지 않다. 그러나, 후위이자 대미지 딜러의 역할을 가진 마술사를 상대할 때, 거리를 벌린 상태라는 건 악수가 될 경우가 많다. 그런 부분을 어떻게 할 수 없다면, 정석대로 접근하는 게 좋겠지."

아무것도 못하고 져버렸기에 그걸 깨달았던지, 남학생은 진지하게 고개를 끄덕였다.

그런 그를 곁눈질로 보면서, 린은 그 자리에서 인사하고 본래의 장소로 돌아갔다.

지금 그 전투는 한순간에 끝났지만, 예를 들어 상대가 뮤라였을 경우. 레미아 말처럼 『수룡』 같은 틈이 많은 마술은 사용 못한다.

물기둥이 솟아, 용 모양이 된다. 상대에게 때려 박는다. 이 정도 순서를 밟아야 하는 것이다. 뮤라라면 물기둥이 솟은 순간에 움직이고 있다. 이쪽으로 접근하면서 불덩이 몇 발은 쏘았을 것이다.

불덩이에 대응하며 접근하는 검사에 대한 대처를 생각하며, 더욱이 『수룡』을 조종하는 건 귀찮으니까 하기 싫었다. 하물며 상대는 뮤라다. 린이 조금이라도 주춤거리면 그걸로 승부의 수세가 기울어 버린다.

할 거라면, 처음부터 『수쇄탄』 연사다. 뮤라가 피할 거라고 생각되는 방향으로 편차사격을 하는 것은 당연. 더욱이 뮤라의 이동 속도에 맞춰 자동으로 작렬하는 술식을, 쏘아낸 『수쇄탄』 각각에 짜 넣는다. 당연히 작렬하지 않는 것도 섞어서.

그만큼 해도, 뮤라가 완전히 피해낸다는 예상도 밖에 그릴 수가 없다. 뮤라가 『수쇄탄』을 다 처리하도록 하여, 쓸 수 있는 수를 늘린 뒤부터 승부가 시작된다.

이 정도는 해야 한다, 라고 다른 학생들의 모의전을 견학하면서 생각하고 있던 린의 사고는, 당연하지만 여기 있는 학생들은 아무리 노력해도 실행 불가능한 것이었다.

린은 당연하게 사용하는 마술이지만, 애당초 『수쇄탄』은 쉬운 술식이 아니다. 물 속성의 마술이라도 중급에서 배운다. 그것을 연사하며 하나 하나에 세세한 차이를 준다는 것 따위, 이 세계의 상식으로 생각하면 인간의 기술이 아니다. 돌출된 인간만 가능한, 신기라고 할 수 있는 행위다.

학생들의 싸움을 보면, 강함이란 의미에서는 절반 가까이 아즈파이어의 새내기 모험가 알렌을 따라잡지 못했다. 기초 따위는 독학으로 배우는 수밖에 없지만, 실전에서 씁쓸한 경험을 하며 나날을 살아가는 모험가라는 선택지도 나쁘지 않은 것이리라. 성장 속도나 잠재 능력은 사람마다 다르다. 좋고 나쁘고의 이야기가 아니다.

잠시 생각에 잠겨 있던 린은, 다음 모의 전투 준비가 끝난 자리로 눈길을 돌렸다.

"저 애는…… 분명히, 에르자베트 씨였나?"

한쪽은 익숙한 엘프 미소녀.

또 한쪽은 타이치가 마음속으로 「세로 롤」이라고 부르는 백작가 영애였다.

뮤라는 허리의 검을 뽑지 않은 채 자연체로 서 있고, 한편으로 에르자는 화려한 장식이 된 레이피어를 겨누고 있다.

상당히 화려한 검이네……라는 감상을 품었다.

"자! 어디서든지 덤비세요!"

사나운 웃음을 지으면서, 에르자는 자신만만하게 고했다.

"그럼, 간다?"

한편으로 뮤라는 딱히 감정을 떠올리지 않고 냉정하게.

그리고 그대로 천천히 왼손을 에르자에게 겨누고 영창을 시작했다. 그것을 여유로운 표정으로 바라보는 에르자.

뮤라는 그대로 표정을 전혀 움직이지 않고,

『함옥』

이라고 평탄한 목소리로 마술명을 읊었다.

"우에엑?!"

덜컥, 에르자가 서 있던 땅이 함몰되어 그녀를 삼켜버렸다.

"잠깐, 무슨?! 빠져나갈 수가 없어요!"

백작영애이며, 10대 중반쯤 되면 어엿한 숙녀다. 엉뚱한 목소리를 내버리면 보통은 치욕이다. 그러나 에르자는 그럴 때가 아니었다. 허리까지 완전히 묻혀버렸으니까.

겉보기에는 그냥 흙이지만, 마력으로 고정된 흙이다. 빠져나가려면 술자가 담은 마력 이상의 힘이 필요해진다.

『함옥』. 땅 속성의 초급 구속 마술이다. 발동은 빠르지만 필요한 마력이 많아 편의성은 의외로 나쁘다. 마술을 발동하기 위한 마력 말고 구속에도 마력이 필요하기 때문이다. 윤택한 마력이 있는 뮤라나 레미아, 린 레벨의 마술사라면 사용도 가능하지만, 중간에서 위쯤 레벨이라면 다소 까다롭다. 초급인 것은, 발동만 따지면 간단하기 때문이다.

「끄흐음~!」 하고 숙녀답지 못한 기합이 들어간 소리를 내면서 어떻게든 빠져 나오려는 에르자. 그러나 영 불리하다. 뮤라는 에르자의 모습을 보고 그녀의 마력량이나 마력 강도를 대략적으로 예측, 그걸 고려하고서 마술을 사용한 것이다.

'유쾌한 애네…….'

뮤라의 솔직한 감상이다. 조금 바보처럼 보이는 에르자. 귀족다운 오만한 구석이 있고, 영재교육의 결실인지 지식도 실력도 반에서는 틀림없이 상위 레벨이지만, 나사 빠진 구석도 많다. 어쩐지 미워할 수 없는 느낌의 여자애였다.

"뭐, 뭔가요, 이 마술은?!"

결국은 탈출을 포기했는지, 에르타가 뮤라에게 날카로운 눈길을 보냈다.

"땅 속성의 초급 마술이야. 사용하는『것만』따지면 딱히 어렵지 않아."

"초급, 이라고요?!"

그렇다. 적어도, 에르자는 보통의 초급이라면 가볍게 처리할 실력자다. 그것은 뮤라도 알고 있는 것이었다. 그녀에게 불운했던 것은, 뮤라가 사용하는 초급 마술이 보통이 아니라는 것일까? 물론 그것을 에르자가 짐작하라는 것은 도저히 무리한 이야기였다.

"그래. 땅 속성 마술의 학술서를 읽어보면, 처음 부분에 기재돼 있어."

"큭……!"

확인한 것은 아니지만, 뮤라의 말로 그게 정말이라는 걸 깨달았으리라. 에르자는 분한 표정을 지었다.

뮤라는 주위에 전혀 관심이 없지만, 이 모의 전투를 바라보는 학생들은 모두 말을 잃고 있었다. 반에서도 상위인 에르자가, 이렇게 간단하게 구속을 당해 움직임이 봉해지는 일 따위 지금까지 전혀 없었던 일이다.

"자, 그 상태에서도 나를 향해서 마술을 쓸 찬스는 있었을 거야. 그걸 안 한다는 건, 내 맘대로 해도 되는 거지?"

"헤? ……아."

뮤라가 말과 동시에 불덩이를 하나 공중에 만들어낸다. 드디어 자신의 실수를 깨달았는지, 에르자는 입을 동그랗게 벌리고 멍해졌다.

"간다."

"기, 기다리세요?"

"실전에서는, 마물이 안 기다려줘."

"그랬죠?! 바, 방어결꺄아아아!"

불덩이가 직격. 소규모 폭발이 일어나고, 에르자가 검은 연기에 휩싸였다. 「그랬죠, 가 아니야, 정말……」이라는, 기가 막혀 쓴웃음을 지으면서 중얼거린 뮤라의 말은 폭음에 사라져 버렸다. 평소라면 그런 얼빠진 상대에게는 차가운 시선을 보내겠지만, 아무래도 에르자가 밉지 않아서 뮤라는 쓴웃음을 지어버렸다.

이 정도의 파괴나 마술의 직격은 모의전투의 수업에서는 드물지 않고, 딱히 아무도 뭘 걱정하지 않았다.

지금까지와 유일하게 다른 점은 그 직격을 받은 것이 에르자였다, 라는 점일까? 그녀는 지금까지 틀림없이 직격을 「하는」 쪽이었으니까.

"어때? 더 할래?"

"……콜록."

검은 연기가 걷혔다.

시작할 때와 변함없이 서 있는 뮤라와 여전히 무릎까지 땅바닥에 묻힌 채 검댕투성이가 된 에르자의 모습.

기침을 한 번 하더니, 에르자의 입에서 검은 연기가 나왔다.

『파이어볼』을 직격시키면서, 뮤라는 물론 힘 조절을 했다. 입고 있는 옷에 공격이 맞으면 온몸을 지키는 부여술식이 있다지만, 그것이 완벽하다는 보증 따위 아무데도 없다.

뮤라는 술식을 바꿔 짜서 직격해도 화상이나 폭발의 충격은 필요최소한으로, 그만큼 검은 연기의 발생량을 넉넉하게 해서 검댕투성이가 되도록 한 것이다. 아는 사람이 보면, 쓸데없이 세련되고 낭비가 없는 쓸모없는 고등 술식으로 쏘아낸 『파이어볼』이라는 걸 알 것이다.

"져, 졌답니다……."

"그래?"

항복의 의지를 들은 뮤라가, 에르자를 구속에서 해방했다. 허리 아래는 흙투성이, 허리 위는 검댕투성이라는, 백작영애에 있음직하지 못한 모습에 풀이 죽는 에르자였다.

"승부는 싸우기 전부터 시작된다, 라는 것의 좋은 예구나."

이 말로 시작하여 지금의 전투를 평가하는 레미아가 이야기하는 내용은, 뮤라가 에르자의 실력을 예측하고 그것이 정답에 가까웠기 때문에 초급 마술로도 구속할 수 있었다, 라는 것이었다.

"『함옥』은 뮤라가 말한 것처럼 흙 속성의 처음 부분을 초심자가 이해하기 위해 사용하는 일이 많은 마술이다. 그리고 토목 공사 같은 것에 쓰지."

『화염파』와 마찬가지로 실전에서는 다루기 어려운 좌표 지정형의 마술. 좌표 지정형이라는 것도 그렇지만, 그대로 사용하면 땅바닥이 함몰되기만 하니까 사용한다면 추락함정이나 발치를 무너뜨리는 게 주요 용도가 된다. 이미 말한 좌표 지정형이라는 것도 안 좋아서, 흙 속성 마술의 숙련 훈련이 아니면 볼 기회가 적은 마술이었다. 실전에서 쓴다 쳐도, 추락함정도 발치를 무너뜨리는 것도 타이밍 좋고 섬세하게 좌표를 지정하는 것 자체가 일단 어렵다. 대략 「저 부분」이라고 지정한다면 딱히 어렵지 않기 때문에, 새내기의 훈련에 사용되는 것뿐이다.

뮤라는 상대를 구멍에 떨어뜨리는 것에 더해 주위의 흙도 조종하여 구속했지만, 그런 마술을 조합할 수 있다면 그냥 보통 공격을 하는 편이 대부분 효과가 높았다. 다만, 레미아는 덧붙였다.

"세상에는 좌표 지정형 마술에 거북함을 느끼는 자도 있으니까 주의해라."

마침, 모의전은 다음이 마지막이었다.

레미아의 해설을 귀를 뚫을 기세로 탐닉하고 있던 아크토는 자신이 마지막이라는 걸 지금 깨달았다.

뭐 그게 어쨌는가? 싶기는 하다. 아크토는 금방 생각을 고쳤다.

이제부터 하는 모의전은 그런 것에 정신이 팔려 있어야 되는 게 아니다.

마주보고 새삼 생각했다.

첫인상처럼, 타이치에게는 틈이란 것이 안 보인다. 상대하고서 느껴지는 관록은 아크토가 아는 사람 가운데 다섯 손가락에 들 것이다.

아크토는 꽉 움켜쥔 창에서 돌아오는 촉감을 확인했다.

"시작!"

교사의 신호로, 전투가 시작됐다.

"!"

가벼운 발걸음으로 타이치가 달린다.

'온다!'

정면인가, 오른쪽, 왼쪽인가? 아니면 페인트?

애당초 5미터도 떨어지지 않았었다. 닿을 때까지는 한순간. 상대의 어떠한 수에도 대응할 수 있도록 눈에 힘을 준다. 손가락 끝까지 신경을 의식한다.

"윽!"

눈을 깜빡 거린 기억은 없다. 타이치가 아크토의 시야에서 사라졌다.

경종을 울리는 본능에 따라, 아크토는 몸을 회전시켜 창을 바로 뒤를 향해 휩쓸었다.

"감이 좋네."

고막에 울리는 타이치의 목소리와 날카로운 손맛. 금속끼리 부딪히고 불똥이 튀었다. 아크토의 창날을, 수직으로 세운 검으로 받아낸 타이치의 모습이 있었다. 검의 옆면에 팔을 대서 충격이 완전히 막혀 있었다.

"뭐……야?!"

그리고 그 손바닥을 펼치더니 아크토의 몸의 중심, 명치 바로 아래를 노리는 것을 포착했다.

"우왓!"

전율과, 직후에 충격이 흘렀다.

튕겨 날아간 아크토는, 공중에서 일회전하여 착지. 그러나 기세를 미처 죽이지 못하여 땅바닥을 미끄러졌다. 발만 이용해서는 무리라서, 창을 들지 않은 왼손도 써서 브레이크를 걸었다.

'지금 그건 바람 속성 마술! 나랑, 같아……!'

둔탁한 통증에 눈썹을 찌푸렸다. 땅에 댄 손도 살짝 따끔거린다. 강화마술이 늦었다면, 줄에 갈린 것마냥 손바닥 피부가 땅바닥에 갈려 피투성이가 되었을 것이다.

그런 것을 생각한 것은 한순간뿐이다. 고개를 든 아크토의 눈이 인식한 것은 검을 대각선으로 베고자 들어 올린 타이치의 모습.

검이 닿지 않는 것은 명백하다. 그러나 그런 물리적인 현실보다도, 같은 무기를 가진 자로서 자신의 감을 믿었다.

『바람의 천인!』

허리만 틀어서, 아크토는 타이치를 향해 창을 내질렀다.

날카로운 바람이 한 줄기의 송곳이 되어, 주위에 소용돌이치는 선풍마저 칼날 삼는 관통력에 특화된 아크토의 마술.

『에어 커터』

타이치가 뿜어낸 것은, 하나도 드물지 않은 바람 속성 마술 중 하나였다.

그러나, 아크토는『바람의 친인』을 뿜어낸 순간에 몸을 왼쪽으로 던지며 굴렀다.

파열음이 울리고, 자신의 마술이 파괴되며 지금 자신이 있던 장소에 바람의 칼날이 통과한 것을 굴러가면서 느끼는 아크토. 그대로 몸을 튕겨 올리고자 땅을 짚었다.

"윽!"

눈앞에 격렬하게 파고드는 발에 몸이 한순간 굳었다.

그리고, 착 붙어 있는 검의 면이 금속의 차가움을 무정하게 전달했다.

"여기까지일까?"

평탄한 타이치의 목소리. 무심코 고개를 들자, 사납게 웃는 타이치의 모습. 아크토는 한순간 눈을 부릅뜨고, 그 다음에 미소를 지었다.

제55화 준비

역시『낙엽의 마술사의 제자』라는 직함은 멋이 아니었다.

첫날에 그런 평가를 반 전체에 내린 타이치 일행은 오렌지색으로 물들기 시작한 하늘 아래에서 저녁 해를 등지고 함께 걷고 있었다. 레미아는 이 자리에는 없었다. 교직원으로서 용건이 있는지, 나중에 목적지에서 합류할 예정이었다.

"후우, 끝났다, 끝났어."

타이치 일행은 학원에서 먼 위치에 있는 어느 고급 여관을 향해서 걷고 있었다. 때문에 현재 걷고 있는 주위에 학원의 학생은 없었다.

또 하나, 학원 안에는 기숙사가 준비되어 있으며 평소에는 그쪽에서 숙박을 한다. 일부러 기숙사가 있는데 학원 바깥에 숙소라는 것도 부자연스러우니까 뭐 당연하다면 당연하다.

그러면 어째서 수업이 끝났는데 일부러 학원에서 먼 여관으로 가고 있는가? 베를리니 후작을 만나기 위해서였다. 후작이 남과 만나는데 쓰는 여관이 평범해서는 곤란한 것은, 그의 사회적 지위를 생각하면 당연한 것이었다.

"오랜만에 학교였네."

린은 감개 깊은 기색으로 응답했다.

그렇다. 참으로 오랜만이다. 지금까지는 아침에 학교로 등교하고 저녁에 집으로 돌아간다는 사이클이 당연했는데, 이 세계에 온 뒤로는 모험가로서 지내게 되어 상당히 그리움을 느꼈다.

"나한테는 신기한 느낌이네. 하지만, 좋은 경험이 되겠어."

뮤라가 수업에 대해서 말하는 것이 아니라고, 타이치와 린은 알고 있었다.

그녀는 철들었을 무렵부터 레미아 곁에서 배우고 있었다. 그 레벨이 높은 가르침을 받은 뮤라에게 학원의 수업은 지루할 것이다.

그러나 예를 들어 수업이 지루해도 그 공간, 그 분위기에서 얻을 수 있는 경험은 얻기 어려운 것이다.

특히, 동년배와 교류가 적었던 뮤라에게는 신선하리라.

"의뢰 자체는 귀찮지만, 받길 잘한 것 같다."

타이치의 말에, 린도 뮤라도 고개를 끄덕였다.

베를리니 후작부인에게 달라붙은 자의 꿍꿍이를 막는다는 일은 대단히 귀찮다.

현재 단서가 될 법한 일은 제시되어 있지만, 어떻게 하면 거기에 도달할 수 있을지 그것이 단서인지 아닌지 따위 모두를 자신들이 하나씩 하나씩 체크하여 없애야 하는 것이다.

아무리 그래도 첫날부터 사태를 움직이게 만들 수는 없다.

오늘은 반의 모두와 교류하는, 그것 한 가지에 주안점을 두었다. 성공했다고 할 수 있으리라.

뭐, 그렇게 어려운 이야기는 빼놓고서.

"타이치와 린은 계속 저런 장소에서 배웠었구나."

"우리들에게는 계속 익숙했던 분위기니까."

"그렇지. 벌써 몇 년이나 안 다닌 느낌도 들지만."

이세계 아르티아에 온지 이미 몇 개월.

노호와도 같은 나날을 보냈다. 현대에 있을 때는 생각할 수 없었던 농밀한 나날이었기에, 고작해야 몇 개월을 몇 년처럼 느끼고 있었다.

그런, 향수와 비슷한 감각에 잠기는 타이치와 린.

두 사람을 바라보는 뮤라. 그녀는 그들과 그 감각을 공유할 수 없는 것을 조금 아쉽게 느끼고 있었다.

이런 감정은 틀렸어. 금방 생각을 고쳤다. 자신의 의지하고는 상관없이 이 세계에 불려온 두 사람에게, 지금이 행복한지 어떤지는 알 수 없다. 본래 세계에서 살아가는 편이 행복했을지도 모르는 것이다.

그리고 지금 이렇게 함께 지낼 수 있는 건 뮤라에게 틀림없이 좋은 일이며, 행복한 일이다. 타이치와 린이 이 세계에서 지낸 나날에 어떤 감정을 가지고 있는지는 모른다. 어쩌면 부정적인 감정을 품고 있을지도 모른다. 설령 그렇다고 해도, 두 사람과 함께 있어서 행복하다고, 뮤라는 생각하지 않을 수 없는 것이다.

뮤라는 자신이 겁이 많다고 생각했다. 지금까지는 남이 「어떻게 생각하는가」를 물어보는 것에 아무런 감개를 느끼지 않았다.

그러나 지금은 묻는 것이 두렵다. 타이치와 린에게 이 세계에 있어서 행복한지, 묻는 게 무서운 것이다.

뮤라 자신은 깨닫지 못했다. 그것은 상대가 소중하기에 품는 공포였다. 미움 받으면 무섭다. 본심을 듣는 것이 두렵다. 사람이 당연하게 가진 감정이었다.

문득 대화가 없어지고, 조용히 걸어가기를 몇 분.

"응?"

타이치 일행의 진행 방향에 서 있는 소녀가 보였다.

소녀는 이쪽을 보면서 뭐 하는 것도 없이 서 있었다. 타이치 일행이 다가가도 전혀 그 자리에서 비킬 기색이 없다.

비켜줄 생각이 없는 건가?

그러면 이쪽이 피하면 된다.

타이치가 오른쪽으로, 린과 뮤라가 왼쪽으로 피한다.

길에 서 있던 소녀를 한가운데에 두고 지나간다. 그 직후.

"네가, 소환술사?"

주위에는 들리지 않는 음량으로.

타이치 일행 세 명에게는 들리는 음량으로.

소환술사, 라고.

그 소녀는, 분명히 그렇게, 말했다.

"……윽?!"

타이치는 재빨리 린과 뮤라를 소녀에게서 감싸는 것처럼 서고, 검의 자루를 쥐었다.

순식간에 해낸 기술. 문득 뒤를 보니, 린과 뮤라도 임전태세였다.

어째서지? 방금 전까지는 평범하게 사람들이 지나다녔다.

저녁 장을 보러 달리는 주부나, 일을 마치고 한 잔 하러 가고자 웃는 남자들의 소란이 귀를 때리고 있었을 텐데.

"후후. 그렇게 경계하지 않아도 돼."

소녀는 천천히 돌아보았다.

역광 탓에 약간 보기 어렵다.

보기 어렵지만.

"……."

어마어마한 미모였다.

저녁놀로 알아보기 어렵지만, 소녀는 짙은 다갈색의 머리칼이 샤기처럼 되어 있었다.

키는 타이치의 가슴 정도밖에 안 된다. 자칫하면 어린애처럼도 보이는 체구.

체구를 보면 소녀로밖에 안 보이는데, 그녀의 가슴은 크게 부풀어 있었다. 가슴뿐 아니라, 곡선을 그리는 허리나 커다란 엉덩이는 어른 여성 그 자체.

키는 작지만 글래머 체형의 여성. 트랜지스터 글래머라고 했던가, 사고의 구석에서 감상을 느꼈다.

"너는, 뭐야."

"너는 뭐냐고?"

소녀는 생긋 웃었다.

천진한 웃음이었다. 온화해지거나 혹은 그 여성다운 몸을 깨닫고 얼굴을 붉혀버릴 정도로 매력적인 웃음.

"가르쳐줘도 되겠지마안. 아직 그 때가 아니려아아."

"……."

능구렁이 같은 태도.

그녀 자신은 어디까지나 지금의 스탠스를 무너뜨릴 생각이 없는 건지, 생글생글 웃고 있다.

"괜찮다니까아. 나는 너희들한테 해를 끼치기 위해 온 게 아니거든?"

소녀는 양손을 펼쳤다. 그에 맞추어 커다란 가슴이 흔들린다.

평소의 타이치라면 무심코 눈길이 갔을 것이다. 그러나, 지금은 도저히 그럴 생각이 안 들었다.

말로는 표현할 수 없다.

적대하거나 해치겠다는 생각을, 소녀가 가지지 않은 건 알 수 있다.

만약 그녀는 적이라면, 타이치의 파트너가 가만있지 않을 것이다. 그러나 그녀는 입 다물고 있으며, 딱히 경고를 하는 일 따위는 안하고 있다.

인간과 다른 차원의 존재인 실피가 위기를 느끼지 않은 이상, 눈앞의 글래머 미소녀는 적이 아닐 것이다.

그래도 타이치가 몸을 이완시키지 않는 것은, 그저 그녀에게서 느껴지는 숨기려고도 하지 않는 압도적인 존재감이 원인이다.

"뭐 무리한 주문이었네. 미안?"

고개를 갸웃거리고, 소녀는 문득 자신이 두르는 분위기를 누그러뜨렸다.

그 순간, 무릎이 꺾이려는 것을 필사적으로 버텼다. 스스로도 깨닫지 못하는 틈에 어마어마하게 긴장하고 있었다.

그것은 타이치뿐이 아니었다. 뒤의 린과 뮤라도 마찬가지다.

세 명의 상태를 보고, 소녀가 키득키득 웃었다.

"웃어서 미안해? 나는 말이지…… 으~응, 미이라고 부를래?"

미이라고 이름을 밝힌 소녀. 그 미모와 안 어울리는 몸매가 풍기는 언밸런스한 귀여움을 드러내는 것 같았다.

"……그러면, 미이. 우리한테, 무슨 용건 있어?"

"그~게. 내가 용건이 있는 건 너뿐이야. 소환술사 남자애한테?"

본인에게 그럴 생각이 있는지는 알 수 없지만, 어쩐지 바보 취급하는 것 같은 기분이 든다.

그렇게 생각하는데, 그것을 들어서 화를 낼 생각이 안 들었다.

바로 방금 전에, 그 정도로 압도된 참이었으니까.

"나에게 용건, 이라. 그러면 용건을 들어볼까?"

"안 돼."

"안 돼? 용건이 있는 거잖아?"

용건이 있다고 말했으면서, 그 용건을 물어보는 건 안 된다고 대답한다. 그 모순에, 타이치는 내심 고개를 갸웃거렸다.

"응. 용건이 있는 건 분명한데, 지금의 너는 안 되려나아."

"지금의 나는 안 돼? 무슨 뜻이지?"

"왜냐면."

그 복소리는 귓가에서 들렸다.

문득, 깨달았다.

눈앞에서 이야기하고 있던 소녀의 모습이 보이지 않게 됐다.

"봐. 벌써 방심해서, 내가 여기까지 들어왔잖아."

쓱. 턱에 손가락 끝이 닿는 감촉.

쭉 뻗은 손가락을 눈으로 좇자, 소녀가 타이치의 왼쪽 어깨에 오른손만 올리고, 왼손으로 턱을 만지고 있지 않은가?

여전히 천진해 보이는 소녀의 모습.

타이치는 숨쉬기 어려운 것을 깨달았다. 들이쉴 수 없다. 뱉어낼 수 없다.

긴장한 나머지, 호흡을, 할 수 없다.

"내 심사는 엄격하거든? 그 애처럼 물렁하지 않단 말이지?"

퍼뜩 앞을 보았다.

미이는 방금 전까지 서 있던 장소에 있었다.

무심코 왼쪽 어깨를 보자, 이제 그곳에 소녀의 모습은 흔적도 없었다.

"……."

등에 기분 나쁜 땀이 흐르는 게 느껴졌다.

무의식중에 멈추고 있던 호흡을 재개한 건지, 자신의 가쁘고 빠른 호흡 소리가 멀게 들렸다.

"후후후. 괜찮아. 분명히 너는 내 마음에 들 거야."

그러니까, 하고.

소녀는 검지를 척 세우고, 좌우로 두 번 흔들었다.

"그러니까, 더 연마를 해야 돼?"

마지막으로, 미이는 다시 한 번 생긋 웃더니 삭 뒤로 돌아서 걸어갔다.

"……헉……. 지금 그건, 대체 뭐야……."

소녀의 뒷모습이 보이지 않게 되고 조금 지나서, 타이치는 그렇게 투덜거렸다.

식은땀이 한 줄기, 그의 볼을 따라 떨어졌다.

타이치의 말에, 린도 뮤라도 할 말을 찾을 수가 없었다.

그저, 주위의 소란이, 어느샌가 돌아왔다.

◇◆◇◆◇◆◇◆

이미 해가 지고서 상당히 시간이 지났다.

삐걱대는 문을 열면서, 아크토는 문 상태가 안 좋네, 라고 생각했다.

목조 판자집. 슬럼과 주택가의 경계에 있는, 언제 지은 건지도 알 수 없을 정도로 오래된 집. 아크토와 어머니의 침실, 그리고 다이닝만 있는 별로 넓지도 않은 집이었다.

현관의 문도 전에 고치고서 시간이 좀 지났다. 또 조정이 필요하다고 생각하면서 현관을 지났다.

"다녀왔습니다."

"어서 오렴."

즉시 돌아오는 부드러운 목소리.

키친에 서 있는, 아크토에게 유일한 가족인 어머니가 돌아보면서 응답했다.

좋은 냄새가 공복을 자극한다.

"배고프지? 금방 밥 다 되니까 옷 갈아입고 오렴."

"응. 알았어, 엄마."

이 냄새를 맡으면 참을 수가 없다는 듯, 아크토는 금방 자기 방에 들어가서 옷을 갈아입었다. 그 등을 곁눈질로 좇은 어머니는, 아크토의 꼬리가 살랑살랑 흔들리는 모습을 보고 미소를 지었다.

그런 어머니의 시선 따위는 전혀 모른 채 재킷, 와이셔츠를 벗고 슬랙스에서 다리를 뺀다.

드러난 몸은 기복이 빈약하지만, 또래의 남자와 비교하면 명백하게 선이 가늘고 부드러움이 넘치고 있었다.

서랍에서 아무렇게나 꺼낸 하얀 러프한 셔츠와, 라이트 핑크의 무릎길이 스커트를 입으면 아크토의 오프 모습이 완성된다.

"엄마, 밥은?"

"이제 금방 다 돼. 먼저 손 씻고 오렴."

"네~에."

지쳐빠진 몸은 에너지를 바라고 있다.

얼른 손을 씻고서 식탁으로 돌아가자, 상이 다 차려진 참이었다.

"자, 먹으렴."

"잘 먹겠습니다!"

오늘 메뉴는 잘 익힌 새고기 스튜와 호밀빵. 딱히 고급은 아니지만, 아크토의 집에서는 진수성찬이다.

얼른 그것을 먹기 시작하며, 아크토는 천천히 식사하는 어머니를 보았다.

어머니는 근처의 식당에서 일한다.

오늘은 오랜만에 휴일이다. 기본적으로는 2주일에 한 번 있는 휴일. 사실은 조금 더 쉬었으면 좋겠지만, 급여 따위가 한계가 빤하다.

아크토를 키우면서 학원까지 보내고 있는 것이다. 괜히 말을 해봐야, 무엇보다도 당장에 필요한 현재로서는 아크토의 바람이 이루어질 것 같지 않았다.

그리고 아크토의 어머니, 리쉘은 운이 좋은 편이리라. 여자 혼자서 아이를 키우기에, 이 세계는 너무나 가혹하다.

예를 들어 경위는 어떻든 남편과 헤어지게 되고, 허름한 주점에서 웨이트리스란 명목으로 창부 같은 일을 하지 않으면 그날을 버틸 돈도 못 버는 싱글 마더 이야기도 결코 드물지 않다. 하물며 아크토의 어머니는 용모가 뛰어난 편이다. 직장이 주점이라면 그런 수요를 채우기 위해서 동원되어도 신기할 것 없으리라. 그리고 그 결말은 결코 사람에게 상냥하지 않다.

그렇기에 맹세한다. 학원에 다니는 사이에 힘을 키워서, 모험가가 되어 돈을 번다. 그리고, 어머니가 집에서 매일 느긋하게 지내는 것이다.

그런 의미에서는, 새로운 교사나 유학생. 그녀의 해실 시간과 그와 전투한 시간은 뜻 깊은 것이었다.

아크토로서는 미지근하게 단련하지 않았다는 자부가 있지만, 유학생인 그는 가볍게 그걸 뛰어넘었다.

"나랑, 어느 정도 차이가 있는 걸까?"

식사를 마치고 침대에 몸을 던진 아크토는 조용히 중얼거렸다.

자신의 실력을 객관적인 기준으로 정확하게 파악하고 있는 건 아니다.

뭐 다소는 실력이 있다고 생각한다. 거리를 어슬렁거리는 건달 두세 사람이라면, 맨손으로도 무력화하는데 고생하지는 않으리라.

학원에서는 모험가 랭크 환산으로 E라고 한다. 모험가 랭크는 전투력만 있어서는 좋은 평가를 받기 어렵다. 타당한 것이리라.

그리고 어디까지나 「환산」이며, 「통할 것이다」라는 평가에 지나지 않는다. 실전의 분위기를 피부로 느낀 적이 없고, 아직 진짜 살기를 받아본 적도 없다.

"아직, 전혀 안되네. 더욱, 더."

칼날의 직격을 겁내지 않아도 되는 학원생과, 상대의 칼날이 그대로 목숨과 연관되는 실전으로 살아가는 모험가.

실력이 같은 자라고 해도. 훈련이라면 학원생에게도 승산이 있지만, 목숨을 걸고 싸운다면 모험가에게 대항할 수 없다고 아크토는 생각했다.

그리고 그것은 틀리지 않았다.

예를 들어 타이치와 훈련할 때 아크토는 제법 좋은 움직임을 보여줬다. 그러나 만약 목숨을 걸고 싸우게 되면, 타이치가 아는 E랭크 모험가 알렌을 이길 수 있을까 판단도 어려운 것이다. 움직임 그 자체는 아크토 쪽이 좋지만, 실전의 분위기에 쏘여서 평소의 움직임이 절반 정도 나올까 말까, 더욱이 반사적인 판단력도 둔해진다. 처음부터 실전으로 단련되어 온 알렌이 유리하다.

실전 경험을 쌓는 커리큘럼이 이제 곧 기다리고 있다. 지금까지 쌓아 올린 것에, 경험이라는 요소가 더해지는 것이다.

그걸 위해서 오늘 들은 것도 유연하게 더할 필요가 있다.

타이치와 모의 전투를 한 다음에 『낙엽의 마술사』가 말했던 총평.

아크토의 경우 무술과 마술의 비중이 무술 쪽에 너무 기울었다고 했다. 고작 한 번 보고 간파 당하는구나.

전투 중에, 아크토가 만족스럽게 다룰 수 있는 마술은 셋이다. 하나는 오늘 사용한 『바람의 천인』. 또 하나는 타이치가 사용한 『에어 커터』. 마지막으로 아크토 자신을 등 뒤에서 일으킨 바람으로 밀어 돌진력을 올리는 『에어 대쉬』다. 그것 말고 다른 마술에 대해서도 배우지 않은 건 아니다. 사용하는 것뿐이라면, 아크토가 쓸 수 있는 마술은 아직 몇 개 더 있다.

그저, 앞에 말한 세 가지 말고 다른 마술을 훈련할 때는 창을 쓸 수가 없다. 그 셋이라면 창을 쓰면서도 충분히 다룰 수 있지만, 창을 쓰면서 다른 마술을 쓰는 것은 훈련도가 부족하여 아직 무리였다.

강해지고 싶다는 마음이 너무 강해서, 창을 쥐고 있지 않을 때에 초조함을 느끼게 되었다. 아크토의 간격은 주로 접근전. 셋 정도 쓸 수 있으면, 다른 마술은 마술 수업 시간에 구축할 수 있을 정도만 되어도 아슬아슬하게 충분하다.

그걸 변명 삼아서, 마술을 배우는 것에서 도망쳐 왔다. 새로운 마술을 배우면, 그것을 연마하는 것에도 시간을 들여야 하는 것이다. 그런 것을 하고 있을 틈이 자신에게 있다고 생각하지 않았다.

쓸 수 있는 마술이 늘어나면 선택지도 늘어난다. 「할 수 있지만 안 한다」와, 「할 수 없으니까 못한다」는, 글로 써보면 비슷해도 알맹이는 상당히 다르다고 『낙엽의 마술사』가 말했다.

"……훨씬 더, 단련을 쌓아야 돼……."

경험은 이제부터다. 지금은 쌓아 올린 바탕을 보다 갈고 닦는 수밖에 없다.

"나는 그 때…… 그러니까, 그렇게……."

타이치와 전투 훈련을 떠올리며 뭐가 안 좋았는지, 좀 더 좋은 수가 없었는지 떠올린다.

그렇게 시간이 안 지나.

아크토의 침실에서, 그녀의 평안한 잠든 숨결이 들리게 됐다.

◇◆◇◆◇◆◇◆

타이치의 귀족에 대한 선입견을 단적으로 말해보자면 이렇다. 오만. 불손. 제멋대로. 자기 집안의 권력을 내세운다. 때로는 생각대로 되지 않는 일을 집안의 권력으로 찍어 누른다.

그런 뜬금없는 인상이 강하다. 그 근원은, 현대에 넘치던 엔터테인먼트가 원인이다. 횡포를 부리는 권력자라는, 주인공의 적으로서 알기 쉬운 존재.

그러한 상대를 몰아붙여 승리하고, 망신을 주는 스토리는 나라를 가리지 않고 인기가 있었다.

그 탓에 「귀족은 횡포를 부린다」라는 선입견이 있었지만, 이 세계에 온 뒤로는 가치관이 바뀌고 있었다.

적이 되는 권력자가 있는 한편으로 주인공을 도와주는 권력자가 있거나, 「그런 몹쓸 귀족만 있는 게 아니다」라는 묘사가 있는 창작물도 있었지만 그야말로 그게 맞았다고 타이치는 생각하는 것이다. 귀족들도 몇 가지 종류가 있는 모양이다.

목적지인 제도 중심부에서 당당한 모습을 자랑하는 고급 여관에 도착한 일행은, 빈객용 방에서 잠시 기다려 레미아가 뒤늦게 합류한 다음에 스위트룸으로 안내를 받았다.

맞은 편 소파에는 숙녀가 앉아 있었다. 붉은 색이 감도는 웨이브의 블론드를 허리까지 기른, 척 보기에도 좋은 집 아가씨 같은 소녀. 블론드 아래에는 어엿하게 단정한 용모.

타이치 일행보다도 두 살 연상이라고 하는데, 이 세계의 인간의 정신적 성숙은 현대와 비교해서 빠르다. 그녀가 현대에 있었다면, 주위의 어른들도 연령을 근거로 어린아이 취급하지는 못했으리라. 고작해야 두 살 차이인데, 차분하고 아리따운 태도는 어른이라고 봐도 지장이 없었다.

또한, 그녀는 육체적인 성숙도 어마어마하다. 스타일이 레미아에 가깝지 않을까?

그녀의 이름은 에르메리아 켄들 베를리니.

타이치 일행을 뒤에서 봐주는 베를리니 가문의 장녀였다.

에르메리아— 메리아는 학원에 다니는 학생이다. 제국 안에서 타이치 일행의 커버는 황제가 해주고, 베를리니 가문은 타이치와 황제의 가교 역할이다. 그리고 메리아는 학원 안에서 타이치 일행을 지원하는 것과, 황제와의 파이프 역할도 맡고 있었다. 사실은 세로프가 지휘를 해야 하리라. 그러나 그는 학원 안은 자세히 모른다.

실제로 다니고 있는 메리아 쪽이 학원의 분위기 변화 따위를 깨달을 수 있다. 그렇게 생각한 세로프가 자신은 무대 뒤에서 움직이기로 하고, 지휘를 딸에게 맡긴 것이다. 물론 그만한 능력이 있으니까, 라는 것은 당연한 것이다.

"아버지에게, 여러분의 지원을 하란 명을 받았습니다. 따라서 제가 상담관 역할을 맡게 됐답니다."

이것은 한 차례 자기소개가 끝난 직후에 메리아가 한 말이었다.

회담은 타이치 일행과 메리아의 직접 대면이라는 것이 제일 큰 목적이었다.

당연히 그뿐 아니라 앞으로 어떻게 움직일 것인가에 대한 이야기도 할 셈이지만.

"그러면 여러분. 오늘 하루, 학원에 다녀보고 어떠셨나요?"

타이치 일행의 정보는, 제국부를 통해서 메리아도 입수했다.

타이치, 린, 뮤라 세 사람은 B랭크 모험가. 이룩해낸 일을 하나하나 조사해보고, 어째서 A랭크가 아닌 걸까라고 순순히 의문스럽게 생각했다. A랭크인 것은 스승인 레미아뿐이었다.

뭐 모험가로서 지식이나 경험이 A랭크의 수준에 도달하지 못했다, 라는 것이 이유겠지만. 모험가가 되는 인간은 크든 작든 입신출세를 노리는 법이다. 그 기초지식으로 생각해 보면 겸허함이 지나친 것 아닐까 생각하는 동시에, 어쩐지 호감도 느껴진다.

이 화제에 들어간 것은 이제부터 이야기할 내용에 앞선 윤활유 역할에 지나지 않지만, 현장에 서서 보통의 모험가보다도 훨씬 짙은 경험을 해온 그들의 생생한 의견이라는 것을 듣고 싶다는 것도 본심이었다.

"부디, 기탄 없는 의견을 들려주면 좋겠다고 생각해요."

타이치 일행은 다 함께 생각에 잠겼다.

"선생님의 지식 레벨은, 상당히 높았지?"

타이치가 말하면.

"그렇네. 마법약 제조법도, 상당한 범위를 망라하고 있다고 생각해. 여러 가지 의미로, 배우는 거 힘들 텐데."

뮤라가 대답했다.

"거기에 다니는 거랑, 모험가로서 경험을 쌓는 거, 어느 쪽이 좋은지 의견이 갈릴 거라고 생각해."

"아아, 분명 그렇네."

"그렇겠지."

린이 말한 것에, 타이치와 뮤라도 동의를 표했다.

학원에 다니는 것의 메리트. 그것은 실력을 갖추지 못해 가장 위험이 높은 시기에, 안전한 장소에서 찬찬히 실력을 쌓아 나갈 수 있다는 것.

말할 것도 없지만 모험가는 목숨을 걸어야 한다. 어느 랭크까지 올라가든, 죽을 때는 죽는 일이다. 그런 가운데 특히 치사율이 높은 시기가, 제대로 된 실력이 안 붙어 모험가로서 새내기라고 불리는 시기다. 가장 간단한 의뢰를 소화하면서 도시 바깥의 의뢰를 받을 수 있게 되고, 마물 한 마리라도 고생 없이 쓰러뜨려 버렸을 즈음이 위험하다고 흔히 듣는다. 근거가 없는 전능감에 휩싸여 버린다고. 그 전능감 탓에 분수에 넘치는 짓을 해서 대가로 목숨을 지불하는 일이 종종 있다고.

이것은 나라나 지역에 한정되지 않고 어디서든 일어난다고 한다. 운 좋게 보살펴주는 선배 모험가나 스승이 있으면 좋지만, 대개의 모험가는 자기 몸 하나로 시작하는 것이다.

한편, 모험가로 시작하는 것의 메리트. 그것은 실전의 연속이라는 것이다. 성공도 실패도 자기 몸으로 체험하여 계속 배울 수 있다는 것. 새내기를 무사히 헤쳐나간 모험가는 같은 또래의 학생보다도 훨씬 실력이 위다. 실제 전투력이나 지식 레벨에는 차이가 없어도, 현장에서 계속 서서 쌓아 올린 것은 책상물림으로는 간단히 메울 수 없다.

모험가는 위기관리 의식이 높은 자가 살아남는다. 전능감 사이에서 잘 절충하는 자가 막무가내인 자보다도 많고, 길드도 모험가가 되려는 자가 그냥 죽으면 수지가 안 맞기 때문에 지원을 하기 때문이다.

결론적으로, 시작을 어느 쪽에서 할 것인가는 그리 간단히 우열을 논할 수 없다.

"교육체계는 정돈돼 있었다. 상당히 잘 짠 프로그램이야."

제자들의 이야기를 듣고 있던 레미아는 그렇게 정리했다.

"그렇군요. 그렇게 말씀을 해주시면 참으로 고마운 일입니다."

딱히 새로운 이야기를 한 것은 아니다.

그러나 평가를 듣는 경우, 무엇을 말하는가 보다도 누가 말하는 가가 중요하다.

실제로 현장에서 계속 일해온 모험가들의 말은 가치가 있다.

특히, 별칭을 가진 모험가의 말이라면 더욱 그렇다.

그들이 받은 의뢰하고는 상관없는 것이지만, 이것도 보고할 가치가 있지 않은가 메리아는 생각했다.

무엇보다 메리아 자신도 다니는 학원이다.

그것이 인정받은 것은 본인의 장래에도 플러스가 될 거라고 그녀는 확신했다.

“그러면 새삼 본론으로 들어가죠.”

메리아가 말했다.

“아크토와 접촉을 했나요?”

메리아가 그렇게 말하고 그들의 얼굴을 보았다.

모의전에서 한 번 싸워본 타이치가 말했다. 아크토가 대전 상대를 발견하지 못하고 밀려나 있는 것을 타이치가 포착했다고.

그것을 솔직하게 말하자 메리아는 역시라는 표정을 지었다.

다른 학생들이 아크토를 피하고 있다는 것을, 의뢰를 받은 타이치 일행이 그 눈으로 보았기를 바랐다. 그것이 실제로 이루어졌으니, 일단 좋게 풀리고 있는 것이다.

현시점의, 당장의 방침을 새삼 물었다.

“특별한 일을 할 필요는 없어요. 그저 친구로서 평범하게 지내주시면 좋겠다고 생각합니다.”

후작가의 영애가 미소를 지었다.

분명히 특별한 일은 아니다.

학원은 그냥 배우기만 하는 곳이 아니다.

교우관계를 넓히고 친구를 만들어 장래에 대비한다. 혹은 그러한 고상한 목적이 없더라도 학원 생활을 충실하게 한다. 친구를 만드는 것은 사람을 사귀는 걸 배우는 것과 같은 뜻이다.

타이치 일행으로서는, 딱히 거부할 일이 아니다. 타이치 자신도 이야기를 해보고서 딱히 나쁜 녀석이라고 생각하지 않았다.

누군가가 의도적으로 시비를 걸지 않는다면, 어째서 다들 피하고 있는지를 알 수 없다고 생각할 정도로는.

다들 피하는 상대와 친구 관계가 된다. 그것도, 유학생으로서 찾아온 자신들이.

조금 노골적이지 않은가? 그것은 누구나가 한 번은 생각한 일이었다.

그러나 아버지의 지시로 현장의 지휘를 맡게 된 메리아는 거기서 단숨에 치고 나가기로 했다.

"눈에 띄는 건 어쩔 수 없어요. 뭘 어쩌든지 눈에 띈다면, 차라리 시위 삼아서 공개적으로 하는 게 좋지 않을까요."

무기를 가지고 있는 걸 보았기에, 상대가 공격하지 않는다.

그것은 어디서든 이루어지고 있는 보편적이며 효과적인 견제 방법이다.

왕족이나 귀족이 이동할 때, 어째서 커다란 호위단을 편제하는가?

이유는 심플하다. 수많은 기사나 병사가 지키고 있는 존재는 공격하는 쪽에게도 수지가 안 맞기 때문이다.

메리아는 형태는 다르지만 의미는 같은 것을 하려는 것이었다.

"그렇군. 그런 거라면 빠르네요."

린이 납득하고 고개를 끄덕였다.

반대로, 견제한 상대가 보기에 노골적으로 보여도 된다는 것이다.

그거라면 편하다. 현장에서 활발하게 움직이는 타이치 일행의 실력은 앞으로도 주목을 받을 것이다. 실력은 물론이고, 실전을 알고 있다는 어드밴티지는 크다.

"본심을 말하자면 학원 바깥에서도 호위를 해주면 좋겠습니다만……. 아무래도 그 정도까지 하면 너무 부자연스러워요. 당분간 우리 가문의 정예가 학원 바깥의 일을 맡을 테니, 여러분은 학원 안에서 아크토를 신경 써주세요."

타이치 일행도 학원 바깥에서까지 달라붙어 있는 건 부자연스럽다고 생각했다.

호위라고 해도, 학원 안에서 언제나 아크토 곁에 대기하고 있는 것도 이상하다. 게다가 아크토는 주위에 대해 뭔가 벽 같은 것을 만들고 있다고 느꼈다.

"여러분이 아크토의 아군이다, 라는 의식을 학원생들에게 인상을 심어주면 일단은 괜찮을 거라고 생각합니다. 그걸 위한 가장 지름길이 친구로서 친해지는 것이라고 생각했습니다."

아크토는 스스로 다른 학생에게 관여하지 않는 한편, 정의감이 강한 일면도 가지고 있다고 한다. 부조리한 행동을 용서할 수 없다고 생각하는 것보다 먼저 몸이 움직여 버린다고.

그리고 학원에서는 그러한 다툼이 자주 일어난다고, 메리아는 유감스러운 기색으로 말했다. 거의 매일 일어난다고.

다시 말해서 다툼에 고개를 들이민 아크토 편을 들어주면 된다는 거다.

"그렇구만. 그거라면 불가능하지 않아."

실피를 의지하여 무슨 일이 있으면 알려달라고 하면 된다. 언제 어디서 그런 사태에 마주칠지 모르는 이상, 필연을 우연으로 꾸밀 필요가 있고, 타이치는 그것을 실행할 수 있는 것이다.

"그건…… 멋지군요. 역시, 정령님의 힘인가요?"

메리아의 의문에 대답하지 않고, 타이치는 가볍게 웃었다. 표정으로 그게 맞다고 말하면서.

메리아는 한 번 눈을 동그랗게 뜨고, 그 다음에 살짝 안도의 숨을 내쉬었다.

"이어서, 제가 현장에서 선두에 서서 정보 수집을 하겠습니다. 여러분께도 언제나 정보를 공유하겠어요."

응? 타이치가 한순간 멈칫했다.

지금 메리아가 뭐라고 했지?

현장에서, 선두에 선다고 하지 않았나?

타이치의 그런 의문을 표정으로 읽어냈는지, 눈앞의 아가씨는 온화한 미소를 지어 보였다.

"저는 이래 보여도 척후나 첩보 능력을 연마하고 있답니다. 전투에서도, 학원에서 손꼽힌다고 자부하고 있어요."

현시점에서 이 학원의 톱 레벨 학생은 모험가 랭크 환산 B였다고 기억한다. 그것이 정말이라면 대단한 거다.

메리아의 무기는 쌍검이라고 했다. 쌍검은 공격 횟수로 밀어

붙이는 치열한 무기다. 정숙한 외모에 비해서, 상당히 어그레시브하다.

"말괄량이구나……."

"후후, 칭찬의 말이라고 생각하겠답니다."

베를리니 후작가는 육체파였다. 장녀인 메리아는 물론, 장남은 스물둘의 젊은 나이지만 실력으로 기사단의 부대장 자리를 차지했다. 현 당주인 세로프도 옛날에는 검의 달인으로 이름을 날렸고, 지금도 그 실력은 쇠할 줄을 모른다는 강의 일족이었다.

그러면서도 두뇌 노동도 어렵잖게 해내고 있으니, 신이 두 가지를 내린 자도 있는 법이라는 이야기가 오가는 것이다.

◇◆◇◆◇◆◇◆

"정말로 이튿날일 거라고는 생각 못했어."

타이치는 그 앞에 펼쳐진 광경에 질색하는 것처럼 한숨을 쉬었다.

"동감이야."

"보고 온 것처럼 말했으니까."

타이치의 말에 동의하는 린과 뮤라.

두 사람도 타이치와 마찬가지로, 「설마」라는 생각을 하고 있었다.

매일 일어난다는 건 틀림이 없는 걸까?

저쪽, 이라고 말하는 실피를 따라 와보니 이 결과였다.

거리는 세 사람이 서 있는 곳에서 대략 100여 미터. 오가는 인파 사이를 지나자 그 사이에 구경꾼들이 보인다.

구경꾼에게 가로막혀 그 중심에 누가 있는지는 알 수 없다. 그러나 강화를 시행한 청력이라면 소리를 듣는 건 그리 어렵지 않다.

타이치가 들어보니, 웅성거리는 가운데 목적한 인물의 소리가 분명히 들렸다.

잘못 들은 건가 싶어 린, 뮤라에게도 확인했는데 두 사람도 같은 목소리를 들었다고 한다. 게다가 대사까지 일치했다.

시선으로 대화한다. 개입할까 말까?

여기서 개입하면 커다란 주목을 받는다. 그것이 플러스가 될지 아니면 반대일지.

대답은 금방 나왔다.

"이건 찬스네."

라고 말하는 뮤라의 한 마디에 의해서.

그녀가 무엇을 말하고 싶은 건지, 타이치와 린도 정확하게 이해했다.

개입 결정이었다.

세 명은 구경꾼을 향해서 걸었다.

◇◆◇◆◇◆◇◆

아크토 바스벨은, 피식거리는 다섯 명의 학생들을 노려보았다.

방금 전까지 이 학생들에게 둘러싸여 있던 소녀를 등 뒤로 감싸고, 아크토는 강한 자세를 무너뜨리지 않았다. 소녀의 볼이 붉게 부었고, 제복에는 모래먼지가 묻어 있었다. 그것이, 아크토가 물러나지 않는 이유이기도 했다.

"이거야 원, 너냐? 소문은 들었어. 이제 좀 우리들 방해는 그만두지 않을래?"

다섯 명의 한가운데, 선두에 선 금발을 빗어낸 청년이 부드러운 태도로 말했다.

물론 부드러운 건 태도뿐이고, 그 눈은 사람을 사람으로 생각지 않는 깔보는 것이었다.

"방해라고? 한꺼번에 몰려들어서 여자애 한 명을 괴롭혀놓고서, 그걸 그냥 넘어가라고?"

이상한 말을 했다는 생각은 없었다. 이런 괴롭힘은 용서할 수 없는 것이다.

그러나.

"넘어가? 왜 대등하게 말하는지 이해하기 어렵군."

"……뭐라고?"

"공손히 잘 들어라. 그게 당연하다. 입장의 차이를 이해하도록."

아크토는 할 말을 잃었다. 선민의식. 배타주의. 뭐든지 좋지만 그는 그것이 당연하다고 생각했다.

"네가, 귀족이라서?"

"너무 당연해서 대답하는 것도 시시하지만, 뭐 그런 거지. 그녀는 나에 대해서 죄가 있다. 속죄를 해야 하는 거지."

"그렇다고 폭력을 휘두를 필요는 없잖아?! 마음을 담아 사죄했다면, 그걸 받아들이면 되는 거 아냐!"

"전혀 모르는군."

청년은 고개를 저으며 웃었다. 아크토에게는, 표정이 일그러진 것으로만 보였지만.

"나는 백작가의 차기 당주 아닌가? 고작해야 평민은 본래 이야기하는 것도 용납되지 않는다. 그런데 그녀는, 평민이면서 내 기대를 배신하는 폭거를 저질렀어. 성의를 담아 그 몸을 바쳐 봉사하는 것으로 속죄하는 수밖에 없지."

청년은 차례차례 말을 이었다. 그의 뒤에 있는 추종자들은 피식피식 웃으면서 고개를 끄덕였다.

이해할 수가, 없다.

"평민은, 우리들 귀족의 피에 의해서 살아가고 있다는 걸 이해해야 하는 거다. 이해가 모자란 평민에게는, 그것을 교육하는 것도, 우리들 고귀한 자가 진 의무야."

그는, 무엇을 말하고 있는 걸까?

몰려들어서, 여럿이 한 명을 탓하는 것이, 폭력을 휘두르는 것이 귀족의 의무라고, 그는 정말로 그렇게 생각하는 걸까?

한 번 조용히, 끓어오른 열을 바깥에 내보내는 것처럼 숨을 내쉬었다.

아크토가 생각해야 하는 것은, 이 소녀를 무사히 보내는 것이다. 양립할 수 없는 가치관에 뜨거워지는 건 본론에서 벗어난 일. 지금은 필요 없다.

어떻게든 해서 틈을 만들어야 한다.

그녀가 도망치기 쉬운 타이밍을 모색한다.

'……응?'

필사적으로 생각을 하고 있는데, 문득 청년에게 다가가는 추종자 한 명. 그는 청년의 귓가에 소곤소곤 속삭였다. 그것을 들은 청년이 후우 한숨을 쉬었다.

"……후후, 뭐 좋다. 비천한 평민이면서 내 앞을 막아선 네 용기에 경의를 표하며, 오늘은 물러나도록 하지."

"……어?"

아크토의 사고가 상황을 따라잡지 못한다. 방금 전까지 그렇게 기세가 좋았던 그는 전형적인 말을 남기고 이쪽에 등을 돌리고자 했다.

그렇게나 권위를 휘둘렀건만. 이제 와서 아크토를 상대로 겁을 먹었을 리는 없다. 그러면 어째서?

"어라. 뭐야? 가버리는 거야?"

아크토의 등 뒤에서 들리는 목소리.

움찔 반응하여, 발길을 멈추는 백작가 적자.

아크토가 돌아본 곳.

그곳에 에리스테인에서 유학을 온 삼인조.

구경꾼이 자연스럽게 갈라진다. 『낙엽의 마술사』의 제자라는 그들의 직함, 그리고 이곳에 편입한 뒤로 금방 보여준 범상치 않은 실력의 조각들이 가로막는 것을 치운 것이다.

발길을 멈춘 백작가 일행. 그 중심인물이 빙글 돌아보더니, 타이치를 마주보았다.

“자네들은 그 편입생이군. 이야기는 이미 나한테도 들어왔어. 멋진 실력을 가졌다고 들었지.”

“그거 고맙네.”

상대의 말에 비해 대답은 담백하다. 반응하지 않을까 생각했지만, 그건 없었다.

“자네들 정도의 힘이라면, 꼭 가지고 싶군. 내가 집안을 잇게 되면, 측근이 되어 힘을 휘두를 생각은 없나?”

“유감이지만 말야. 사관할 거라면 에리스테인 마법왕국이라도 좋단 말이지. 아마 궁정 마술사 정도는 해주지 않을까?”

그렇지? 돌아보는 타이치.

뮤라는 후우, 한숨을 쉬고 린은 쓴웃음을 지었다.

그렇지만, 두 사람은 부정하지 않았다.

가르겐 제국에는 백작가가 다수 있다. 실력 있는 자를 등용하는 집안은 잔뜩 있으리라. 그러나 그것은 왕가, 공작가, 후작가 순으로 수확한 밭의 나머지다. 타이치 일행의 힘을 자기 눈으로 본 것은 아니지만 우수한 마술사를 목이 빠질 정도로 가지고 싶은 백작가로서는, 전해들은 것만으로도 권유할 가치가 있었다.

그에 비해서 에리스테인 마법왕국의 궁정 마술사. 마력량과 마력 강도에서 빼어난 재능이 요구되는 데다가, 그것마저 어디까지나 최저 조건이라는 좁고 엄격한 문이다. 경우에 따라서는 어중간한 귀족의 작위보다도 가치가 있다고 한다.

그 꿈을 차면서까지 따를만한 가치, 카리스마를 제시할 수 있는가?

타이치는 말은 안 하지만 이렇게 고한 것이다.

귀족이라는 지위를 전혀 신경 쓰지 않는 태도.

명백하게 재미가 없을 텐데, 백작가의 후계자는 「알고 있었다」라고 말하는 것처럼 희미하게 웃을 뿐이었다.

"흠. 그렇게 말하면 아무래도 이쪽이 불리하군. 자네들을 끌어들이는 건 어려울 것 같아."

"알아주니 기쁘네. 다른 귀족들한테도 비슷한 말을 들었는데, 금방 이해해주는 귀족이 정말 적더라고."

"자네들에게는 귀찮은 일이겠지만, 제국 귀족 나부랭이로서는 권유를 포기하지 못하는 마음이 이해되는군. 계속 거절하면 그 권유도 없어질 거야. 적당히 잦아들 때까지는 견뎌주게나."

청년의 말에 어깨를 으쓱거리는 타이치.

잠시 권유가 없어지지 않을 거라고 솔직히 인정하는 부분에 솔직히 호감이 느껴진다.

"그쪽에서 은근히 말을 좀 해줘. 우리는 누군가를 섬길 생각이 없다고."

"좋아. 기회가 있다면 말이지."

"그래, 그거면 돼."

기회가 있으면. 참으로 편리한 말이다. 현재 상황이 개선되지 않아도 기회를 이유로 댈 수 있다.

백작가 후계자와 그 추종자가 물러간다.

그 등을 바라보고서, 타이치는 아크토를 돌아보았다.

검은 머리 소년의 얼굴을 보았다. 슬쩍 나타나서 대화의 주도권을 쥐고, 그대로 귀족이 물러가도록 해버렸다.

최악의 경우 그대로 전투에 돌입할 가능성도 각오하고 있었는데, 끝은 너무나도 맥이 빠졌다.

"아크토?"

"아…… 아아, 미안. 멍하니 있었어. ……고마워, 구해줘서."

"응? 우리가 뭐 했나?"

"……후후, 아무것도, 안 했을지도 모르지."

시치미를 떼는 타이치에게, 아크토는 무심코 웃음을 흘렸다.

중성적인 아크토이기에, 남녀를 가리지 않고 매력적으로 보이는 웃음.

타이치 일행은 개입이 성공한 것을 실감했다.

눈에 띄기 위해서, 라는 것도 충분히 달성했으리라. 이렇게 이목이 있는 가운데 귀족 일파와 문답을 한 데다가, 둘러싸여 있던 아크토를 구했다는 결과.

이걸로 깊은 인상을 주었다……라고 말할 정도까지는 못되겠지만, 사람들의 기억에 남기는 했을 것이다. 타이치 일행 에리스테인의 유학생은 소동이 일어났을 때 아크토 쪽에 선다,

라는 것이다. 아직 그런 의혹의 범주겠지만, 몇 번 거듭하면 그 의혹이 확신으로 바뀌는 걸 기대할 수 있다.

"어이쿠, 그렇지. 너, 괜찮아?"

아크토의 등 뒤에서 아크토와 타이치를 번갈아 보고 있던 여학생 앞에 쪼그려 앉아서, 손수건을 꺼내는 린.

"꽤 부었네. 그리고, 입술도 찢어졌어."

손수건을 물 마법으로 재빨리 적시더니, 마법 회복약의 포션을 몇 방울 떨어뜨려 부운 볼에 살짝 대었다.

"으윽!"

"아, 미안해."

포션은 상처에 직접 뿌리면 상당히 쓰라리다. 아무래도 소리를 내는 여학생. 그것에 무심코 사과한 린이었지만, 치료를 받고 있는 소녀가 움직이지 않았기에 치료하는 손을 멈추지 않았다. 학원의 학생이기도 하여, 상처나 통증에 대해서는 강한 모양이다.

"이제 괜찮아. 내일이 되면 통증이랑 붓기도 완전히 빠질 거야."

"고, 고맙습니다……."

주위를 보니, 사람은 꽤 줄었지만 그래도 당초의 3할 정도는 사람이 남아 있었다.

목격자가 많을수록 좋다. 이 소녀를 치료한 것이 린이라는 사실은 중요하다. 가령 귀족들이 그녀를 노린다고 해도, 부상이 나았다는 것을 깨닫지 못할 리 없다.

그녀는 평민인 것 같으니, 이 정도 상처는 포션을 써서 치료를 할 여유가 없다. 현대에서의 소독약 같은 감각으로 일가에 하나나 둘 정도 일반 가정에 상비되어 있는 포션도 있지만, 이번에 사용한 것은 모험가용이다. 일반인이 가볍게 사용하기에는 주저할 정도의 가격이 있다.

그녀의 집 경제 상황은 알 수 없지만, 다소의 상처에 포션을 쓸 여유가 없는 가정이라면 다음날 이후에도 상처는 낫지 않으리라. 그것이 고작 하루만에 깔끔하게 나았다. 다시 말해서 누군가 치료를 해준 것이 된다. 거기서 치료한 것이 린이다, 라는 식으로 소식이 퍼지는 것이다.

그들은 제국 귀족이다. 아무리 권유를 거절했다고 해도 나라에서 빈객 취급을 받는 린 일행의 기분이 틀어지면 체면적으로도 좋지 않으리라. 유학생 삼인조와 말다툼을 한다는 걸 누가 보기만 해도 「다른 나라에서 온 빈객의 기분이 틀어지는 짓을 한 제국 귀족」이라고 다른 귀족이 보게 된다.

일부러 치료한 것이다. 다시 한 번 다치는 일이 있다면 의연하게 항의할 셈이다. 그 전에 깨닫고서 손을 떼기를 바라고 있었다.

그걸 위해 그녀가 어째서 이런 꼴을 당했는지를 물어볼 필요가 있었는데.

"……."

타이치나 아크토를 보고 고개를 숙이는 소녀. 잠시 기다려봤지만 이야기할 셈이 없는 모양이다.

"……어쩔 수 없네. 이야기할 생각이 없다면 무리하게 안 물어봐. 하지만, 난처한 일이 있으면 혼자 끌어안지 마. 그걸 잊지 말 것. 알겠어?"

뮤라의 말에 작게 고개를 끄덕이더니, 소녀는 후다닥 물러갔다.

그녀에게도 생각하는 바, 혹은 사정이 있으리라. 억지로 물어봐도 분명 좋은 일이 없을 것이다.

소녀가 물러가고 잠시 지나서, 주위에 있던 구경꾼들도 조금씩 흩어졌다.

"그런데, 아크토, 너는 괜찮아?"

"어?"

구경꾼들이 모두 흩어진 참에, 타이치가 말을 걸었다.

그 말에, 그러고 보니 둘러싸인 것은 나도 그랬구나, 라고 떠올린 아크토. 쓴웃음을 짓고 타이치 일행을 마주보았다.

"아아, 나는 괜찮아. 늘 있는 일이니까."

"늘 있는 일?"

사전에 얻은 정보 그대로의 대답. 그러나 그것을 겉으로 드러낼 수 없는 세 사람은, 그야말로 처음 듣는다는 표정으로 반추했다.

"그래. 저렇게 부조리하게 누군가가 질책을 받는 모습을 보면, 어쩔 수 없이."

나쁜 버릇이란 말이지. 메마른 웃음을 짓는 아크토. 그것에 맞추어 꼬리도 늘어졌다. 상당히 훌륭한 정의감을 가지고 있다. 그것 자체는 호감이 가지만.

"조금, 지나치게 막무가내인 것 같네."

"그렇게 생각해?"

"그래."

"역시 그런가. 그렇게 충고를 해주는 친구가 있는데 말야. 깨닫고 보면 몸이 움직여 버리거든. 그 친구가 함께 있을 때는 가세를 해주는데, 언제나 같이 다니는 것도 아니라서."

스스로도 별로 좋지 않다는 건 자각하고 있으면서 하는 일이니, 생각하고서 하는 행동이 아닌 모양이다.

언젠가 따끔하게 앙갚음을 당할 가능성이 있다. 아니, 지금까지 전혀 그런 걸 안 당했다는 건 아니리라.

메리아에게 아크토 편을 들어달라고, 말을 들었다.

아크토는 대단히 위태롭다.

내버려둘 수가 없다. 그것에 확실한 이유가 있는 것은 아니지만, 그렇게 생각되는 무언가를 가지고 있었다.

타이치 일행은 아크토의 아군이 되기로 결정했다.

그것은 임무이기 때문인 것도 물론이지만, 개인적인 감정으로도다.

감정과 실익이 양립되는 선택지였다.

"아크토."

"응? 왜 그래, 타이치."

"우리들, 네 편이 되기로 정했어."

"응, 고마워."

그렇게 순순히 대답을 하더니, 굳어 버리는 아크토.

지금 들은 말을 곱씹고서, 그 표정이 경악으로 물들었다.

"어, 어어?!"

그런 전개는 전혀 예상하지 않았다. 그렇게 보이는 아크토의 리액션. 당황하는 아크토를 보고, 타이치는 웃었다.

◇◆◇◆◇◆◇◆

"호오…… 방해꾼이 끼어들었다?"

"네."

제도 안의 모처.

일급의 가구로 채색된 그 방은 불빛을 밝히지 않았고, 저물어가는 저녁해가 내리는 미약한 빛만 의지하고 있었다.

밤의 장막이 지배해가는 방에서는 시야를 확보하는 것도 고생이라 다가가지 않으면 사람의 얼굴도 판별하기 어렵다.

실내에는 몇 명의 기척. 제각각 얼굴이 보이지 않을 정도로는 거리를 벌린 채 서 있었다. 그리고 그것을 의문스럽게 생각하지 않는 모양이다.

훌륭한 설비 안에서도, 화려하지는 않지만 특히 질이 높은 의자에 앉은 소녀. 비르겔 백작가의 여식이었다.

그녀 앞에서 신하의 예를 취하는 것은, 아까 전에 타이치와 말을 나눈 귀족의 청년이었다.

"그 수인 소녀는 그렇다 치고, 에리스테인에서 온 유학생이, 말이지."

"그렇습니다."

"흠……. 보고가 들어와 알고는 있었지만…… 실제로 이야기를 해보니 어땠시?"

보고는 들었다.

다시 말해서, 이렇게 말로 설명하기 전에 상황은 알고 있다는 것이다.

감시나 뭔가를 준비했을 것이다. 그래도 더욱이 물어본다는 것은, 그 감시는 자신들의 대화를 포착할 장소에는 없었다.

혹은, 감시를 하는 것이 들키지 않도록 다가가지 말라고 못이라도 박아두었으리라.

군중에 섞이면 되는 건가? 아니, 그걸로 얼버무릴 자신이 없다. 그 세 명이 빼어나게 우수하다는 건 알고 있는 것이다.

귀족으로서 이매망량 안에서 살아가고, 앞으로도 그래야 하기 때문에 단련된 후각 같은 것이 경종을 울리고 있었다.

"네……. 제 입장을 알고서도, 딱히 겁을 먹은 태도는 보이지 않았습니다. 평민의 학우와 이야기를 하는 것처럼, 상당히 털털한 대화를 했습니다."

"그렇군……. 그것은 연기로 보였나?"

"아뇨. 자연스러웠습니다. 상대가 귀족이라도 말투를 바꾸지 않거나, 혹은, 백작가 정도로는 경의를 표할 가치가 없다고 생각하고 있는지."

거기서 말을 끊은 청년. 뒤에 이으려고 생각한 「아마도 후자겠습니다만」이라는 말은 삼켰다.

"……제국 귀족에 대해서 예를 표하지 않는가……? 실력은 있는 것 같지만, 아무래도 사고방식은 야만적인 모양이군. 역시, 기어 오른 놈이 주위에서 떠받들어주자 우쭐거리는 것뿐, 이라는 건가."

"……."

그렇게 단순한 것일까? 그들에게서 느낀 것은 그런 미지근한 것이 아니다. 피부로 느낀 압도적인 자신감. 귀족 정도라면 어떻게든 된다, 어떻게든 할 수 있다, 라는 것.

그것을 깨닫지 못하는 자가 자신보다도 작위가 위라는 걸 생각하자, 청년의 흉중에 다소 파도가 일었다.

뭐 그렇게 느꼈다라는 것을 가르쳐주지 않는 만큼, 자신도 칭찬 받을 것은 못 된다고 변함없는 표정 안에서 쓴웃음을 지었다.

애당초, 그걸 상대하고 피부로 느끼지 않으면 이해하지 못할지도 모르니까.

"수고했다. 그러면, 계속해서 감시를 하도록 하지. 어이."

"네."

"놈에게 임무를 계속하라고 전해라. 아아, 지금까지 그런 것처럼 충분한 거리를 두고서 행동하도록, 새삼 못을 박아두는 걸 잊지 말도록."

"예."

소녀의 뒤에서 들린 목소리의 주인이 공손하게 고개를 숙이는 모습이, 그 자리에 있는 자들의 뇌리에 재생됐다.

그녀의 심복이라 할 수 있는, 분명히 같은 백작가의 장남이었을 것이다.

그와 나누는 대화를 들으며 생각한다. 역시 타이치 일행이 감시를 깨닫고 있다는 가능성을 고려하지 않는 것이다, 라고.

"후후후. 언제 놈을 무대에서 지워줄까? 지금부터 웃음이 멈추질 않는군. 마침 딱 좋은 행사도 있으니, 말이야."

즐거운 기색으로 책략을 부리는 소녀를 바라보며 생각한다.

그 수인 소녀에 대한 정보를 얻은 것은 어떤 연줄의 제보라고 한다.

청년의 주인인 소녀는 그 연줄에 대한 정보를 밝히지 않았지만, 대략적으로는 예상할 수 있다.

아크토에 대해서는, 다른 귀족이 첩보 활동을 하고 있어도 기어이 밝혀내지 못했던 완전히 예상 밖의 선이었다.

그만큼 그들의 상대가 되는 귀족이 교묘하게 정보를 감춘 것이다. 그 정보를, 어느 연줄의 정보 제공자는 어떻게 얻었을까?

괜찮을까? 상대의 손바닥 위에서 춤을 추는 건 아닐까? 그 「어느 연줄」이라는 정보 제공자에 의해서.

더욱이 에리스테인에서 유학으로 찾아온, 세 명의 실력자들.

이 말에서 내리는 편이 현명한 것 같다. 우승마였는데 사실은 무릎에 폭탄이 달려 있을 가능성에 이른 것이다. 그러나 상대는 상위 귀족이다. 간단히 내릴 수 있으면 고생하지 않는다.

회합하고 돌아가는 마차 안에서 사제 같은 입장에 있는 귀족가 자식에게, 유학생들이 아크토 편을 든다는 발언을 했다는 이야기를 듣고 머리를 감싸 쥐는 청년이었다.

◇◆◇◆◇◆◇◆

"그 녀석을 뒤쫓으면, 단서가 되지 않을까?"

귀가 후, 그렇게 중얼거린 뮤라의 말에 타이치는 팔짱을 끼었다.

그 녀석이란 그 자리에서 아크토와 다투고 있던 백작가 후계자다.

"그렇네. 무슨 일이 있으면 만만세. 없어도 하나의 선이 사라졌으니 앞으로 노력이 줄어들어."

린이 뮤라의 말을 긍정했다.

"네 힘이라면 어떻게든 될 거라고 생각하는데."

"흠……."

생각할 것도 없이, 그건 실피의 힘을 유용하게 활용한다는 것이리라.

실제로, 그렇게 어려운 것도 아니다.

협력자도 손쓰기 어려운 현재 상황에서, 타이치가 취할 수 있는 수의 가치는 상당히 높았다.

다음은 그의 결단 나름이다. 그리고 대답은 이미 정해져 있었다.

"……그렇네. 그렇게 하자."

"그게 좋겠어."

지금은 그렇지도 않지만, 타이치는 처음에 이 힘을 쓰는 건 반칙이라고 생각했었다. 제어하기 위한 노력을 한 것은 틀림없지만, 얻을 수 있는 능력의 크기가 크기이기 때문이다.

예를 들어 왕으로 태어났다면. 그 손에는 국내의 가장 커다란 권력이 있다. 나라를 지휘하기 위해 필요한 그것을 국왕이 휘두르는 것이 과연 반칙일까? 타이치는 그렇게 생각지 않았다. 국왕의 자리가 반쯤 약속된 제1 후계자라도, 설렁설렁 나날을 보내다가 「지위에 걸맞지 않다」라는 낙인을 찍혀버리면 그 자리를 빼앗겨 버리는 일도 있다.

힘을 얻기 위해서, 그것을 소화하기 위한 노력이 필요하다.

그것과 마찬가지.

따라서, 타이치는 실피를 소환했다.

"네~에."

둥실 산들바람을 두르고, 4대정령 중 하나가 모습을 드러냈다.

"그 애를 뒤쫓으면 되는 거지?"

"그래. 부탁할 수 있어?"

"좋아. 상태를 보고 올게."

실피는 고개를 끄덕이고, 오랜만에 현현한 것이 기쁜지 타이치의 침대로 몸을 던졌다.

"어라? 안 가도 돼?"

타이치가 무심코 그렇게 물었다.

"응~? 다른 정령한테 부탁했으니까 괜찮아. 어디에 있는지는 여기서도 알 수 있고. 여차할 때 그 자리에 있으면 돼."

"흐~음. 뭐 실피니까."

어떻게 생각해도 보통은 못하는 일이지만, 상대는 실피다. 그런 거구나, 하고 납득했다.

린도 뮤라도 딱히 신경 쓰는 기색은 없었다.

세 명은 익숙해졌다.

"아."

"응?"

"오케이, 찾았어."

"빨라."

몇 분 뒤에 실피가 낸 소리에, 무심코 말해버린 타이치였다.

그 다음에 실피가 여기저기서 모아온 정보를 듣고서 표정을 찌푸린 타이치 일행이었지만, 이야기를 계속 들을수록,

"오히려, 이거 쓸만하겠어."

뮤라가 뭔가 떠올리고서 이렇게 말했다.

무슨 말인지 몰라 고개를 갸웃거리는 린과 타이치에게, 뮤라는 자신의 생각을 선보였다.

엘프 소녀의 생각을 듣고서, 두 사람도 그렇구나 하며 동의했다.

그렇다면, 아이디어를 스승인 레미아에게 실피에게 전언으로 부탁한다.

돌아온 것은 「나쁘지 않다」라는 허락의 말이었다.

스승의 보증도 있다면 이야기 진행이 빠르다. 그 방침으로 갈 것을 클라이언트에게 고하고, 다음은 현장에서 순서를 틀리지 않도록, 움직임의 검토나 정보를 모으기 시작했다.

제18장 위험한 실습

제56화 던전 실습·준비편

아크토는 잘못 보고 있었다.

일이 이렇게 될 거라고 생각도 못했다.

타이치 일행의 영향력은, 아크토의 상상을 훨씬 넘어서고 있었다.

메마른 초원에 번지는 화재처럼, 순식간에 전교에 퍼져 버렸다.

무엇인지는…… 생각할 것도 없다. 타이치 일행이 아크토 편이 됐다, 라는 사실이었다.

지금까지, 아크토는 학원 안에서 고립돼 있었다.

다들 취급주의품을 다루는 것 같았다. 건드리면 아프다는 걸 아니까 건드리지 않는다. 이런 녀석과 언제까지 어울려줘야 하는가?

지금까지는 다들 귀찮은 기색으로 아크토를 다루고 있었다.

그러나 그것은 어제까지의 이야기.

타이치 일행이 아크토 쪽에 붙은 것으로, 주위 학생들은 곤혹의 소용돌이에 있었다. 지금까지처럼 대응할 수 없다. 왜냐하면, 그에게 붙은 아군이 아군이니까.

"하아……."

아침. 맑게 갠 하늘을 올려다보면, 기분 좋다고 사람들은 느낄 것이다.

울적한 한숨을 흘린 아크토의 기분하고는 반대의 하늘.

이 하늘만큼 기분 좋게 받아들일 수 있으면 좋은데. 고립에는 익숙해졌다. 그러나 쓸쓸함이 느껴지지 않을 리가 없다. 아군…… 아니, 이 경우는 친구라고 부르자.

기껏 학생 생활을 하는데, 기간 한정이라지만 친구가 늘어나는 것을 순순히 기뻐하지 못하고 있다.

아마도 그들은 알고 있으면서 아군이 되어주는 것일 거다. 그렇다면, 과하게 신경을 쓸 필요 따위 없다는 것은 머리로는 알고 있었다.

그래도 폐를 끼치는 것을 두려워하여 부정적으로 너무 신경 쓰는 자신에게, 한숨이 늘어날 뿐이었다.

조금 더 상쾌한 기분으로 하늘을 보고 싶다고, 아까부터 휘몰아치는 사고의 구석에서 멍하니 그런 생각을 했다.

"잠깐 괜찮을까요?"

아크토 앞에 다가온 것은 에르자였다.

"아, 응. 안녕?"

에르자에게, 아크토는 웃으며 응답했다.

당연하지만, 아크토의 웃음에는 아무런 속뜻이나 의도는 없다.

그것은 제3자가 보면 한눈에 알 수 있다.

그렇지만 그런 아크토를 보고, 에르자는 살짝 짜증을 내고 있었다.

그러나 그녀도 백작가의 영애로서 교육을 받은 몸. 그것을 겉으로 드러내지는 않았다.

그저, 상대하는 아크토는 그녀의 감정이 희미하게 거칠어진 것을 느꼈다.

에르자도 말을 건 상대에게 전해져도 좋다고 생각했는지, 표정은 변함없이 눈으로만 웃지 않는다는 재주 좋은 짓을 하고 있었다.

"에, 안녕하세요? ……당신이, 어제 귀족에게 싸움을 걸었다고 들었어요."

이 교실의 중심적 존재였던 에르자가 말을 걸자, 주위의 주목이 모인다. 아침의 소란은 그대로 남아 있지만, 주위에서 모이는 시선은 없는 걸로 할 수 없다.

사실이라서, 아크토도 고개를 끄덕였다. 그리고 그것이 원인으로 분위기가 묘해지는 것도.

"뭘 생각하고 있는 건가요?"

한숨을 쉬면서 에르자가 말했다.

기가 막힌 기색이 넘치도록 느껴진다.

가까이서 피부로 느껴지는 그 감정에, 아크토는 몸을 웅크리고 싶어졌다.

"싸움을 거는 상대는, 우리 집과 동격인 백작가였죠. 그곳의 관련자에게 싸움을 걸다니, 제정신이 아니로군요."

그녀가 던진 말을, 아크토는 묵묵히 듣고 있었다.

"백작가쯤 되면, 평민 한 명 정도는 어떻게든 할 수 있는 권력을 가지고 있어요. 그걸, 모르는 것도 아닐 텐데요."

"그건 알고 있어. 하지만, 나는……."

"필요 없어요. 무슨 일이 일어났는지도, 그 전말도 이미 다 들었으니까요. 훌륭한 정의감을 가진 것은 좋은 일이랍니다."

"……."

통렬하게 비꼬는 말에, 아크토는 입을 다무는 수밖에 없었다.

그 자리를, 자기 혼자 힘으로 헤쳐나갈 수 있을 리 없었으니까.

"당신 자신이 마지막까지 책임을 질 수 없다면, 그건 주제넘은 거랍니다. 어째서 그걸 모르는 거죠?"

할 말이 없다. 아크토는 입을 다물었다.

그저 함부로 고개를 들이미는 것이 좋은 일이라고 말할 수는 없다.

모험가도, 눈앞에서 어떤 일이 일어났다고 할 때 그것이 자기 손에 벅차다면 스스로 해결하려고 하지 않는 것이다.

그것은 실력이 모자란 자가 손을 댄 결과, 억누르지 못하고 2차피해가 생기는 걸 피하기 위해서.

그리고 그 탓에 목숨까지 잃어 버리면 수지가 안 맞는다. 모험가 길드도 자기 손에 벅차다면 손대지 마라, 라고 입이 마르도록 말한다. 모험가라는 것은 마술의 소질이 없으면 안 된다. 새내기라고 해도 세계적으로 보면 희귀한 인적 자원. 그것을 눈 뜨고 잃는 것은 사회적으로 손실이기 때문이다.

모험가가 인적 자원인 것은 수업에서 들은 이야기다. 귀족을 상대로 싸움을 거는 평민 모험가. 이길 수 없는 마물을 상대로 싸움을 거는 모험가. 무모하다는 점에서 어떻게 나르다는 것인가?

에르자도 이러한 흐름으로 몰아세우면 상대의 반론이 없을 거라고 생각했지만, 몇 초 아크토를 바라보더니 슥 시선을 돌려 발길을 돌렸다.

교실 안의 미묘한 분위기는, 직후에 교실에 들어온 타이치 일행이 금방 깨달을 정도로는 이어졌다.

최종적으로 교사가 찾아와 조례를 시작하자 드디어 잦아들었다.

"너희들도 알고 있을 거라 생각하지만, 올해도 축제 소동의 계절이 찾아왔다."

그 고양감은, 이 학사에서 해를 넘긴 일이 있는 자라면 이해할 수 있는 것이었다. 신입생도 소문 같은 것으로 그 존재를 파악하고 있는 자가 많았으리라.

"유학생인 너희들은 모르겠군. 소문으로는 들었을지도 모르지만, 뭐 새삼 가볍게 설명을 해두지."

교사가 말하는 축제 소동.

그것은, 학원생에게는 일대 이벤트.

지금부터 1주일 뒤에 열리는 것은, 반 단위로 제도 근교에 있는 던전에 들어가는 실습이었다.

기본 훈련만 받은 학생들에게 이것은 몇 안 되는 실전 경험을 쌓을 기회다.

학원의 허가 없이 모험가 길드 따위에 등록하여 의뢰를 받는 것은 금지되어 있다. 허가를 받으려면 어지간히 돌출된 실력이 있거나, 어지간히 사정이 있다고 인정받아야 한다.

입 다물고 등록한 학생은 과거에 당연히 있었지만, 그냥 넘어간 일은 한 번도 없다.

학원과 길드는 언제나 연락을 취하고 있으며, 학생이 등록하러 온 것을 알 수 있는 것이다.

내려진 처분은 최소한이라도 정학, 안 좋으면 퇴학까지 있을 수 있다. 그리고 규칙을 지키지 않은 학생에 대해서, 학원이 봐주는 일은 웬만하면 없다. 문호는 넓고, 또한 성적이 좋으면 황제폐하의 눈에 드는 일도 때때로 있다, 이런 경우를 생각해도 당연한 조치이리라.

어쨌거나, 극히 일부를 제외하고 모든 학생에게 실전의 기회가 있다고 할 수 있다.

던전 실습에서 2주일 뒤에 열리는 대항전은, 정식 명칭「학년 대항 팀전」이다.

제도에서 마차로 한나절 정도 교외에 있는 학원 소유의 콜로세움이나 필드가 있는 부지 안에서 개최된다.

한 팀당 세 명. 팀 멤버는 같은 학년일 것. 성적순 따위는 고려하지 않는다. 권유할 학생을 간파하는 것도 시험 받는다. 다시 말해서, 대항전 개최 전부터 대항전이 시작된다.

그렇다면 강한 팀, 약한 팀이 생기는 것은 필연이라고 할 수 있으리라. 성적 상위자로 굳어진 팀과, 성적 하위자 그룹으로 구성된 팀으로는 역시 실력의 차이가 크다.

그렇게 되는 것도 사전에 고려되어 있으며, 시합의 결과가 상위이든 하위이든 팀의 결과 그 자체는 학생들 각각의 성적에 반영되지 않는다. 개개의 멤버가 어떠한 결과를 남겼는가, 어떠한 행동을 했는가 등이 종합적으로 평가되는 것이다.

그리고, 던전의 실습은 이 대항전을 겨냥해 실력 업을 꾀할 더할 나위 없는 기회였다.

"너희들이 세 명이서 짜는 것도 상관없고, 교류를 위해서 흩어져도 된다. 우리 학교의 학생들에게 무슨 자극을 내려주면 고맙지. 물론, 너희들에게도 뭔가를 얻을 수 있는 기회가 될 거야.

타이치 일행이 고개를 끄덕이는 걸 보았다.

아아 그들은 경쟁률이 높을 것 같네라고 생각하는 한편, 자신은 어떨까라고 생각해보고 그다지 앞날이 밝지 않다는 결과가 나오자 나오려는 한숨을 삼켰다.

일단 아크토가 말을 거는 상대는 쉘튼이다. 그와 팀을 짤 수만 있다면, 다음은 얼굴이 알려진 그에게 맡기면 또 한 명 정도는 붙잡을 수 있으리라.

만약 쉘튼을 잡을 수 없다면…… 그 때는 어떡한다.

한심스럽기 짝이 없지만, 그를 붙잡지 못했을 때는 부탁할 상대가 없었다. 최종적으로는 교사측에서 조정을 할 테니까 혼자 밀려나진 않겠지만, 그런 식으로 강제로 짜게 되는 학생과 사이좋게 지내는 것 따위 어려운 이야기다. 특히, 경기 내용에 따라서는 팀메이트를 믿고서 등을 맡겨야 하는 것도 있으니까.

작년에는 쉘튼과 팀을 짰으니 괜찮았지만, 과연 올해는 어떻게 될까?

"대항전은 3주일 뒤다. 팀 신청 기한은 평소처럼 대항전 개최일 1주일 전. 각각 그때까지 멤버를 정해서 교원에게 전달하도록. 그리고, 다음 주는 던전 실습이다. 대항전의 팀 만들기에만 매달리다가 던전 실습의 준비를 소홀하게 하는 녀석이 매년 있으니 조심해라. 학원이 준비를 커버해주는 시점에서, 감점 평가다."

학생들이 대답을 한다. 대항전의 팀 만들기와, 던전 실습의 준비. 어느 중요한 일을 하면서, 또 하나 중요한 일을 동시에 진행한다. 이 또한 흔히 있는 일이다. 이미 실습은 시작된 것이다.

교사는 한 번 고개를 끄덕이고, 교과서를 펼쳤다.

"그러면~ 수업을 시작한다. 오늘은—."

교사의 목소리가 울리는 가운데, 미처 삼키지 못한 숨을 한 번 흘리고, 아크토는 수업에 집중하기 위해 교과서에 눈길을 내렸다.

그런 아크토의 머리 위에서, 아이 컨택트를 하고 있던 타이치 일행의 시선이 교차했다.

◇◆◇◆◇◆◇◆

"비안…… 나 이번에는 벌써, 다른 녀석이랑 팀을 짜기로 정했거든."

쉬는 시간. 늦어선 안 된다고 생각하여 쉘튼을 찾아간 아크토였지만, 매정한 대답을 들었다.

쉘튼은 미안한 기색이지만, 그래도 그 의지를 바꾸는 건 어려워 보였다.

어째서? 이래서는 이번에도 혼자가 아닌가.

……아니, 다르다.

사전 교섭을 해두는 건 당연하다. 그것을 게을리한 건 누구지? 다름아닌 아크토가 아닌가?

쉘튼에게 품을뻔했던 부조리한 부정적인 감정을, 아크토는 삼켰다. 그에게 화를 내는 건 잘못이다.

"그래. 응, 알았어. 다음에 또 팀을 짤 수 있으면 같이 하자."

"어, 그래…… 미안해."

"아니, 괜찮아."

그렇지만, 쉘튼이 신경 쓰지 않도록 지은 웃음에 힘이 없다는 것은 자각하고 있었다.

나름대로 쇼크가 컸던 것이다.

터벅터벅 자기 자리로 돌아온 아크토에게 향하는 싸늘한 시선. 뭐 그것 말고도 동정이나 가여움 같은 것도 있지만, 그건 소수다.

자기 자리의 등받이에 손을 올리고, 숙이고 있던 얼굴을 힐끔 들었다.

학생들은 여기저기에 흩어져 이야기를 하고 있었다. 빠르게도 권유 경쟁이 시작된 모양이다. 신청서를 내기 전에, 확정되지 않은 상태라면 팀 멤버를 빼내는 것도 가능하다. 당사자끼리 양해를 구하고서, 팀끼리 교섭으로 결론이 나오면.

타이치 일행은 한 덩어리가 되어 뭔가 이야기를 하고 있다. 학생 한 명이 세 명 곁으로 갔다가 그냥 돌아온 다음부터는 누구 한 사람 그들에게 다가가지 않는다. 실력적으로도 이 반 최대의 노른자이며, 권유한 자는 용사라고 할 수 있으리라.

그런데도 아무도 가지 않는 것을 보면, 세 명의 방침이라도 정하고 있으리라. 그것이 정해지지 않았기에, 그들에게 세컨드 어프로치를 걸지 못하는 것이라고 생각된다. 뭐, 아크토의 예상에 지나지 않지만.

'그들은 내 편을 들어준다고 말했어. ……하지만.'

그렇다고 해서, 자신 따위가 말을 걸어도 되는 걸까?

그들이 말을 걸어준다면 승낙하지 않는 사람 따위 거의 없을 거고, 애당초 딱 세 명이니까 유학생끼리 굳어지는 게 낫다는 건 누가 봐도 알고 있을 것이다. 그럼에도, 말을 걸지 않을 수 없는 매력이 있다는 이야기다.

그보다도 일단은 자신이다. 일단은 말을 걸어보기라도 할까? 그걸로 또 냉담한 시선을 모으는 건 알고 있지만, 그것도 새삼스럽다고 하면 새삼스럽다. 밑져야 본전이다. 그리고 거절을 하면 또 고민하면 된다. 셋이서 이야기가 정리되지 않았더라도, 정리가 된 다음에 생각을 해줄래, 하고 타진을 하는 것만해도 결과가 다를 것이다.

괜히 부정적인 꾸물거리는 사고를 머리를 흔들어 몰아내고, 아크토는 타이치 일행 쪽으로 다가갔다.

어째서 네가 가는 거야, 라는 시선을 받으면서 아크토는 걸었다.

"타이치."

"오, 아크토구나."

말을 걸자, 린의 책상에 앉아 있던 타이치가 응답했다.

자 그럼 어떡할까? 어떻게 말을 꺼내지? 여기에 온 것은 딱히 계획도 없이 무작정 온 거니까 당연히 이야기의 시나리오 따위 없었다.

애당초, 쉘튼 같은 애교나 화술 따위 아크토는 가지지 못했다.

그렇다면, 혼신의 직구로 한가운데 승부밖에 없지 않은가?

스읍. 숨을 들이쉬고.

"누가, 나랑 팀 짜지 않을래?"

서론이고 뭐고 없이, 본론을 때려 박았다.

바깥에서는 지금쯤 「거절 당해라!」 하는 사념이라도 보내고 있으리라.

아크토의 말을 듣고서, 얼굴을 마주 보는 세 사람.

자, 대답은 어떨까.

"너 말야. ……당연히 좋지."

"역시 안 되겠지. ………… . 어라?"

"뭔 소리야. 기다리고 있었어."

망연해지는 아크토, 술렁거리는 교실을 무시하고 타이치가 훌쩍 책상에서 내려왔다.

"그쪽에서 안 오니까 이쪽에서 갈 참이었다니까."

"어? 어?"

예상과 다른 대답에 아크토는 혼란에 빠졌다.

"지금 어떻게 나눌지 결정했어. 아크토랑 팀을 짜는 건 린이랑 뮤라야."

"어, 아…… 어?"

"진정해."

"아야."

아크토의 머리에 수도(手刀)가 떨어졌다.

그걸로 간신히 진정한 아크토는 양손으로 머리를 누르면서 타이치를 올려다보았다. 불안스런 표정에 비해서, 엉덩이의 꼬리가 주저하는 기색으로 좌우로 흔들리고 있었다.

꼬리는 눈 이상으로 진실을 말한다.

수인의 감정 기복을 단적으로 드러내는 말이다.

타이치는 쓴웃음을 지었다.

"좋아. 아크토, 린, 뮤라 세 명. 이걸로 팀이 정해졌군."

"아, 어, 응. 그렇, 네?"

타이치 일행에게는 필연적인, 아크토에게는 낮은 가능성의 루트였기에 예상 밖의 전개. 따라가지 못하는 아크토를 내버려두고.

"좋아. 얼른 신청해 버리자. 확정돼버리면 이제 빼내지도 못하잖아?"

그렇게 웃으며 소년이 말하자, 린과 뮤라도 동조했다.

아크토가 뒤늦게 상황을 파악할 무렵에는 완전히 이야기가 정리되고 있었다.

◇◆◇◆◇◆◇◆

한 차례 이야기를 들은 메리아는 「그래요……」 하고 안도한 기색으로 고개를 끄덕였다.

본격적인 이야기 전의 잡담을 한 뒤, 린과 뮤라가 아크토와 팀을 짰다, 라는 보고를 들은 것이다.

여기는 후작가의 저택, 응접실. 나름대로 화려하지만 품위 있게 조정된 방에서, 맞은 편에 앉은 메리아가 살며시 홍차로 목을 축이고 있었다.

푹 빠질 것 같은, 그러나 은근히 밀어 올리는 착석감 좋은 소파에 편히 앉아서, 타이치 일행은 그녀의 다음 말을 기다렸다.

"순조롭군요. 다행이에요."

메리아가 말하고 웃었다.

던전 실습 전부터 대항전의 기간은, 교사가 말한 것처럼 학원 전체가 축제 같은 분위기에 휩싸인다. 경비는 학원 측도 나라도 만전을 기하지만, 가장 큰 문제는 학생들이 들떠 있다는 것이리라.

마음의 틈도 생기기 쉬우며, 노리기도 쉬워진다.

린과 뮤라가 함께 있다는 것은, 팀메이트로서 듬직한 것은 물론이고 마음이 든든한 호위를 얻었다는 것과 같은 뜻이다.

"그래서, 방금, 대회 기간에 낚는다고 말씀하셨습니다만……."

메리아가 그렇게 말을 꺼냈다.

타이치 일행이, 이 축제 기간을 이용한다는 것이다.

본론은 이쪽이었다. 순조롭게 아크토를 확보했다는 보고와 동시에, 메리아에게 수고로운 일을 부탁할 셈이었다.

"그 일로 한 가지, 후작가의 위광을 빌려주면 좋겠어."

뻔뻔스럽다고 생각하진 않는다. 쓸 수 있는 건 뭐든지 쓸 셈이다.

"……타이치 님이 따로 팀을 짜는 것도, 뭔가 관계가 있는 건가요?"

그리고 의뢰 달성을 최우선으로 하는 그 사고방식은, 귀족인 메리아가 보기에는 호감이 가는 것이었다. 그도 그럴 것이 의뢰자는 황제폐하. 이 나라 최대 권력자가 만족하는 결과를 바라는 것은, 섬기는 후작가로서도 당연한 것이다.

역시 날카롭다. 이야기 진행이 빨라서 좋다고, 타이치는 웃었다.

"내 팀이랑 아크토의 팀이 후반의 적당한 부분에서 반드시 부딪히도록, 조금 조작을 해주면 좋겠어."

"흠……."

메리아가 턱에 손을 대고 사고에 빠졌다.

타이치는 반 안에서 유력한 두 사람과 팀을 짰다.

유학생으로서 혼자 남게 된 타이치.

평소의 수업에서 눈에 띄는 것은 확실하게 린과 뮤라였다. 마술을 다채롭게 다루는 두 사람과 비교하면, 다소의 바람 마술과 검이 메인인 타이치의 싸움은 그렇게까지 화려하지 않고, 무엇보다도 눈에 확 띄는 외모의 두 사람과 비교하면 용모도 평범하니까.

그러면, 눈에 띄지 않는 타이치가 실력적으로 떨어진다고 인식하는가 하면 아니다. 강화 마술의 단련도, 바람 마술의 사용방식, 사용하는 타이밍, 검의 실력, 무엇보다도 훈련만으로는 얻을 수 없는 실전 경험자의 압력 따위는 확실하게 평가를 받고 있었다.

몇 초 생각한 다음, 메리아는 눈을 세 사람에게 돌렸다.

"알겠습니다. 확약할 수는 없지만, 십중팔구, 가능할 거예요."

힘찬 대답이었다. 만에 하나만 없다면 거의 확실, 하다고 말하는 것이다.

"승산이 꽤 있는 거구나."

뮤라가 말했다.

"네. 어느 유력한 연줄로, 조작의 필요가 있다면 협력한다는 언질을 받았으니까요."

그것이 어디의 누구를 가리키는지, 메리아도 밝히지 않고 타이치 일행도 딱히 확인하지 않는다. 서로의 인식이 일치하기 때문이다. 학원 세력에 제국부의 입김이 닿아 있는 부서가 있을 거라고 기대할 수 있다.

"내부 공작은 맡겨주세요. ……그래서, 목적은?"

요망이 있으면 응답할 준비가 된 메리아. 그렇지만, 그 공작의 앞길에 어떤 목적이 있는지는 공유하고 싶었다. 그것을 듣고서 타이치가 고개를 끄덕였다.

"간단히 말하자면 시위행위. 그 학원, 실력주의잖아?"

"네."

"그러니까, 아크토의 실력을 보여주고 싶어."

말하고서 타이치가 웃었다.

메리아가 의문스런 표정을 지었다.

"아크토의 실력인가요…… 하지만, 그것은……."

첩보의 보고, 또한 메리아 자신의 조사 결과로 아크토의 실력은 알고 있었다.

본인의 꾸준한 노력은 알고 있지만, 소비한 시간이 제대로 돌아온다고 말하기는 어렵다.

결코 약하지는 않다. 평균보다는 확실하게 위다. 그러나, 뭔가 돌출된 것이 있는가 하면 그렇지도 않다.

"……그것은, 몇 번인가 싸워본 당신이 가장 잘 알지 않나요?"

이미 몇 번인가 모의 전투로 부딪혀본 것이다. 타이치는 아크토가 어느 레벨인지 확실하게 파악하고 있었다.

"그래, 알고 있어. 물론 짚이는 게 있으니까 채택한 책략이야. 린과 뮤라하고도 상담해서."

타이치가 말하자, 린과 뮤라도 고개를 끄덕였다. 그것에서 딱히 부담 따위는 느껴지지 않았다. 어느 정도 자신이 있기에 채택한 책략이리라.

"어떠한?"

메리아는 그들이 무슨 생각을 하는 건지, 그 책략의 공개를 요구했다.

신뢰를 하는 것과, 맹목적이 되는 것은 다르다.

그것은 신뢰가 아니라 맹신이었다.

그 질문이 오는 것이 오히려 당연하다는 기색으로, 타이치 일행은 고개를 끄덕였다.

"던전을 쓸 거야."

그렇군. 대항전과 던전, 이 양쪽을 이용한다는 거군— 메리아는 눈으로 다음을 재촉했다.

아크토의 노력 이야기는 들었다.

그 정도 하고 있다면, 부족한 것은 계기가 아닐까?

그것은 레미아도 말했던 것이다. 아크토의 자주적인 트레이닝은 언제나 자신을 한계 아슬아슬한 곳까지 밀어붙이는 것이라고 한다. 그것은 이미 의욕이나 그러한 차원이 아니다. 일종의 광기 같다고도 할 수 있었다.

그렇다면, 부족한 것은 단련이 아니라 어떠한 촉매제.

그것을 노리고 던전 안쪽까지 데리고 간다.

아크토에게 부족한 것은, 더 이상의 자기단련이 아니다.

학원의 방침상 어쩔 수 없는 일이지만, 부족한 것은 실전경험.

혹독한 경험을 하는 것으로 한 꺼풀 벗는다, 라는 것은 왕왕 있는 일이다. 실제로 마음가짐 하나로 발휘할 수 있는 힘이란 것은 얼마든지 변화하는 법.

좀처럼 결과를 내지 못해서 자신감이 없었던 모험가가 단 한 번 수라장을 헤쳐 나와 극적으로 성장하여, 그 다음에 단숨에 실력과 지위를 올린다는 이야기는 딱히 드물지도 않은 일이다.

그것에는, 한 꺼풀 아래 많은 것이 쌓여 있기에 가능한 것이지만.

쌓아 올린 것에 대해서는, 아크토는 문제없다. 방금 말한 것처럼, 아크토의 자기단련은 레미아가 보기에도 높은 평가를 할 수 있는 것이니까. 오히려 오버워크가 지나치다고 타이를 필요성을 느낄 정도로.

그렇기에, 타이치 일행의 계획도 해볼 가치는 충분히 있다고 스승이 말했었다.

"알겠습니다. 여러분에게 맡기죠. 사전 공작은 이쪽에서 해두도록 하겠어요."

고개를 숙이는 메리아. 애당초 자신은 무슨 짓을 해도 닿을 수 없는 영역에 선 그들이다. 하는 말 자체는 그렇게까지 특별한 게 아니지만, 그들에게는 보이지만 자신에게는 보이지 않는 경치가 있는 것이리라. 그렇다면 맡기는 것이 상책일 것이다.

메리아는 백업으로 당국의 조정이나 황제폐하에 올라가는 보고 따위를 이래저래 받아들이면, 역할 분담은 괜찮을 것이다.

"큰 도움이 될 거예요. 잘 부탁합니다."

"네. 이쪽은 계속해서 우리 가문에 맡겨 주세요."

타이치 일행이 일어섰다. 메리아도 일어서서 당당한 커티시를 보이더니, 종을 울려서 시녀를 부르는 것이었다.

◇◆◇◆◇◆◇◆

"저게 에리스테인의 유학생이구나……."

저택에서 나온 젊은 남녀 삼인조를 창 너머로 내려다보는 여자의 눈.

그 눈은 탁하고, 둔탁한 빛을 띠고 있었다.

"그러하옵니다. 당신의 행복을 방해하는 자들입니다."

어슴푸레한 방 안, 바깥의 빛이 닿지 않는 어둠 속에서 그것에 대답하는 남자의 목소리가 들렸다. 젊게 들리지만, 의외일 정도로 관록이 있으며 중후한 목소리다.

"아직 붙잡을 수 없어? 금방이라도 할 수 있다고 했으면서, 도움이 안 되네."

가시 돋친 목소리.

"면목이 없습니다. 호위로 붙은 자들이 우수하여, 내 수하 놈들도 일진일퇴의 공방을 하지 않을 수 없습니다."

"당연하지. 우리 가문이 기르는 그림자인걸."

"그저 부러울 따름입니다."

가시 돋친 목소리는, 순식간에 자랑스러운 것으로 변했다. 산의 날씨 같았다.

우수한 적과 일진일퇴의 공방, 이라는 말에서, 우수, 라는 말만 그녀의 귀에 남았기 때문이다.

"얼른 내 앞으로 끌고 와. 아아…… 얼른 고통을 주고 싶어…… 듬뿍 귀여워해준 다음에는 고블린 둥지에라도 던져주는 게 어울리겠지."

황홀한 음색에 듬뿍 증오가 담겨 있어 듣는 자를 불쾌하게 만들었다.

적절한 느낌으로, 망가져 있다.

그 모습에, 남자는 입꼬리를 끌어올렸다. 어차피 이쪽 따위 보지도 않고, 이 장소는 어둠에 휩싸여 있기 때문에 저쪽에서는 안 보인다. 제멋대로 표정을 짓기에는 좋은 시추에이션이다.

"뜻대로. 그때까지는 위안이 될지 모르겠습니다만, 저 자들에게 조금 교육을 해주는 것은 어떨까요?"

"……세상물정 모르는 어린애들에게 따끔한 맛을 보여주는 거네?"

"그러하옵니다. 『낙엽의 마술사』의 제자인 만큼 학원에서는 실력자로 불립니다만, 어차피 어린애들의 놀이. 실전이라는 강한 약은 제법 괴로울 겁니다."

"우후후후…… 좋아. 그건 맡기겠어. 내 마음이 맑아지는 보고를 부탁해."

"기대해 주십시오. …………가라."

"아아………… 기대되는걸………… 젊은 싹이 땅에 떨어지는 모습은, 최고의 와인에 잘 어울리겠지………… 우후후, 우후후후후후…………."

방에는, 여자의 웃음이 미친 것처럼 조용히 울렸다.

그 모습을 보며, 아직 더 쓸 수 있다고, 남자도 이끌린 것처럼 웃음을 흘릴 것 같아서 직전에 삼켰다.

어느 정도 게임말로 쓰고 버린다지만, 그것도 필요경비다. 코스트를 억누르면 문제는 없었다.

◇◆◇◆◇◆◇◆

저녁놀과 어둠의 경계.

도시가 짙은 오렌지에서 어두운 남색으로 변하기 시작하는 시간대.

거점이 되는 숙소를 향해 걷고 있던 타이치는 문득 시선을 옆으로 돌렸다가 금방 정면을 보았다.

린과 뮤라도 마찬가지로 한순간 엉뚱한 방향을 보았다. 그것은 잠깐 다른 곳을 본 것 같았으며 의도는 타이치와 같았다.

"여덟인가?"

"응."

"그래."

감각은 틀리지 않은 모양이다.

지금까지는 없었던 미행. 게다가, 여덟이라는 숫자. 주위를 둘러싸며 흩어져서, 같은 속도로 같은 방향으로 나아가고 있다.

"이건, 손님이네."

"역시 그런가?"

"그러면, 정중하게 대접해야지."

다음 순간, 세 사람의 모습이 길 위에서 사라졌다.

들켰다고는 생각지 못했는지, 손님 쪽이 한순간 당황하는 것이 느껴졌다.

마침 좋았다.

"크흑?!"

둔탁한 소리.

타이치가 뿜어낸 팔꿈치 치기가, 간장에 박혔다.

준비가 안됐던 것이리라, 근육에 힘을 준 기색도 없다. 클린 히트였다.

온몸을 검은 복장으로 가린 자객과 타이치가 있는 곳은 건조물의 지붕 위. 먹먹한 목소리가 타이치의 귀에 닿는다. 남자 같았다.

상관 않고 남자의 팔을 붙잡아, 기역(ㄱ)자로 꺾인 몸을 휘둘러 등 뒤에 다가오는 두 명째를 때렸다.

"크악!"

"흐극!"

소리를 들어보니, 두 명째는 여자다. 딱히 어느 쪽이든 하는 일은 변하지 않는다.

겹쳐서 쓰러진 두 명에게 손바닥을 내밀고,

"핫!"

바람을 날린다.

두 명은 튕겨 날아가 옥상 위를 굴러가고, 조금만 더 가면 떨어진다 싶은 곳에서 간신히 멈췄다. 그러나 정신을 잃었는지 대미지가 커서 그런지, 꼼짝도 하지 않는다. 때린 감촉으로 적절하게 힘 조절을 역산해 보면 잘못해서 죽였다, 라는 일은 없다.

문득 아래를 보니, 어디선가 들리는 전투음에 민중이 술렁거렸다.

마침 잘 됐다.

"아~아. 소동이 일어났네. 그렇지?"

타이치는 돌아보며, 이쪽을 보고 있는 세 명째를 시야에 넣었다.

◇◆◇◆◇◆◇◆

뭐냐, 대체 뭐냐, 이것은.

놈들은 조금 우수한 꼬맹이들이 아니었나?

꼬맹이들이 급격하게 속도를 올리나 싶더니, 한순간에 두 명의 의식을 날려버렸다.

그걸 해낸 것은 내 앞에 있는 꼬맹이다. 지극히 평범해 보이는 외모. 전혀 강해 보이지 않는다.

문득 동료에게 의식을 돌리자, 그곳에도 눈을 가리고 싶어지는 현실이 있었다.

계집애 두 명에게, 다섯 명의 동료가 농락당하고 있다. 아직 쓰러지지 않은 건 한 명뿐인 것 같지만, 그것도 운이 좋았을 뿐인 것 같다.

동료는 계집애들의 공격을 필사적으로 피하고 있다. 한편, 맹공을 버텨낸 동료가 드디어 쥐어짜낸 반격은 마치 산들바람을 받은 것처럼 흘려버린다.

"뭐냐고…… 너희들은……."

도무지 믿을 수가 없다.

꿈이라도 꾸는 것이 아닐까?

쓱싹 처리하고, 이 녀석들을 데리고 가기만 하면 되는 간단한 일이었을 텐데.

딱히 우리들이 뛰어난 건 아니다. 암부 안에서는 어디든지 있는 평균적인 실력의 조직원이다. 당연히 담당하는 영역도 잡무 레벨이 대부분이다.

그러나, 당연히 프로라는 의식은 있었다.

정면으로 부딪혀서는, 동격의 병사나 모험가들은 당해낼 수 없으리라. 특기 분야가 다르다.

우리들이 갈고 닦은 것은 기습이나 암습 같은 기술이다. 그걸 잘 살려서 이쪽의 형태에 끼워 맞추면, 조금 격이 높아도 처리할 수 있다.

그런데.

이쪽이 추적하고 있던 것을 순식간에 간파하고, 뿐만 아니라 선수를 친 것이다.

거기까지는 좋다. 문제는 우리들이 그 선수에 전혀 대응하지 못했다는 것이다.

"응? 딱히."

내 물음에, 소년은 그것만 대답하고 이쪽으로 다가온다.

도망칠 수 있는 비전이 안 보인다. 방금 전의 선제공격, 최고속도에 이르기까지가 너무 빠르다. 이번에 참가한 우리들 여덟 명의 스피드 따위, 놈들에게는 어린애의 뜀박질 같은 것이리라.

정면으로 상대해서 이 상황이며, 내가 취한 행동 모두에 대해서 받아치기를 간단히 취할 거라고 확신할 수 있다.

젠장. 명백하게 학생의 실력이 아니다. 이게 아직 제자? 웃기지 마라. 대인 전투에 실전에서 이 정도로 익숙한 학생 따위는 거의 없다고.

소년이 멈춰서고, 한 박자의 틈.

풀썩풀썩, 나와 소년 사이에 떨어지는 다섯 그림자. 그리고, 내 뒤를 점하는 두 개의 기척이 내려섰다.

내 동료, 인가……. 상태를 보니 죽지는 않은 것 같다. 동시에, 한 눈에 봐도 잠시 일어서는 것도 불가능하다는 걸 알 정도로는 타격을 받았다.

동료는 모두 침묵. 나는 나대로 명백히 격이 높은 상대에게 끼어 있었다. ……칫, 망했군.

더 이상의 전투는 무의미하다. 멍청이라도 알 수 있지.

마비독이 뿌려진 단도를 내던지고, 양손을 위로 들었다.

'……역시 암부 녀석이네. 전투를 할 생각은 없는 모양이지만, 포기도 안 했어.'

이 녀석들이 어느 조직 소속인지는 모른다. 심문을 해 봤자, 그런 부분은 전문이 아니다. 입을 여는 것은 불가능하리라.

그리고.

타이치는 힐끔 등 뒤의 린과 뮤라에게 눈짓을 했다. 그것을 받고 두 사람이 고개를 끄덕였다.

"응. 역시, 포기한 건 전투뿐인가 보네."

아무래도 자신의 감이 틀리지 않은 모양이다.

이것이 이 세계에 온 당초였다면 걸렸겠지만, 여러모로 겪은 일이 있어 갖가지 경험을 쌓은 지금이라면 그런 사고를 할 수 있게 됐다.

"이제 저항은 안 하나?"

"……그래."

짧은 대답. 필요 최소한 이상은 말할 생각이 없다는 의사 표시.

타이치는 어깨를 으쓱거리고, 그야말로 방심했다라는 양상으로 남자에게 다가갔다. 자, 어떨 거지? 어떻게 움직이지?

이런 짓을 하는 것은, 마지막 발버둥을 뭉개서 상대를 꺾을 수 있지 않을까 생각했기 때문이다.

꺾이지 않더라도, 그건 그거대로 상관없다. 이 자리에서 꺾이지 않으면, 그쪽 전문가에게 맡기면 되는 것이다.

저벅저벅 신발 소리. 아래쪽에서는 시민들의 술렁거림.

타이치와 남자의 거리가 절반이 될까 하는 때였다.

"……큭!"

남자는 소매에서 힘차게 뭔가를 쏘아내, 타이치에게 발사했다.

상대의 몇 가지 행동에 대해 자신의 행동을 시뮬레이트하고 있던 타이치는 그것에 즉시 반응.

안면을 향해 날아온 그것을, 단도를 뽑아서 칼등으로 쳐올렸다. 베지 않은 것은, 파손 시켰을 때 뭔가 효과가 나오는 걸 피하기 위해서다. 날아온 것이 막대 수리검 같은 것이었다는 것도 단도로 막은 이유였다.

물론 그것은 견제. 진짜라는 듯 품에서 꺼낸 어떤 구슬을, 남자는 발치에 던지려고 했다.

"무슨……?!"

그것도 예상했다. 몸을 낮추어 품으로 파고든 타이치가 남자의 팔을 장저로 튕겨 올렸다.

남자의 손에서 작은 구슬이 위를 향해 날아갔다.

직후에 뮤라가 뿜어낸 고온의 열선이 그것을 집어삼키고, 한순간에 증발했다.

그 열선과, 목덜미에 싸늘한 감촉이 나타나는 건 거의 동시였다.

마지막 수단도 뭉개진 남자는, 이번에야말로 포기했는지 움직임을 모두 멈췄다.

모두를 진압하고, 달리 숨어 있는 기척도 없으니 자객을 포박한다. 구속이 느슨하지 않은 것을 확인한 타이치는 문득 고개를 돌렸다. 그 끝에는 황제의 거성.

이 여덟 명을 줄줄이 연행하는 것은 눈에 띄고 시간도 걸린다. 이번에는 어디, 출장을 부탁해볼까.

구속한 녀석들이 탈주를 꾀하지 않도록 눈을 빛내는 린과 뮤라에게, 타이치는 그렇게 말했다.

두 사람이 고개를 끄덕이는 걸 보고서, 마음 속으로 불렀다.

'실피, 실피.'

'응~?'

머리 위에 무슨 감촉. 실피다.

'심부름 부탁해도 돼?'

'좋아~.'

'장소는 저 성. 경우에 따라서는 구현화도 괜찮아.'

'네잉. ……경우에 따라서는, 이라기보다, 구현화는 틀림없이 필요하겠지.'

'아아, 응. 그렇겠지.'

인식을 공유하고, 타이치는 실피를 보냈다. 텔레패스로 대화를 한 것은, 어디서 정보가 샐지 알 수 없기 때문이다. 폐쇄 공간에 동료만, 이라는 상황이 아니면 실피와 소리로 말을 나누는 일은 없다.

잠시 지나, 이쪽으로 달려오는 다수의 발소리와 금속이 스치는 소리.

"이 위인 모양입니다!"

"좋아, 얼른 사다리를 걸고 올라가라!"

모습을 보인 것은 기사들이었다. 자객들은 눈이 동그래졌다. 어느새 통보한 걸까? 당연하지만 타이치 일행 세 사람은 한 번도 이 자리에서 떨어지지 않았다.

영문을 모른 채, 검은 복장의 녀석들은 끌려갔다.

◇◆◇◆◇◆◇◆

시간을 조금 거슬러 오른다. 가르겐 제국 황제 메키르도라는 사람을 물린 집무실에서 서류를 정리하고 있었다.

하루에 한 번 이 시간을 내서, 그는 조용해진 방에서 집중하여 집무에 전념한다.

그의 빼어난 두뇌와 재능이 있기에, 평범한 문관의 몇 배는 되는 속도로 기재 내용을 파악하고 순식간에 인가, 불인가의 도장을 찍는다.

그런 그였지만, 문득 커다란 위화감을 느끼고 손을 멈추었다.

아니, 멈추게 됐다, 라는 것이 올바를 것이다.

범상치 않은 기척. 결코 오만하지 않고, 그를 어떻게 하려는 의사는 느껴지지 않는다. 그저 그곳에 있기만 하는 식이다.

그런데도 본능이 호소하는, 무심코 고개를 숙이고 싶어지는 이 느낌.

"후응. 나를 눈치 챘어?"

잠시 지나 고막을 흔드는 그 목소리에, 메키르도라는 시선을 빼앗겼다.

그곳에 있는 것은, 옅은 에메랄드의 머리칼을 나부끼며, 미소 짓고 있는 미소녀.

"……."

시선뿐 아니라 말도 빼앗긴 메키르도라에게, 그 소녀는 웃음을 지은 채 말했다.

"타이치 부탁을 전하러 왔어. 후작가에서 돌아가는 길에 습격자 여덟 명을 붙잡았으니까 데리고 가 달래. 장소는……."

소녀는 술술 용건을 말한다. 그 범상치 않은 분위기에 압도되면서도, 머리는 이야기의 내용을 단단히 곱씹고 있었다.

"……이렇게 된 거야. 파악했어?"

"모두, 이해했다."

메키르도라는 그 대답에 소녀가 고개를 끄덕이고, 「잘 부탁해~」라는 말을 남기더니 안개처럼 사라졌다.

"……후우."

아무도 없어진 집무실에서, 메키르도라는 긴 숨을 내쉬었다.

"……저것이 4대정령 중 하나인가? 필설로 형용키 어렵군."

아무리 허를 찔렸다고 해도 가르겐 제국의 패권을 쥔 내가 이렇게까지 압도 당하다니. 적의가 있고 없고가 아니다. 훨씬 근본적인 부분에서 따르지 않을 수…… 아니, **따르고 싶어졌다**.

"이것 참. 실피드를 심부름에 쓰다니, 타이치 놈, 꽤나 재미있군."

그리고, 타이치는 황제한테도 심부름을 시키려 하고 있었다.

그것을 이해한 메키르도라는, 조금만 웃고서 호출벨을 집었다.

"후, 좋다. 심부름꾼이 되어주마. 재미있는 일을 해준 답례다."

뭔가 단서가 될 법한 것은 틀림없으며, 그것을 제일 먼저 조직의 톱에게 전달하는 것은 호감이 간다.

방에 들어온 병졸에게 용건을 전하고, 메키르도라는 등받이에 기댔다.

제57화 던전 실습·돌입편

던전은, 제도에서 걸어서 세 시간 정도 걸어간 곳에 있는, 메마른 바위굴에 입을 열고 있었다. 이름은 피델리스의 던전. 과거에 이 던전을 발견한 탐색가의 이름을 땄다.

구조적으로는 딱히 특색 없는, 동굴형의 던전이다. 지하로 내려가는 형식이며, 마물이 나오고, 함정이 있고, 보스가 있고, 보물이 있다.

발견되고서 이미 100년 단위의 세월이 흘렀다고 한다. 언제 발견됐는지 정확한 기록은 남아 있지 않지만, 역사학자들 사이에서는 적어도 300년은 됐을 거라는 것이 통설이다.

제도의 중요한 자원고라는 위치인지, 나라가 모험가 길드와 연계하여 엄밀하게 관리를 하고 있다.

무장한 두 명의 병사가 양 옆을 지키고 있으며, 가까이 있는 오두막에는 더욱이 몇 명 정도의 병사가 배치되어 있었다. 거기서부터 시선을 조금 옮기면, 이 또한 오두막 같은 곳에 모험가 길드의 카운터 같은 것이 부속된 오두막이 있었다.

나라의 병사와 모험가 길드의 직원이 이 땅에 상주하는 것에 쓰고 있으리라.

과거의 도달 기록은 지하 52층. 현재 제도에 거점을 두고 피델리스의 던전에 들어가는 모험가 따위 사이에서 최고 기록은 44층이라고 하는 것이, 모험가 길드의 공식 발표다.

40층보다도 아래로 가려면 A랭크에 상당하는 전투 능력이 필수라고 한다.

B랭크라면 대략 35층까지가 비교적 안전히 벌 수 있는 한계라고 한다. 모험가 길드나 던전의 접수처에서는 그런 조언을 들었다.

그리고 대강 10층까지가 초심자용이라는 위치였다.

여기는 새내기 모험가나 용병 등이 밥벌이를 하기 위해서, 실전 경험…… 다시 말해서 살아 있는 것을 베는 훈련을 하는 데 쓰는 일이 많다.

나오는 몬스터는 고블린이나 슬라임, 코볼트에 때때로 오크나 스켈레톤이라는 라인업.

각각은 약하지만 고블린이나 코볼트는 무리를 짓기도 하고, 오크나 스켈레톤도 무리를 짠다. 다수를 상대하려는 마음가짐이 없으면 생각지 못하게 발목 잡히는 일도 있는 마물이다.

초심자용이라고 하지만 대응을 잘못하면 죽을 수 있는 함정도 때때로 나오고, 떨어지면 죽음을 면할 수 없는 엄격한 지형도 존재한다. 초심자용이라고 해서 편하다고 생각하면 큰 착각이다.

당연히 아래로 내려가면 갈수록 함정도 지형도 엄격해지게 된다.

이번 실습은 10층까지는 실습 훈련을 하고, 최종적으로는

지하 12층까지 진행하고 돌아올 예정이다. 12층까지 가는 것은, 11층에서 한 단계 올라가는 레벨을 체험하는 것이 목적이었다. 실전의 경험을 쌓는다는 목적에 일치하고 있었다.

여기서 타이치 일행은 아크토를 데리고, 더욱이 아래층까지 내려가게 된다.

"그러면 여기서 잠시 휴식을 취한다!"

주요 이동 수단이 마차와 도보인 이 세계의 주민은, 포장되지 않은 길을 3시간 걷는 정도로는 눈에 띄게 지치지 않는다.

다만 이제부터 들어가는 것은 던전이다. 설령 겉보기에는 괜찮아 보여도 만전을 기하는 것은 당연한 일이다. 던전 앞의 한 구석으로 이동하여, 제각각 앉거나 하여 휴식을 취한다.

쉴 수 있을 때 쉬는 것은, 모험가나 병사의 기초로 수업에서 몇 번이나 배웠다.

"영차."

타이치가 적당한 풀 위에 앉았다. 주위에서 때때로 시선을 느끼지만, 지금은 수다를 떨 시간이 아니라 몸과 정신을 쉬는 시간이다. 이야기를 한다고 해도 던전 공략에 대해서이며 쓸데없는 이야기는 일절 없다.

약간 들뜬 공기가 떠돌지만, 실전 경험이 빈약한 상태에서는 어쩔 수 없는 일이리라.

타이치 일행을 보는 시선도 있지만, 말을 거는 자는 없었다.

그런 그들을 곁눈질로 보면서, 초심자용 플로어에 들어가니까…… 하고 방심을 품는 마음을 타이치는 확실하게 단속하고 있었다.

'할 일은, 방심이 아니라, 여유.'

언젠가, 린과 이야기한 것이 뇌리에 되살아났다.

학교에서는 경험할 수 없는 이것저것을 거쳐서, 타이치도 린도 틀림없이 성장했으리라. 그 곡선의 경사는 확실하게 올라가고 있었다.

그렇지만 타이치도 린도, 이 세계에서는 성인이지만 현대에 돌아가면 아직 미성년. 아직 어른에게 보호를 받는 연령이다. 그런 자신들이 갑자기 어른처럼, 레미아처럼 될 수는 없다.

그렇기에 방심이나 자만은 하면 안 된다고, 언제나 생각하고 있다.

그러한 구석이 없었다고 할 수는 없다. 방심하지 않는다, 자만하지 않는다고 생각하면서도 자신들의 강함 탓에 적이 적은 상황이니까 깨닫지 못한 채 그랬던 일도 다소 있었다.

'레미아 씨는…… 그 사람 방심하는 것처럼 보이지만 전혀 방심하질 않으니까.'

전투력은 위라도 뒤떨어지는 요소는 있다. 물론 이 마음가짐 말고도 많다. 좀처럼 흉내 내고 싶어도 할 수 없다. 그렇기에, 타이치는 그녀를 계속 스승이라고 부르고 있다.

일단, 지금은 학원에 실례해서 실습에 참가하는 몸.

나라를 대표하는 정식 사절단은 아니지만, 나라와 모험가 대표여야 한다. 의뢰하고는 상관없이, 그렇게 생각한다.

에리스테인 마법왕국의 마술사이며, 현역 B랭크 모험가이다.

방심이나 자만으로 실수를 저지르면, 에리스테인 마법왕국에도 B랭크 모험가에도 상처가 난다.

귀속 의식까지는 말하지 않겠지만, 나름대로 기간을 지낸 왕국에는 애착도 있고 B라는 랭크의 은혜를 받고 있는 몸으로서 고랭크 모험가의 명예에 상처를 내고 싶지 않았다.

'……던전 공략의 경험은 많은 편이 아니니까.'

제대로 공략한 던전이라고 하면, 엘프 마을의 전사들과 함께 갔던 고성 탐색 정도였다.

그러나, 거기가 「제대로 된 던전」이었는지는 의문이 남는다.

묘한 힘으로 정령이 변질되어, 그 여파로 생겨난 던전이니까.

"우리들로서는, 실질적으로 처음 들어가는 제대로 된 던전 트라이라고 할 수 있을 지도 모르겠네."

뮤라가 그렇게 말했다.

동감이었다.

엘프 소녀에게도, 그 고성은 제대로 된 던전으로 분류되지 않는 모양이다.

"적은 그렇게 강하지 않겠지."

꼴사나운 모습을 보이지 않도록 해야지. 린은 수분을 취하며 눈을 감았다.

그 조용한 태도는, 다른 학생들과 비교하여 경험치에 커다란 차이가 있다는 걸 현저히 드러내고 있었다.

타이치는 자각은 없지만, 그도 마찬가지로 보이고 있다.

당연히 뮤라도 마찬가지다.

던전에서는 닷새 정도 야영을 할 예정이니 오래 걸린다.

던전에는 한 번에 모두가 들어가는 게 아니라, 어느 정도 분산되게 된다.

학년 전체가 뭉쳐서 움직이면, 안전성은 올라가지만 실습이 되지 않는다.

하나의 파티를 15명 전후로 하여 움직이게 되어 있었다. 당연히 감독을 하는 교사와, 초심자용 계층이라면 콧노래를 흥얼거리며 활보할 수 있는 모험가도 각각 팀에 동행하게 된다. 학생들의 안전 대책으로는 그럭저럭이라고 할 수 있을까?

팀 편성은 교사 쪽에서 정하고 있지만, 타이치 일행은 마침 좋게 아크토와 같은 팀이었다. 타이치 일행의 팀에는 교사 말고 모험가로서 레미아가 대동한다.

A랭크 모험가쯤 되면, 실력도 직함도 충분하다. 오히려 현역 B랭크 모험가가 학생인 이 팀에, 호위 따위 본래는 필요가 없다. 다른 팀과 차이를 없애기 위해 호위를 준비한 것에 지나지 않는다.

겉으로는 드러내지 않지만, 이 팀 가르기를 들었을 때 타이치는 무심코 마음 속으로 해냈단 포즈를 취했다.

아무래도 타이치 일행과 아크토가 같은 팀인 것도, 레미아가 대동하는 것도, 메리아가 연줄을 써서 사전 공작을 한 것이 잘 작동한 결과인 것 같았다.

그런 부분에는 빠뜨린 것이 없는지, 타이치 일행이 조사한 「아크토를 노리는 녀석들」의 입김이 닿은 여학생도 같은 팀이었다.

역시 황제가 스스로 고른 협력자였다.

당연한 것처럼 상황을 정돈하는 수완에는 대단하다는 말밖에 못하겠다.

자리는 마련해 주었다. 다음은, 계획을 틀리지 않으면 된다.

재시도를 할 수 없는 막무가내 실전 무대.

그러나 타이치는 긴장하지 않았다.

모험가 활동은 기본적으로 모두 실전이다. 실패했다, 그러면 세이브 포인트에서 다시, 라는 것은 불가능하다.

그런 의미에서의 배짱은, 충분히 단련해왔다.

그리고 30분 뒤.

호령이 들렸다.

휴식의 끝을 고했다.

이제부터, 학원의 학생들에게는 몇 안 되는 실전의 기회.

던전 어택 시작이었다.

◇◆◇◆◇◆◇◆

던전을 걷기 시작한지 몇 시간이 지났다.

아직 1층이라서, 나타난 몬스터는 산발적이며 하나였다.

함정도 적고, 가끔 발견해도 치명상이 될 법한 것은 없다. 나오는 마물은 하나뿐이라는 상황이 이어지고, 학생들은 각각 모두가 골고루 싸울 수 있도록 조정이 되고 있었다.

던전이란 수수께끼가 많은 곳이다.

평균적으로 입구 근처의 계층에서는 공략 난이도가 낮고, 나아가면 나아갈수록 난이도가 높아진다. 또한 보물 상자가 있거나, 운이 좋으면 돈이 되는 것도 얻을 수 있다.

어째서인지, 아직 수수께끼는 해명되지 않았다.

얕은 던전이 완전 공략되었을 때, 가장 안쪽에는 던전 코어가 있었다고 한다.

C랭크라도 공략할 수 있을 법한 레벨이었지만, 그래도 나아가면서 난이도가 올라갔다고 길드에 올라온 보고서에 기재되어 있었다.

아직 수수께끼는 해명되지 않았지만, 사람을 유혹하기 위해서라는 것이 가장 유력한 설이다.

던전에서는 사망자가 나오는 일도 당연하다. 유혹해서 사망자를 흡수하여 힘으로 삼는 것이 아닐까 한다.

황당무계한 설이지만, 그렇다면 어째서 탐색한 자가 돈벌이를 할 요소가 있는 것일까? 처음부터 최대 난이도가 아닌 것은, 들어가는 사람이 줄어드는 것을 이해하고 있기 때문이 아닐까? 가치를 제공하여 들어오도록 하려는 것이 아닐까? 라는 주장에 근거를 가진 반론을 한 연구자가 없었던 것이다.

던전 실습을 오기 전에 「던전이란 무엇인가」라는 취지의 수업을 했다. 매년 실습할 때마다 하는 수업이지만, 어째서 반복하는가 하면 그것이 중요하기 때문이리라.

반복은 중요한 일.

아크토는 몇 번이나 반복하여 훈련을 계속했으니까, 몸에 시릴 정도로 그것을 이해하고 있다. 반복하는 것으로 정제되는 동작이라는 것을 실감한 것이다.

이미 모두 마물과 전투를 했고, 현재는 세 바퀴째다.

"……굉장해."

무심코 흘러나온 그 목소리에 아크토도 완전히 동의했다.

눈앞에서는 유학생인 엘프 검사 뮤라가 오크를 상대로 전투하고 있었다. 커다란 도끼칼을 휘두르는 오크의 공격을 훌쩍 피하고, 검으로 비껴내고, 위태로움 없이 싸우고 있었다.

아크토를 비롯한 학생들은 모르겠지만, 뮤라는 적의 공격을 처리하는 방식을 선보여 달라는 교사의 말을 듣고서 그것에 응답하고 있었다.

뮤라와 같은 일을 할 수 있는 학생은 많지만, 같은 레벨로 할 수 있는 학생은 적다.

자신들보다도 훨씬 낭비가 없다.

올려 베고, 내려 베고, 대각선으로, 갖가지 공격을 한 차례 받아낸 뮤라는, 이제 될 거라고 판단했는지 그 걸음에 오크를 향해 걸어갔다.

다가오는 적에 맞추어 휘둘러 내린 대각선 베기를 마치 통과하는 것처럼 피한 뮤라는 그대로 조금 뛰어올라 오크의 목을 잘라냈다.

몸통에서 뿜어져 나오는 피를 백스텝으로 재빨리 회피하고, 잠시 사냥감의 상태를 살펴 움직이지 않는 것을 확인한 다음에 무기를 넣었다.

명백하게 죽인 상대라도 제대로 처리했는지를 확인한다.

그녀가 한 것은 조금 거창하긴 하지만, 실전의 수업에서는 중요하다고 들은 것이었다.

유학생들이 오고서, 수업에서 이 이야기가 나온 적이 없다.

그러나, 그녀는 그것을 당연하게 하고 있었다. 그녀뿐이 아니라, 타이치도 린도 마찬가지였다.

'결과를 남긴 사람이 하고 있어. 역시, 중요한 거구나.'

손맛이 있고 쓰러뜨렸다고 생각한 순간의 틈을 커버하는 것이다. 미처 쓰러뜨리지 못하여, 무심코 반격을 받지 않기 위해서, 치명상이라고 생각되는 공격을 한 직후에 긴장을 풀지 않는다, 라는 가르침이다.

그것은 당연한 것이라고 생각했지만, 막상 이렇게 적을 앞에 두자 역시 중요한 거라고 생각하게 된다. 훈련에서 받은 공격과 마물이 죽일 셈으로 하는 공격은 다르다고, 이렇게 실전에 나와서 통감했다.

다음은 마침 아크토가 싸울 차례다.

기왕 보게 된 견본. 그렇다면 그것을 흉내 내는 것이 좋으리라.

더욱이 걷기를 20분 정도.

"아크토 바스벨. 다음은 네 차례군."

이 팀을 인솔하게 된, 실전 수업을 담당하는 미인 교사 마이라 아파리니움이 말을 걸었다.

"네!"

그것에, 아크토는 싹싹하게 대답했다.

"그래. 그러면, 가라."

시선 끝에는 굶주려 보이는 코볼트가 한 마리.

양손에 휘어진 나이프를 들고 이쪽을 살피고 있었다.

아무리 그래도 수의 차이를 이해하고 있는 건지, 함부로 뛰어들지는 않는 모양이다.

모두가 다가가면 도망쳐 버린다. 때문에 아크토는 창을 언제든지 겨눌 수 있도록 들고 혼자 다가갔다.

무모한 인간 하나가 무리에서 떨어져 다가온다.

코볼트가 보기에는 그런 인상이었으리라.

침을 흘리는 코볼트가 으르렁거리기 시작한다.

아크토 또한 창을 겨누고, 살짝 허리를 낮추었다.

'나는, 그들처럼 강하지는 않아!'

"키야아!!"

기성을 지르면서 달려드는 코볼트를 상대로, 아크토는 녀석의 진로에서 스윽 벗어났다.

그리고 교차하면서 창의 물미를, 위에서부터 곧장 내려쳤다.

"크왁!"

등을 호되게 맞아, 코볼트는 신음하면서 땅바닥에 넘어졌다. 창을 내려친 기세 그대로 빙글 돌려, 창날을 뒤통수에 찔러넣었다.

근육을 찢는 손맛에, 아크토는 무심코 표정을 찌푸렸다.

창을 뽑아내고, 삭 거리를 벌리며 다시 겨눈다.

언제든지 찌르기를 뿜어, 나이프의 사정거리 바깥에서 덤벼들어도 대응 가능한 거리다.

그으으, 원망스런 눈으로 아크토를 보고 있던 코볼트였지만 잠시 지나 몸에서 힘이 빠지고 눈에서 빛이 사라졌다.

움직임이 멈춘 걸 보고, 아크토는 창날을 내리고 후우 숨을 내쉬었다.

아직 익숙해지지 않는다. 손에 남은 이 감촉은.

이런 부분도, 계속 모험가를 계속해온 뮤라와 다르다. 그녀는 그러한 것을 신경 쓰는 기색을 보이지 않았다.

"음. 제법 솜씨가 좋군. 계속 그렇게 방심하지 않도록 해라."

교사에게 그럭저럭 좋은 평가를 얻고, 아크토는 인사를 하며 뒤로 물러났다.

자신으로서도, 재빨리 쓰러뜨렸다고 생각한다. 오히려 깔끔했다고 해도 될 정도이리라. 그걸로 기가 사는 것은 좋지 않지만 자신감으로 삼는 건 나쁘지 않다.

일상의 훈련 성과가 나온 것일까?

그렇다면 좋겠다.

그렇게나 열심히 하고 있는데, 조금이라도 실력이 향상되지 않는 건 말도 안 된다.

이 상태로, 실전의 경험을 쌓으면 된다. 기껏 얻은 기회다. 낭비하지 않도록, 아크토는 마음가짐을 새로 다졌다.

◇◆◇◆◇◆◇◆

한편, 이쪽은 다른 실습반.

이쪽은 방금 전에 2층에 들어온 참이었다.

시간차로 들어왔지만, 플로어가 제법 넓기 때문에 2층의 계단에 도달하는 것도 한 고생이었다.

실전을 위한 실습인데 마물과 전투가 발생하지 않으면 의미가 없다. 적과 마주치지 않는 일이 없도록, 시간차와 다른 루트를 구사한다.

특별히 발길이 멈추는 일 없이, 순조롭게 길을 소화하고 있었다.

지금도, 다가온 고블린의 파티를 상대로 네 명의 학생이 교사의 지시를 받아 전투를 하고 있었다. 고블린의 파티는 일곱 마리니까, 학생측은 절반이었다.

고블린 쪽은 검이 세 마리, 활이 두 마리, 방패를 든 것이 두 마리 편성. 마술을 다루는 고블린 메이지는 없지만, 밸런스가 좋은 파티였다.

고블린은 공격이 제대로 클린히트만 되면 큰 대미지를 주는 것이 어렵지 않은 것들이다.

그렇기에, 새내기일 무렵에는 경험을 쌓는 상대로 적절하다고 꼽힌다.

그런 마물 상대니까, 교사도 넷이서 충분하다고 판단했다. 공격을 받지 않는 것을 염두에 두고, 시간이 걸려도 좋으니까

한 마리 한 마리 확실하게 쓰러뜨리도록, 이라는 것이 교사의 지시다.

수가 많으니까 시간은 필요하지만, 전투 자체는 순조롭게 학생 측에 유리해지고 있다.

고블린의 수가 줄어들면 들수록, 학생들은 가속도적으로 유리해진다. 지금 또한 고블린이 한 마리 물의 마술로 처리됐다.

그 전투를 바라보면서, 기사작 가문 출신의 남학생이 중얼거렸다.

"그 녀석, 잘 할 수 있을까……?"

팀 편성은 최선의 형태로는 하지 못했다. 아크토가 들어간 반에 소속되지는 못했다.

던전 공략의 팀 가르기나, 대항전의 팀전. 당연히 사전공작은 했었지만, 생각대로 되지 않았다. 이 실습에 어떠한 목적을 가졌을 다른 귀족 출신의 학생도 뒷공작을 한 모양이다.

아크토를 끌어내리려고 한 비르겔 백작가 사람은, 사전 공작이 생각대로 되지 않아 이를 갈고 있었다. 아크토와 같은 반으로 갈 수 있었던 사람은 한 사람뿐이었다. 사실은 둘이나 세 명 정도는 더 갈 수 있었을 텐데.

어쩔 수 없지.

한 명이라도 간 것이 그나마 다행이라고 받아들이는 수밖에 없다.

사람 수가 적다고 해서 계획을 중단할 수는 없다.

신경 쓰는 그에게.

"세레스 님이 손을 써주셨어. 이론상으로는 혼자서도 가능한 일이야."

그의 옆에 있던, 마찬가지로 기사작 가문 출신의 여학생이 더 힘을 빼라고 말했다.

"그건 들었다. 그러나, 만에 하나라는 게 일어날 수 있잖아."

"맞는 말이네. 그렇더라도 지금 우리가 할 수 있는 일은 없어. 아냐?"

"우음."

그렇다. 지금 자신들은 비르겔 백작가 사람들하고는 따로 행동하고 있었다.

들어온 시간이 다른 관계상, 자신들은 2층에 있지만 그들은 아직 1층에 있으리라.

"신경 쓰는 건 틀리지 않았어. 그렇지만, 어쩔 수 없는 걸 생각해도 어쩔 수 없어."

"……맞는 말이야. 여기는 던전이다. 그 전에 해야 할 일이 있었지."

"알았으면 됐어."

두 사람은 서로 수긍하고, 이 던전이라는 장소에서 해야 할 일에 주력하기로 했다.

이미 주사위는 던져진 것이다.

이미 이 자리의 두 사람도, 다른 동지도 어떻게 할 수 없다.

그렇다면 동료를 믿는 것이 건설적이라는 것이다. 책략하고는 상관없이, 자신들의 실력 업도 해야 할 일이니까.

◇◆◇◆◇◆◇◆

"하……."

오늘의 야영 장소가 되는, 방 같은 장소에 도착한 참에 타이치는 팽팽하던 긴장을 풀고 숨을 길게 내쉬었다.

초심자용이라지만, 역시 방심하는 건 위험하다. 타이치는 솔직히 그렇게 생각하고 있었다.

타이치는 강하다. 자타가 공인한다고, 단언해도 틀림없다.

그렇지만. 타이치가 강한 것은 마력 강화가 전제였다.

실피를 통한 강화도 그렇지만, 그것들을 시행하지 않을 때 타이치는 일반인과 그리 다를 바 없는 스펙이다.

이런 던전 따위를 걷고 있을 때는 마력 소비가 지나치지 않을 정도로 언제나 강화를 하고 있지만, 그래도 전투시와 비교하면 떨어진다.

예를 들어 지금은 방어력과 다리의 근력, 오감을 어느 정도 강화하고 있었다.

이걸로 불의의 습격 따위는 막을 수 있지만, 긴장을 풀면 당연히 강화가 끊어진다. 언제나 긴장하고 있는 것은 타이치라고 해도 지친다.

전투 능력은 초인적이라고 할 수 있지만, 마음대로 되지 않는 것이다.

"하아. 역시, 지치네."

옆에 있는 뮤라도, 한숨 돌렸다는 표정으로 미간을 문질러 풀고 있었다.

난이도가 높든 낮든, 위험한 것은 위험하다. 긴장을 푸는 자부터 죽어간다.

"위험이 적어서 다행이야."

린은 파우치에서 정신을 진정시키는 허브 같은 잎을 꺼내 입에 머금었다.

이것을 씹어서 나오는 즙을 마시면, 마음이 진정되는 효과가 있다. 껌처럼 씹은 다음에 먹어 버려도 문제없기 때문에, 이것의 중요성을 아는 자에겐 남몰래 인기 상품이다. 맛은 약간 구역질이 나지만, 민트처럼 상쾌함이 강하기 때문에 어떻게 버틸 수 있다.

이 휴식 포인트는 2층의 후반으로 접어든 참에 위치한다. 모험가가 휴식을 취하거나 밤을 보내기 위한 장소였다.

그 때문에 어느 정도 설비가 마련되고 관리도 되고 있으며, 던전 안이라는 조건에서는 상당히 쾌적하게 지낼 수 있다. 상설된 이곳의 경비 의뢰는 구속 시간에 비해서 수지가 좋은 보수 덕분에 인기가 있다.

실습으로 온 학원생 말고도 몇 명인가 모험가들이 그 장소에 있었다. 암묵의 양해로, 이 장소에서는 커다란 공간을 점거하는 건 NG다. 뭐 40명이 대충 널브러져 누워도 개인 공간이 충분히 확보 되는 방이다. 일부러 다른 모험가들에게 눈총 받을 일을 하는 자는 극히 소수다.

타이치 일행이 있는 일단이 찾아왔을 때, 모험가 몇 명이 한 순간 의문스런 표정을 지었지만 금방 납득한 표정을 지었다.

이 날 학원생이 실습으로 던전에 들어오는 것을 길드가 주지시킨 것을 떠올린 것이리라. 현재 마이라가 호위 모험가 두 명과 함께 선객인 모험가들과 밤의 경계에 대해서 이야기를 하고 있는 참이다. 여기는 던전 안에서는 안전한 편이지만, 그래도 마물이 평범하게 들어오는 장소이기도 하다. 경비 전문 모험가가 있어도 밤의 불침번은 필요하다.

물을 마시고, 휴대식량인 말린 고기를 적당히 씹었다.

이 다음은 2교대로 수면을 취하면서 쉬게 된다.

던전에 들어왔다는 흥분도 완전히 진정되고, 학생들은 피로를 느끼는지 다들 말수가 적었다.

휴식의 필요성을 피부로 느끼고 있는 것이리라.

몸을 쉬도록 하는 것에 집중하고 있기 때문인지, 아무도 타이치 일행 쪽을 신경 쓰지 않는다. 아니, 신경 쓰지 않는 건 아니지만 주의 깊게 보고 있지는 않았다.

이거라면 괜찮겠다. 그러면 앞으로에 대해서 재확인을 여유가 있는 이 틈에 해두고 싶다.

"어땠어?"

그렇게 생각한 것은 타이치뿐이 아닌지, 린도 그렇게 말을 걸었다.

"딱히 묘한 움직임은 없더라."

단적으로 느낀 것을 대답했다.

"뭐, 그렇겠지. 아직 계획한 장소는 멀었으니까."

뮤라가, 타이치의 생각을 긍정했다.

비르겔 백작가의 세레스가 뭘 꾸미고 있는가, 타이치 일행은 실피의 힘을 이용해 대강 파악하고 있었다.

다시 말해서 실컷 도청한 것이다. 정령이니까 틀림없이 들키지 않는다.

세레스가 아니라도 누군가 그런 이야기를 들으면 너무나도 부조리함에 한탄하거나 분노하겠지만, 그런 건 타이치에게 이런 힘을 내려준 자에게 말해줬으면 좋겠다.

"하지만, 아크토를 몇 번인가 살피고 있기는 했었어."

"아아, 그거. 뭐 신경 쓰이지, 그건."

아크토에게 시비를 걸려고 하는 것이다. 게다가 본래는 있어야 할 동료가 없고, 실행자는 한 명. 그런 상황에서 신경 쓰지 않을 리가 없다.

그 학생을 고립시킨 것은 틀림없이 메리아이리라. 세레스도 사전 공작을 한 모양이지만, 아무래도 황제나 학원장과 한 패라면 고작해야 백작가의 사전 공작 따위가 통할 리 없었다.

"다음은, 우리들이 실수하지 않으면 되네."

뮤라의 말에, 타이치와 린이 고개를 끄덕였다.

고립되어 있는 그 학생은 한 판 승부지만, 타이치 일행도 한 판 승부다.

오히려 이 정도로 판을 짜줬으니 실수했을 때 타격이 큰 것은 타이치 일행 쪽이라고 할 수 있었다.

게다가 이번 던전에서 적의 책략을 반대로 이용한다는 타이치 일행의 안을 믿고서, 메리아는 완벽한 사전공작을 한 것이다.

이 기대를 배신하는 것은 감정을 빼놓고서도 모험가로서 허용할 수 없다.

타이치가 문득 시선을 움직였다.

그 앞에는, 우물우물 보존식을 먹고 있는 호위 대상의 모습.

아크토의 싸움은 훌륭했다.

상당히 훈련을 쌓은 만큼 마물을 쓰러뜨리는데 낭비가 없다.

타이치와 싸웠을 때부터 편린은 보이고 있었지만, 실제로 이렇게 적을 쓰러뜨리는 전투를 보니 자신들의 가설에도 신빙성이 나오는 법이다.

"지금도 기다리고 있는 거지."

"응. 준비를 마치고, 다음은 수작 발동을 감상하시라, 같은 게 아닐까?"

"잘 빠져줘야지."

최악의 경우 빠지는 건 타이치 혼자라도 괜찮다. 린과 뮤라는 무리해서 빠질 필요는 없다.

이 점에 대해서는 유동적이다. 타이치 말고도 빠진다면 그건 그거대로 괜찮고, 빠지지 않는다면 그것도 괜찮다.

함정의 개요를 들어본 바에 따르면, 타이치가 있는데 헤쳐나갈 수 없다는 것은 100퍼센트 있을 수 없다.

이것은 스승인 레미아에게도 확인했고, 보증을 받았다.

아크토에게는 엄격한 경험이 되리라.

그렇지만, 필요한 일이다. 이후의 대항전에서는 특히. 오히려 그쪽이 본격적인 무대다. 이번 던전의 계획은 대항전을 위한 포석이다.

그저 본격적인 무대가 아니라지만, 이 포석이 잘 되지 않으면 계획은 덧없이 좌절된다.

그것을 생각하면 이것이야말로 열쇠가 된다고 해도 과언이 아니었다.

확인이라는 의미에서는 이걸로 끝이다. 다음은 전날 밤에 다시 한 번 확인을 하면 되리라. 그때, 구체적인 행동의 정밀 조사를 하자고 세 명은 동의했다.

"그러면, 쉬도록 할까? 타이치, 부탁해."

"부탁할게."

"그래, 맡겨둬."

린과 뮤라가 잘 준비를 시작하는 가운데, 타이치는 벽에 등을 기대고 무기를 옆에 세웠다. 주위의 학생들도 불침번을 서는 자를 제외하면 제각각 잘 준비를 하고 있었다.

이번 실습에서 세 명의 불침번 작업 분담은, 전반이 타이치고 후반은 린과 뮤라.

지쳐 있는데 계속 깨어 있어야 하는 피곤한 쪽을 타이치가 맡은 형태였다.

뭐 후반도 그대로 밤까지 계속 활동하게 된다는 점에서는 괴롭지 않은 건 아니지만.

일단 더욱 안쪽까지 들어가지 않는 한, 아무것도 일어나지 않는다.

지금은 아직 학생들 모두의 호위를 할 셈으로 있으면 되리라.

찬스는 한 번. 그것에 전념하기 위해서도.

괜한 것을 염려하여 정신이 지쳐서는 안 된다.

◇◆◇◆◇◆◇◆

이틀째 이후는, 던전 안에 익숙해졌기 때문인지 진행 속도가 첫 날과 비교해 훨씬 올라갔다.

당연하다. 살기를 사양 않고 뿌려대는 공격을 하는 적과 싸우는 일이 없었으니까.

실력적으로는 이길 수 있는 상대라는 걸 알고 있어도, 첫 걸음이 둔한 것이다.

그러나 지금은 이제 상당히 해소됐다.

횟수가 거듭되면 익숙해지고 당황도 사라진다.

그 단계에 와서, 교사는「잔챙이라도 마물을 얕보지 마라」라고 입이 마르도록 말하게 됐다.

몇 번이고 말하자 질색하기 시작하는 학생도 있었지만, 옆에 있는 레미아가 그럼그럼 하며 고개를 끄덕이자 태도로는 드러내지 않았다.

고도의 훈련과 단련하는 것에 적당한 환경이 정비되어 있는 학원의 학생은, 경험치는 몰라도 실력은 상당한 레벨까지 이르러 있었다.

그러나 실적이 있느냐고 물어보면 부정하는 수밖에 없다.

실적을 쌓고 나서 반론해라, 라고 하면 학생들은 할 말 따위 없는 것이다.

그에 더해서 타이치, 린, 뮤라 세 명이 놀지도 않고 재빨리, 그러나 꼼꼼하고 확실하게 숨통을 끊어 처리하는 전투를 몇 번이나 보여주고 있었다.

타이치에게 물어보면 「기껏 간단히 적의 수를 줄일 수 있는데 시간을 들여도 의미가 없으니까」라고 한다.

타이치는 적이 무리 지었을 때를 말하고 있었다.

설령 약한 마물이라고 해도, 무리를 지으면 그것만으로 위협으로 변한다.

자신은 괜찮더라도, 호위 대상이 있다면 그쪽의 위험도를 낮추기 위해서 수를 줄이기 쉽다면 그렇게 해야 한다.

사실은 미처 처리하지 못해서 살아 있었다, 라는 사태가 되지 않기 위해서도 잡스런 공격은 안 한다.

내버려두면 언젠가 죽는 적의 방치는 자신 혼자거나 설령 움직여도 대처할 수 있는 자밖에 없는 경우에만 해도 된다, 라고.

타이치뿐이 아니라, 린도 뮤라도 같은 의미의 말을 했다.

동시에 「어째서 중요한지는, 분명히 경험하지 않으면 몰라」라고, 타이치도 린도 뮤라도 말했다.

그리고 「그걸 몸소 통감하는」 때에는 돌이킬 수 없는 경우가 되어 있다. 타이치 일행은「통감하기」전에 알 수 있었다고.

이 나이 대 특유의 전능감이라는 것은 역시 존재한다.

그러나 그 이상으로, 이 세계에서는 사람의 목숨이 가볍다는 것은 어린아이라도 알고 있었다.

조금 슬럼을 걸어보면, 길에 쓰러진 시체를 보는 일도 딱히 드물지 않다. 오래도록 방치하면 위생상 좋지 않기 때문에 이른 단계에 처리를 하지만, 그래도 현대 현대처럼 신고하면 즉시 대응 같은 것도 아니다.

그래서 타이치도 린도, 몇 번이나 그런 것을 목격했다.

그다지 좋은 일은 아니지만 익숙해져 버렸을 정도다.

특히 학원생으로서 이 던전 실습에 참가한 자들은 앞으로 목숨을 위험에 드러내면서 밥벌이를 하게 된다.

잘 안 들으면 죽는다. 그걸 이해하고 있었다.

현재는 7층째, 순조롭게 소화하고 있었다.

"그쪽으로 갔다!"

"일단은 방어다!"

"한 마리씩 확실하게 쓰러뜨려!"

출현하는 마물들의 종류는 변하지 않았지만, 수에는 변화가 있었다.

나온 것도 극히 소수였던 것이, 지금은 도당을 짜고서 나타나는 것이 당연하게 되었다.

지금은 타이치 일행 유학생 팀과 레미아, 그리고 교사 말고 모두 협력하여 마물 토벌을 하고 있었다.

도당을 짜기만 한 거라면 그나마 낫다. 종족이 다른 마물이 동시에 다가오는 일도 드물지 않게 됐다.

확실하게 수를 줄인다. 그 중요함을 학생들은 그야말로 체감하고 있으리라.

적의 수가 줄어들면 단순하게 공격의 두께가 줄어들어 대응이 편해진다.

다수 중에서 고작 하나.

크게 변함이 없을지도 모르지만, 그것을 쌓아 올리면 어느 샌가 공세에 나설 수 있게 된다.

공세에 나설 수 있게 되면 승리하기까지는 시간 문제다.

"방어! 부탁해!"

"맡겨둬!"

오크, 고블린, 코볼트가 한꺼번에 덤벼드는 것을 방패를 든 가디언 역할의 학생들이 힘을 합쳐서 받아낸다.

그 틈에 공격을 한다. 두 마리의 전투 능력이 떨어지고 하나가 목을 찔려서 무너진다.

전투 능력이 떨어진 두 마리를 네 명이 한꺼번에 공격하여 확실하게 처리한다. 목을 꿰뚫어진 오크는 입에서 피를 토해내면서 일어서려다가, 땅바닥에 쓰러졌다.

위태로울 것 없는 전투가 펼쳐지고 있었다.

7층은 통로의 폭도 천장도 훨씬 넓어져서, 다수 대 다수의 전투를 하는 것이 전제로 만들어진 것 같았다.

그리고 그 예측은 적중했다.

다섯 마리 이하로 나타나는 마물은 전혀 없었고, 대략 적어도 여덟 마리부터 당연한 것처럼 한 번에 스무 마리는 출현했다.

정면으로 승부한다면 문제없이 이길 수 있는 마물이 상대라도, 수가 많아지면 간단하지 않다.

공격을 확실하게 회피하고서 자 반격이다, 라는 참에 옆에서 뒤에서도 공격이 오기도 한다.

경우에 따라서는 날아오는 화살이나 마술, 더욱 원시적으로 투석도 경계해야 한다.

"으극?!"

여학생 한 명이 머리 부분에 돌을 맞아 혼절했다. 그다지 크지는 않지만, 그래도 피를 흘리고 있으며 치료가 필요했다.

"돌이다!"

"물러나! 모두 투석을 경계!"

"억지 부리지 마!"

"억지라도 하는 거야! 죽는다고!"

아니, 죽지는 않는다.

최악의 경우 교사나 모험가, 타이치 일행이 구하러 끼어든다.

치명적인 공격이 와도, 학생들은 그것에 완전히 대처하지 못한다.

그렇게 판단하고서 움직여도 충분히 늦지 않을 정도의 실력자가, 후방에 대기하며 상태를 살피고 있었다.

그러나 학생들은 되도록 그들의 조력을 받고 싶지 않았다. 그것은 다시 말해서 자신들의 전투가 실패한 것을 의미하기 때문이다. 부상을 입어도, 부상자를 단단히 지키면서 적을 섬멸하면 회복하고서 전투를 지속할 수 있다.

이번 실습에서 드는 회복 비용은 모두 학원이 맡는다.

젊은 인재를 잃는 것은 안 된다고 생각하는 황제의 의향이니까 당연하다.

그러나 부상의 정도에 따라서는 강제적으로 실습 종료가 된다. 치명상이 확실하다고 판단하여 커버를 받은 학생은, 사망했다고 판정된 이후의 전투에는 일절 참가할 수 없다. 죽은 자는 싸우지 못한다. 지극히 당연하다.

지금까지 타이치 일행이 소속된 반에서 그런 자는 없다.

그러나, 매년 어느 반에서든 그렇게 실습이 강제 종료되는 학생은 있다.

현재 다른 반에서는 실습 종료가 된 학생도 하나둘 나오기 시작했다.

이 반은 레미아나 타이치 일행의 존재가 클 거라고, 인솔 책임자인 교사가 생각하고 있었다.

부상을 당한 여학생을 뒤로 물리고, 그 구멍을 메우며 다들 싸우고 있었다.

전투중으로 한정하면, 학생들 사이에 있던 미묘한 분위기가 없다. 아크토에 대한 악의도 상관없다. 아크토를 끌어내리려고 하는 여학생도, 때로는 아크토와 연계하여 전투를 할 정도다.

부정기로 이루어지는 전투에서 살아남기 위해, 그들은 일치단결해야만 하는 것이다.

그렇게, 한 명의 탈락자도 내지 않고 헤쳐 나온 7층과 8층.

"용케 탈락자를 한 명도 안 내고 여기까지 왔다."

교사도 그들의 분투에 아낌없는 찬사를 보냈다.

9층으로 이어지는 계단 앞에서 오늘의 탐색 실습은 종료. 하루의 피로를 치유하기 위한 휴식을 취한다.

모두가 한숨 돌린 참에, 교사가 모두에게 말을 걸었다.

"너희들의 전투는 서투른 구석은 있지만 잘 연구하고 있었다."

학생들은 그 말에 진지하게 귀를 기울였다.

"이 경험은, 틀림없이 커다란 양식이 될 거다. 좋은 긴장감을 유지하고 있군. 자신을 제대로 승인하는 거다."

이상이다, 라고 고하고서 교사 또한 다시 쉴 준비를 시작했다.

반복한 덕분에 익숙해졌는지, 학생들의 야영 준비도 솜씨가 좋아졌다.

타이치 일행 또한, 얼른 준비를 마치고 다음은 쉬기만 하는 상태가 됐다.

"드디어, 내일이네."

실피에게 부탁하여 공기의 진동을 조종해 목소리가 대단히 멀리서 들리도록 조정하고, 타이치는 말을 꺼냈다. 첫날 이상으로 주위에 들려주면 안 되는 화제이기 때문이다. 설령 들려도, 강화마술로 청력을 향상시켜서 뭔가 이야기를 하고 있다 정도다. 이야기를 하고 있는데 완전히 무음이면 오히려 부자연스러우니까 완전히 차단하지는 않는다.

타이치가 말한 것처럼, 그 세레스 양의 입김이 닿은 여학생이 움직이는 건 다음 9층이었다. 그리고 비르겔 백작가의 수하들이 준비를 한 것도, 9층을 통과하는 한쪽이 낭떠러지 절벽이 되어 있는 통로다.

그곳은 다른 길보다도 훨씬 좁은 곳이며, 발을 헛디디기 쉬운 위험한 포인트로 마크되어 있는 장소다.

그런 데다가 전이 트랩도 하나 존재하며, 잘못해서 밟아 버리면 더욱 아래층으로 강제 전이되어 버린다. 전이 트랩의 해명은 전혀 진행되지 않았다. 던전이 만들어낸 수수께끼의 기믹이다.

거기서, 사고로 꾸며 아크토를 전이 트랩에 빠뜨린다. 단적으로 말하면, 세레스 양이 꾸미고 있는 건 그런 것이다.

그 방법도 꽤 수고를 들여서, 본래는 20층을 절반쯤 나아간 곳에서 나타나는 마물들이 학생들을 덮친다.

학생들은 수십 초 버티면 괜찮은 편이고, 교사도 함께 응전해야 할 정도로 강하다.

9층에 준비된 마물은 고양이를 원형으로 한 피어서 재규어.

기본적으로 단독행동을 좋아하며, 다수로 행동하는 일이 드문 마물. 그것을 다섯 마리, 라는 것이 실피가 알아다 준 정보다.

발달한 유연한 신체능력으로 사냥감을 희롱하면서 고통을 주어 움직임을 둔하게 만들고, 이마에 있는 뿔이 서벨 타이거처럼 길게 튀어나온 데다가 송곳니가 모두 사냥감을 한 번에 꿰뚫어 죽일 수 있기 때문에 붙은 이름이었다.

그리고 그것들을 통솔해서 무리를 만드는, 희귀한 퀸 피어서 재규어도 있는 모양이다.

피어서 재규어는 테이머가 조종하고 있으며, 찬스가 있으면 아크토를 트랩으로 유도하도록 명령을 받고 있었다. 그러고서, 세레스 양의 손발이 되는 학생이 마술을 잘못 쏘아 움직임을 제한하고, 아크토를 강제적으로 이동시키는 것이다.

이 정도의 책략이라면 알고 있으면 충분히 대처가 가능하며, 아크토를 트랩에 빠뜨리지 않을 수도 있다. 그렇지만, 트랩의 행선지를 들은 타이치 일행은 그것을 이용하기로 한 것이다.

역할 분담은 명확하다. 타이치가 아크토와 함께 가며, 린과 뮤라가 이 자리에 남는다.

이번에 레미아는 어지간히 상황이 나빠지지 않는 한 손대지 않는다고 공언했다. 자신들만으로 해봐라, 스승은 제자를 시험하는 것이다.

손맛을 느끼고 있는 아크토가 눈에 분명한 자신감을 깃들이고 침상의 준비를 하고 있었다.

"이걸로 만족하면, 곤란하단 말이지."

뮤라가 아크토를 바라보며 조용히 중얼거렸다.

그렇다, 잘라 말해서 거친 치료법이다.

그걸 알면서, 그래도 한다고 결의한 것이다.

"객관적으로 보아 좋게 평가해줄 수 있는 강함……. 그런 건, 보통 챌린지로는 손에 안 들어오니까."

린은 자신의 경험으로 그렇게 말했다.

마술의 훈련도, 즐겁지만 엄격한 것이었다. 이 세계 기준으로 말하면 흘러넘치는 재능도, 완전히 다룰 수 없으면 진주목걸이가 될 뿐이다.

그녀가 현대에서 심혈을 기울였던 경식 테니스도, 인터하이의 강호라고 불리는 고교는 단련한 사람이라도 힘들다고 약한 소리를 하고 싶어지는 차원의 연습을 한다. 주니어로 활약하는 선수도 마찬가지다. 그것을 그녀는 알고 있었다.

높은 곳에 이르기 위해서는, 대가로서 내놓아야 하는 것이 있는 것이다.

학생들의 의욕은 올라가고 있었다.

그렇지만, 내일은 사건이 일어난다. 지금까지 계속 분투한 학생들에게는 미안하지만, 다들 아크토를 방치하고 있다는 것 또한 사실이다. 더하고 빼서 플러스 마이너스 제로, 무승부라는 것이리라.

이 작전에 대해서는, 메리아를 통해 이미 학원에도 허가를 얻었다. 건너서 들었지만, 학원장의 「평범하게 해서 뒤집히지 않는 상황이기에, 평범하지 않은 일이라도 겁먹지 않고 해야 한다. 그 안에 찬동한다」라는 뜻의 말을 타이치 일행은 들었다.

이번 인솔자인 마이라에게도 그것은 전해두었다. 특히 그녀는 학원장에게 직접이다.

아크토의 행선지는 37층. 이 전이 트랩은 저랭크 모험가는 주의해야 하지만, 고랭크 모험가는 숏컷이 가능하다고 하여 적극적으로 이용한다.

던전의 수수께끼 기술로 일정한 층마다 전이가 가능한 진이 깔려 있기 때문에 일부러 이곳의 숏컷을 쓰는 모험가는 소수파다.

그도 그럴 것이, 던전이 숏컷용으로 준비한 전이진은 이동한 곳도 안전하다. 그렇지만 이 함정의 경우 이동한 곳도 당연히 안전지대가 아니다.

대상이 빠지는 것이 함정이니까 일부러 안전한 곳에 이동시킬 의미가 없다.

생각해 보면 당연한 이야기였다.

물론 일정층마다 있는 전이진은 플로어 마스터라고 불리는 보스 같은 마물을 쓰러뜨려야 하기 때문에, 던전이 준비한 안전은 자신의 힘으로 승리해 쟁취할 필요가 있지만.

"나오는 마물은 뭐였더라."

"그러니까, 패럴라이즈 스파이더, 포이즌 스파이더, 커스 스파이더네. 다음은 패닉 버팔로……."

37층에 출현하는 마물에 대해서 린이 열거했다.

지금 꼽은 마물은, 직접 전투 능력은 돌출된 것이 아니다. 오히려 B랭크로서는 다소 낮은 부류에 위치하는 마물들뿐이다.

그러나 그 이름이 가리키는 것처럼, 성가신 것으로는 B랭크 마물 중에서도 틀림없이 상위에 위치한다.

그것 말고도, 직접 전투 능력이 높은 마물은 있다.

또한 본 랫이라는 대형견 정도의 쥐 마물도 나온다. 머리 부분에 딱딱한 뿔이 노출되어 있는 것이 특징이며, D랭크에 가까운 C랭크쯤 되지만 무리 지어 돌진하기 때문에 상당히 성가신 마물로 두려움을 사고 있다.

그리고 록 보어. 이것도 표피가 바위이며, 돌진 공격만 하는 멧돼지 마물. 몸도 커다랗고 바위를 주식으로 삼기 때문에 체중도 무겁다. 그것을 지탱하는 각력도 상당하다. 견고한 육체를 무기로 삼아 하염없이 덤벼드는, 심플해서 알기 쉬운 강한 마물이다.

그리고 37층에서 가장 강한 것은 플레임 리자드라는 도마뱀 마물이다. 인간의 어깨 높이쯤 되며, 몸 길이는 5미터에 가깝다. 거의 자동차랑 비슷한 크기다. 리자드라고 하지만, 와이번과 마찬가지로 아룡으로 분류되는 마물이다. 불을 토할 뿐 아니라, 온몸에서 불꽃을 뿜어내는 마물이었다.

아무리 그래도 B랭크 모험가는 안전하게 사냥을 하는 것이 어려운 영역이었다. 이 근처를 메인 활동 장소로 삼는 것은 A랭크 모험가가 되리라.

그렇다고 해도 타이치라면 문제없다. 린과 뮤라도 마찬가지다. 이번에도 피어서 재규어 등의 소탕을 위해 린과 뮤라는 그 자리에 남을 예정이었다.

타이치라면 모를까, 린과 뮤라가 비교적 안전하다고 말할 수 없는 것은 던전 공략의 최전선 부근부터일 것이다. 그것에 레미아도 더해지면 52층의 도달 기록 타이도 평범하게 달성할 수 있을 것 같다. 그리고 당연히 타이치도 동행할 테니까, 실제로는 최고 기록의 갱신 작업이 될 수도 있다.

이번에는 그게 목적이 아니고, 이 의뢰가 끝난 다음에도 던전 공략에 힘쓸 생각도 없다.

"이 의뢰가 끝나면, 한 번 에리스테인에 돌아갈까."

린이 말했다.

그것도 나쁘지 않다고, 타이치도 뮤라도 생각했다.

상당히 멀리까지 왔다. 여행이라는 목적은 충분히 달성했다고 할 수 있었다.

현대에는 비행기를 타면 몇 시간이면 도달할 수 있는 거리지만, 이 세계에서는 쿠로라는 반칙 같은 마력을 써서도 상당한 시간이 필요한 여행이었다.

돌아가는 길도 비슷한 이동 시간이 필요한 것을 생각하면, 이쯤에서 돌아가는 것도 선택지에 들어간다.

일을 마치면 레미아에게 제안해봐야겠는걸.

이래저래 의논이 끝나고 그런 이야기를 시작했을 무렵이었다.

이쪽으로, 교사인 남장의 미인이 다가왔다.

"쉬기 전에 미안하군. 조금 괜찮을까?"

마이라는 타이치 일행 근처까지 오더니, 그렇게 말하고 동석 허가를 구했다.

물론 딱히 문제는 없다. 이야기해야 할 것은 다 했고, 애당초 그녀는 사정을 알고 있는 협력자다.

문제없다고 대답하자, 그녀는 인사를 하고 자리에 앉았다.

불침번 당번 학생의 시선이 모이지만, 딱히 의문스러운 것은 아니었다.

지금까지의 던전 공략으로, 현역 고랭크 모험가가 이런 것이다고 말하듯 평범한 학생이 아니라는 것을 더할 나위 없이 보인 것이다. 이미 일개 학생이 아니라 반쯤 교관처럼 다루고 있었다.

그런 그들이 교사와 이야기를 하고 있어도 9층 이후의 확인을 하고 있다, 라고 생각할 뿐이다. 한순간 모여든 학생들의 시선은 얼마 안 가 흩어졌다.

"우리가 모자란 탓에, 너희들의 손을 빌리게 되어 버렸다."

그녀의 말은 주어가 없었지만, 그것이 무엇을 가리키는지는 생각할 것도 없었다.

"아크토를, 잘 부탁한다."

교사가 말하더니, 작게 고개를 숙였다.

교사인 그녀도, 자신들이 이야기를 하고 있는 것이 어떻게 보이는지는 알고 있다. 유학생인 그들도 학생이다. 그런 그들이 교관에 준하는 취급을 받는 것에 고개를 숙이고 있다.

이쪽의 모습을 바라보던 학생에게는, 그렇게 비치고 있으리라. 그 착각은 마침 잘 됐으니 굳이 고칠 생각은 없다.

그보다도 지금은 눈앞에 있는 교사였다. 마이라도 우려를 품고 있는 것이다.

그러나 그녀의 손으로는 어떻게 할 수가 없다.

분명히, 이래저래 얽매인 것이나 자신이 귀족이 아니란 것 따위도 영향을 준 걸지도 모른다.

어떠한 이유가 있어도, 행동을 일으키지 않은 것은 사실. 그리고 자신이 일하는 학원의 문제를, 타국 사람에게 떠넘긴 형태가 되었다.

황제의 의뢰라는 것은 그녀도 알고 있었다. 자국민이 아닌 누군가가 뒤에서 조종하고 있다. 그냥 귀족의 심술이 아니라는 것도.

어떤 이유가 있더라도, 그녀는 해결할 수 없었다. 그것은 변하지 않는 사실.

학원이 교사를 대표하는 것 따위 주제넘다고 생각하지만, 고개를 숙이는 것 정도는 해도 당연하다고 마이라는 생각했다.

그리고, 그것을 실행한 것에 지나지 않는다.

"이렇게 신경을 써주는 사람이 있다는 걸 안 것만 해도 다행이에요."

아무도 신경 쓰지 않는다고 생각했다.

그렇기에 이런 일이 횡행한다고.

신경 쓰는 사람이 있다. 그저, 마음대로 되지 않은 것이다.

배경에 후작가 당주의 부인이 있다.

황제에 필적한다고 말할 수는 없지만, 그래도 상당한 권력을 가진 것은 틀림없다.

귀족에게 대드는 평민에게는 대단히 높은 허들이다. 정의감이나 사명감만으로 어떻게 할 수 있는 것이 아닌 것이다. 타이치처럼 권력 측이 신경 쓸 정도의 존재가 아닌 한.

"신경 쓰고 있는 건 나 혼자가 아니다. 예를 들어 같은 반의 에르자베트 리즈버그 백작영애도 나와 마찬가지다."

뜻밖의 이름에, 타이치는 무심코 눈을 크게 떴다.

놀란 것은 린도 뮤라도 마찬가지였다.

아크토가 귀족에게 시비를 건 이튿날, 에르자베트가 그 무모한 행동을 비난한 것을 멀리서 들은 것이다.

그 태도와 어조로는, 신경 써주는 것 같지는 않았는데…….

아니, 생각을 고쳤다.

아무래도 좋다고 생각한다면, 일부러 주의 따위 주지 않는다. 당연하다. 어떻게 되든 아무래도 좋으니까.

다시 말해서, 순순히 겉으로 드러내는 게 서투른 건가.

그런 생각이 표정에 드러난 것을 본 마이라가 쓴웃음을 지었다.

"대강 상상한 그대로다. 에르자베트 양은, 생각한 것과 다른 태도를 취해버리는 경향이 있지. 그러나, 그녀의 눈에 거짓은 없어."

교사와 학생으로서 나름대로 접촉한 그녀가 하는 말이다.

아직 만난 지 얼마 안 된 타이치 일행보다 분석은 정확하리라.

에르자베트의 가문은 백작가.

세간 일반적으로 상급 귀족이라고 해도 전혀 지장이 없지만, 귀족의 세계에서는 중견. 설령 사실상 후작가와 동등한 힘을 가지고 있어도 작위의 차이라는 힘은 메울 수 없다.

마이라보다는 움직이기 쉬웠을지도 모르고, 실제로 움직였을 지도 모른다.

그리고, 그래도 상황이 변하지 않아 아크토에게 행동을 조심하라고 말하는 수밖에 없었을 지도 모른다.

그럴지도 모른다, 뿐이지만 확인할 방도가 없는 이상 그렇게 되어 버리는 것이다.

"어쨌거나 아크토에 대해서는, 나도 너희들의 책략에 올라타지. 꼭 맡기고 싶다."

"그래. 결과는 보증할 수 없지만."

못을 박는 것처럼 뮤라가 말하자, 마이라는 당연하다고 웃었다.

"보증 따위 해서는 그때부터 수상쩍게 되어 버린다. 보증을 안 하는 편이, 오히려 안심할 수 있다는 것이지."

순서가 정해져 있고, 그냥 묵묵히 반복하면 되는 작업이 아니다.

아크토를 보고, 가능성에 걸고서 시험해보는 것이 솔직한 심정이다.

확실하지는 않지만, 결코 승산이 적다고 생각지는 않는다.

그리고 설령 아크토의 가능성이 개화되지 않았다고 해도, 비르겔 백작영애의 속셈을 꺾어두는 것은 달성할 수 있는 것이다.

하지 않을 이유가 없다고 할 수 있다.

"그러면 나는 실례하지. 행운을 빈다."

"할 수 있는 일은 할게요."

일어선 마이라에게 타이치가 응답하자, 그녀는 고개를 한 번 끄덕이고 세 명 곁에서 물러갔다.

그러면, 눈을 뜨면 본무대다.

다음은 자신들의 행동 나름.

그걸 위해서.

"우리는 먼저 쉴게."

"오늘 밤도 잘 부탁해, 타이치."

"그래."

일단 쉬어야 한다.

지친 상태에서는 판단이 둔해진다.

절묘하게 타이밍을 간파해야 할 필요가 있을지도 모른다.

그걸 위해서 몸에서도 머리에서도, 조금이라도 피로를 해소해두는 것이 지금 세 명이 할 수 있는 일이다.

지쳐 있어서 그 한순간을 놓쳤다, 라는 결과가 생기면 봐줄 수가 없다. 상대의 책략에 빠진 것처럼 보일 필요가 있으니까.

내일, 어떤 종류의 터닝 포인트가 찾아올 것이 정해져 있는 아크토는 다른 학생과 마찬가지로 이미 잠에 들어 있었다.

◇◆◇◆◇◆◇◆

"흐으음. 여기가, 초반 최대의 난관이군."

학생들 누구보다도 선두에 서서, 레미아는 턱에 손을 대고 눈앞의 광경을 보고 있었다.

9층의 난관.

한쪽이 낭떠러지 절벽이고, 전이진의 트랩이 설치되어 있는 통로다.

초심자용 층에서, 이 장소만 확연하게 살의가 높다.

초심자는커녕 중견으로 분류되는 모험가라도 트랩에 빠지면 죽을 가능성이 높은 장소.

그리고 10층으로 이어지는 길을 나아가려면, 어느 루트를 가더라도 여기를 통과해야 한다.

여기가 9층에 있다는 것은 일종의 경고가 아닐까 하는 설이 유효하다.

이 지점에 대해서는 모험가 길드에서도 위험도를 높게 설정하고, 거듭하여 주의환기를 하고 있었다. 그래도 초심자나 중급자 희생자가 과거에 몇 번이나 발생했다.

초심자용 저층은 빈말로도 난이도가 높다고 할 수 없다.

이것은 뒤집어 생각하면, 안전하다, 대단치 않다, 라는 착각을 유발시키는 요인도 된다.

냉정하게 생각하면 그런 일은 있을 수 없는데, 던전이라는 환경에 익숙해진 초심자들은 방심하기 쉬워져 버린다는 것이리라.

이것을 구원이라고 봐야 할지 고민스럽지만, 37층 주변을 주요 활동 장소로 삼는 모험가는 다수의 파티가 존재한다.

그들은 전이한 곳 주변에 태그가 떨어져 있으면 길드에 가져다준다.

9층을 무르게 봤다가 덧없이 저물어버린 증거품이다.

그리고 파티를 짰다면, 동료의 죽음을 멤버가 알게 되는 것이다.

죽었을 것이다. 아니, 어쩌면 살아있을지도. 그렇게 생각한 참에 그런 증거를 들이미는 건 파티에게 가혹한 일이다. 그러나 길드는 굳이 그렇게 한다.

9층을 얕보면 죽는다. 그것을 다른 모험가에게도 전해야 하기 때문이다.

감정 면에서도 비즈니스 면에서도, 길드는 모험가가 살아 돌아와 주기를 바라는 것이다.

여기도 대처 자체는 학생이 주체가 되지만, 그들을 무사히 돌려보내는 것은 인솔 교사나 호위 모험가들의 일이다.

"아리아스. 어때? 함정의 위치는 알아냈어?"

"아아, 잠깐만 기다려줘."

호위를 맡고 있는 2인조 모험가.

그 중 한 명, 아리아스라고 불린 청년은 스카우트다. 색적, 함정의 감지에 해제, 자물쇠 따기 등을 주목적으로 하고, 파티의 이면을 맡는 직업이다. 스카우트가 있는 것과 없는 것은, 공략의 안전성이 차원이 다르다. 물론 전투도 가능하며, 절삭력은 별로지만 튼튼한 소드 브레이커와, 튼튼함은 그 정도까지 못 되지만 절삭력이 날카로운 쿠쿠리 나이프를 나눠 쓰며, 적의 사각에서 교란 따위도 할 수 있다.

모험가 랭크는 C. 길드에서도 스카우트로서 실력은 충분하다고 추천을 받아 이 실습에 대동하고 있었다.

아무래도 모험가 시절의 마이라와 아는 사이였는지, 생판 남인 사람과 비교하면 어느 정도 친근하게 대화하고 있었다.

아리아스는 레미아보다 더욱 두 걸음 앞에 서더니, 그 자리에 쪼그려 앉아 지면을 가만히 보기 시작했다.

단안경의 루페를 꺼내, 낭떠러지 절벽의 통로를 빈틈없이 바라본다.

잠시 지나서.

"아아, 발견했어."

"틀림없겠지?"

"걱정하지 마. 이곳의 함정을 숨기는 법은 9층 수준의 난이도니까. 발견하는 것뿐이라면 20층 부근의 함정 쪽이 훨씬 어렵지."

아리아스가 말하고 웃었다.

그의 실력을 의심하는 게 아니다. 그저 마이라의 입장에서는 만에 하나를 걱정해야 하는 것이다.

아리아스 쪽도 마이라의 입장과 책임은 알고 있는 건지, 실력을 의심하는 듯한 질문을 해도 웃으며 흘려주었다.

"그러면, 스카우트 지망 학생은 전이진의 위치를 찾아봐라. 일단 이 자리에서 움직이지 않고서다. 스카우트 지망이 아닌 자도 찾아봐라. 해보는 경험은 소용이 있을 거다."

마이라의 지시를 듣고서, 학생들이 각각 보이기 쉬운 위치에 서서 함정을 찾기 시작했다. 찾기만 하는 거라면 난이도는 높지 않다.

아리아스가 말한 것처럼, 스카우트가 목표인 학생은 조금 시간이 필요했지만 함정의 위치를 확실하게 발견하고 아직 찾지 못한 학생에게 위치를 양보했다.

학생들의 실습 훈련을, 타이치 일행은 후방에서 바라보았다.

그들의 함정 확인이 끝나면, 드디어 여기에 발을 들인다.

타이치는 조금 긴장되는 걸 느꼈다.

연습 없이 실전으로 한 판 승부라는 것은, 언제든지 긴장하는 법이다.

특히 타이치의 경우는 자신이 싸우는 것뿐이라면 실제로 긴장을 해도 그것을 그다지 자각하는 일은 없다. 그러나 누군가가 연관되게 되면 이야기가 달라진다.

"타이치, 긴장하고 있어?"

옆에서 린이 상태를 살폈다.

"조금은. 린은?"

"나도, 하고 있어."

린은 실전에 강하다.

다만 실전에 강하다는 것과 긴장하지 않는 것은 같은 게 아니다.

"꽤나 절묘한 일을 단판 승부인걸. 긴장하는 게 당연해."

오히려 전혀 긴장하지 않는 편이 이상하다. 적당한 긴장감이 있는 편이, 전혀 긴장하지 않는 것보다 좋은 움직임을 할 수 있는 일이 많다.

그리고 무엇보다도, 경험을 쌓았으니까 긴장하고 있어도 해야 할 일을 하기 위해 움직일 수 있는 것이다.

스카우트 시망의 학생은 모두 함정이 어디에 있는지 확실하게 발견하고, 스카우트 지망이 아닌 학생도 몇몇이지만 대강 함정의 위치를 알 수 있었던 모양이다.

구체적인 장소를 가리키면, 그 위치는 아리아스가 파악한 장소와 마찬가지.

통로 중앙에서 벼랑하고는 반대, 벽 가까운 쪽에 있다.

벼랑 쪽으로 걸어가면 떨어질 가능성이 있다. 하늘을 날지 못하는 한 보다 안전한 벽 쪽을 걸어가려고 하는 것이다.

그 동선이 되기 쉬운 장소에, 전이의 함정이 설치되어 있었다.

참으로 고약한 위치에 있었다.

그러나 타이치가 함정을 설치하는 쪽이라면 마찬가지 생각으로 함정을 설치할 것을 생각하면 뭐 그렇겠지, 하고 납득하는 건 가능했다.

아무래도 전이 함정은 랜덤으로 장소가 바뀌지만, 언제나 하나밖에 설치되지 않는 모양이다.

던전을 무르게 보면 죽는다는 것을 고하기 위한 것 같으니까, 그거면 되는 거겠지.

"좋아, 모두 확인이 끝났군. 그러면, 전진한다."

◇◆◇◆◇◆◇◆

무기를 든 손에 땀이 스며 나오는 것을 느꼈다. 아크토는 당황하여 무기를 몸으로 지탱하고, 재빨리 양손을 옷으로 닦았다.

'후우…….'

긴장이다. 여기는 초반 최대의 난관. 긴장하지 말라는 것이 오히려 무리한 주문이었다.

전위는 방패를 든 학생을 선두로, 뒤를 중거리가 특기인 학생이나 어택커. 더욱이 그 뒤에 스카우트와 마술사를 배치하여 학생들은 천천히 진행한다. 아크토는 중거리라서, 방패를 든 전위 뒤에서 공격을 하는 어택커를 뒤에서 서포트하는 역할이다. 아크토의 서포트에 따라, 전위가 얼마나 싸우기 쉬운가가 변한다. 제일 앞에 서진 않지만, 중요한 역할이었다.

본래는 최후미에도 방패를 든 사람이나, 전선을 교착시킬 수 있는 학생을 배치해야 한다. 아크토도 수업에서 그렇게 배웠다.

그러나 이 실습에서는 최후미를 모험가나 교사가 맡기 때문에, 배치를 해도 무의미하다. 교사나 모험가들 쪽이 명백하게 강하고, 학생이 백어택을 경계하는 것보다도 효과가 크기 때문이다.

따라서, 학생들은 앞에 집중하고 있었다. 아크토도 마찬가지. 아니, 그 집중도는 던전에 들어와서 제일이라고 해도 되리라.

이 장소에서도 당연히 마물은 다가온다. 전투의 여파로 함정을 밟아버리는 것이 흔히 있는 약속된 패턴이다.

그래서, 마물의 습격에는 모두 특히 신경을 쓰고 있었다.

그리고 그 경계 덕분인지, 마물이 정면에서 다가오는 것만큼은 감지할 수 있었다.

처음에 거동이 이상해진 것은, 아리아스였다.

"……이 기척은 뭐지. 이럴 리가 없는데."

그는 긴장감을 드러내며 무기를 손에 집고, 허리를 낮추어 대비했다.

"이봐, 왜 그래?"

거대 도끼를 쓰는 전사, 바튼이 파트너인 아리아스의 변화를 보면서 물었다.

"위험한 게 있다. 9층에 있으면 안 되는 놈이야."

"뭐라고?"

바튼이 아리아스의 스카우트 능력에 전폭적인 신뢰를 보내는 것은, 지금까지 탐색으로 충분히 이해하고 있기 때문이다. 그 덕분에 사전에 감지한 위험이 헤아릴 수 없을 정도로 있었으니까.

그런 그가 하는 말이다. 바튼은 자세한 것을 물어볼 틈도 없다는 태도로 아크토 일행 학생들을 추월해 최전열로 나섰다. 거의 같은 타이밍에, 검을 뽑은 마이라 또한 바튼의 대각선 약간 뒤에 나섰다. 그 등을 따르는 아리아스가 두 사람의 두 걸음 뒤에 진을 쳤다.

말대꾸를 용납하지 않는, 자신보다도 실력이 있는 자들의 행동에 아크토는 무심코 발을 굴러버렸다.

"……윽!"

그렇다. 사전에 감지는 했다.

그렇지만, 감지한 것에 어떤 의미가 있었을까?

통로 앞의 그림자가 진 곳에서 모습을 보인 마물을 보고, 학생들은 무심코 발을 멈추었다.

모습을 드러낸 것은 몇 마리의 마물.

"피어서 재규어라고?! 말도 안 돼!"

고양이 모습을 한 대형 마물, 피어서 재규어였다.

바튼은 있으면 안 된다고 한 파트너의 말의 의미를 이해하며 한순간 당황했고, 아크토는 그 모습을 뒤에서 확실히 보고 말았다.

피어서 재규어는 그들의 메인 활동층인 20층대에 나타나는 마물의 대표 같은 존재다.

20층에 싸울 수 있을까 어떨까를 감별하는 방법 중 하나가, 피어서 재규어 한 마리를 위태롭지 않게 처리할 수 있을 것이라는 말을 들어본 일이 있다.

바튼도 아리아스도, 충분히 그 힘을 가지고 있다. 다만 그들에게 물어본다면 두 마리까지라고 입을 모을 것이다. 1대 1로 이길 수 있다면 두 마리 동시라도 문제는 없다. 그렇게 간단한 이야기가 아니기 때문이다.

세 마리 이상이 되면, 발견되기 전에 도주를 꾀한다.

발견되어 버릴 경우는, 신중하게 버텨내면서 틈을 보아 도망친다. 피어서 재규어가 다수 동시에 나타나는 일은 웬만하면 없는 드문 일이라, 미리 정해두면 살아남기에는 충분하다.

지금 정면에 나타난 것은 전부 다섯 마리.

바튼과 아이리스뿐이라면 헤쳐나갈 수 있을 지 불투명하다. 이 정도의 수를 한 자리에서 만나는 상황을 만난 적조차도 없기 때문이다.

실력이 확실한 마이라도 있지만, 자신들을 지키듯 진을 친 어른들의 표정에서 3대 5로는 불리하다는 것을 아크토는 이해해 버렸다. 아크토가 알았으니, 다른 학생들도 그것을 깨닫고 있을 것이다.

'어쩌지……? 뭘 할 수 있지?!'

다섯 마리나 모여 있으면 피어서 재규어에게는 무척 호구로 보이고 있을 거라 생각했지만, 파고들지 않는다.

피어서 재규어는 자신이 20층의 영역에서는 상위에 존재하는 실력이 있다는 걸 이해할 정도로는 머리가 돌아간다. 자신들의 유리함을 확신하고 있을 텐데 파고들지 않는다.

그 이유는 금방 알았다.

다섯 마리 뒤에서 피어서 재규어보다도 한 사이즈 커다란 개체, 만나는 것이 극히 드물다는 레어 몬스터 퀸 피어서 재규어가 나타난 것이다.

"위험한데, 이거."

바튼의 목소리에 긴장이 베어 나왔다.

"전원 후퇴! 흐트러지지 말고 신속하게 뒤로 물러나라!"

이 사태는 알고 있었지만, 그래도 마물에게 밀린 마이라가 무심코 외쳤다.

현역 시절에도 이 정도의 박력을 가진 마물을 만난 적이 없었다. 마음의 대비는 하고 있었지만, 경험하지 못한 그것은 마이라의 예상을 가볍게 웃돌았기 때문이었다.

그녀가 외치는 것과 동시에, 피어서 재규어는 그 위용을 뽐내며 춤추듯이 덤벼들었다.

그 박력은 필설로 형용키 어려운 것이었다. 더욱이, 자신들이 어떻게 해도 당해낼 수 없는 교사의 긴박한 목소리가 혼란에 박차를 가했다.

무심코 나오려는 비명을 어떻게든 죽였지만, 자칫하면 물러나는 다리가 꼬인다.

아크토가 옆을 보자 떨면서도 대비하는 자와, 넘어질 듯 도망치는 자.

어쨌든지, 그 진형은 전투에 들어가기도 전부터 한순간에 모두 무너지고 있었다.

세 마리가 마이라, 바튼, 아리아스와 전투에 들어갔다.

나머지 두 마리가, 학생을 노리고 덤벼들었다.

"젠장!"

아크토는 떨면서도 싸울 것을 결심했다. 그냥 당하는 것은 절대로 사양이었다. 이길 수 없다는 건 알고 있어도, 저항하여 시간 정도는 벌어주겠어. 그런, 결심이라고 할 수 없는 생각을 품은 순간이었다.

“그렇겐 못해!”

아크토 뒤에서 뛰쳐나온 타이치가, 한 마리의 돌진을 검으로 받아서 막아냈다.

불똥이 튀고, 피어서 재규어의 기세가 완전히 멈추며 몸이 앞으로 기울었다.

피어서 재규어의 반응은 훌륭했다. 곧장 한 걸음 물러난 것이다. 확실히, 영리하다는 건 틀림이 없는 모양이다. 그런 피어서 재규어의 정면에서 타이치는 빈틈없이 검을 들고 서 있었다.

‘떨고 있는 나랑 비교해서…….’

어쩜 이리 당당한 모습일까.

문득 옆을 보자, 뮤라가 피어서 재규어를 피하지 않고 발을 묶고 있었다.

그리고, 린이 두 사람이 막은 두 마리의 피어서 재규어에게 견제 사격을 뿜었다.

자신들, 그리고 마물의 위로 마술이 날아간다.

그것은 포물선이지만 상당히 빠르고, 이쪽 상태를 살피고 있던 퀸 피어서 재규어의 발치에 착탄했다.

바람의 화살은 모두가 바닥면을 부수고, 거체를 조금 피하도록 만드는데 성공했다.

“안쪽의 퀸은 내가 막아두지.”

레미아는 별 거 아니란 것처럼 말했다.

퀸 피어서 재규어가 자신이 피한 것에 대해 원망스럽게 으르렁거리는 소리를 냈지만, 그렇다고 감정에 몸을 맡긴 채 돌진해오는 짓은 하지 않는 모양이다. 참으로 귀찮은 상대였다.

전방에서는 교사와 호위 모험가들이 세 마리를 어엿하게 막고 있었다.

세 마리는 힐끔거리며 학생들을 보고 있지만, 눈앞의 적을 내버려둘 셈은 없는 모양이다. 마물들에게 교사와 호위 모험가들은 눈앞에 닥친 위협은 아니지만, 쉽사리 등을 보여도 되는 상대도 아니란 것을 이해하고 있는 것이리라.

"태세를 가다듬어! 요격하는 것도 도망치는 것도, 일단 그 다음이야!"

뮤라의 날카로운 일갈이 날아왔다.

학생들이 압도된 마물을 혼자서 발을 묶고 있는 소녀의 말은 그들의 마음에 닿았다.

"나는 도망칠 필요 없다고 생각하는데. 우리들만으로 막아내고 있어. 모두가 지원해주면, 이길 수 있다고 생각하지 않아?"

그렇다. 교사를 묶어두고, 막상 약점을 찌르고자 단숨에 파고들어온 피어서 재규어의 기세는 완전히 멈춰 있었다.

타이치와 뮤라, 그리고 린이라면 이 마물들의 발을 묶을 수 있으리라.

그렇다면. 어쩌면.

'내 지원이 효과적이라면, 도망치지 않고 쓰러뜨릴 수 있을지도 몰라!'

격이 높은 상대에게 하극상, 그런 기회는 그리 자주 오지 않는다.

발을 묶있다고 해도, 피어서 재규어의 위압감이 사라진 것은 아니다. 공포에서 눈을 돌릴 수 없다. 그렇기에 그런 아크토의 모습에 린이 조금 웃은 것을, 학생들은 아크토를 포함하여 아무도 깨닫지 못했다.

"해볼까? 우리들이라면 괜찮아."

린의 격려는 근거가 없는 것이었지만, 지금까지 충분한 실력을 보여온 유학생들이 하는 말이었다. 학생들은 무기를 집고 기합을 넣었다.

그것이 블러프든 뭐든 상관없다. 싸우든 도망치든, 엉덩이를 뒤로 빼고 있는 것보다는 훨씬 나으니까.

"나랑 뮤라가 막는다! 린은 견제! 이 녀석들을 쓰러뜨리고, 저쪽 지원을 하러 가자!"

타이치는 기세를 올리며 검을 휘두르고, 피어서 재규어가 회피하도록 하는데 성공했다.

피했다는 것은, 다시 말해 공격을 받으면 위험하기 때문이다.

다시 말해서, 맞추면 상황이 바뀐다. 그 사실이 학생들을 일으켜 세웠다.

피어서 재규어 입장에서 적이 조금 강한 정도라면 도망칠 것까지도 없다. 그 정도의 차이는 생각보다 간단히 뒤집을 수 있다는 것을 경험으로 알고 있다. 그리고 아직 무리의 동료는 모두 건재한 것이다.

타이치와 뮤라가 상대하고 있는 피어서 재규어에게 학생들이 지원 공격이 들어간다.

일부 공격은 맞아도 상처를 입을 정도는 아니지만, 한편으로 충격에 자세가 무너질 수 있는 공격도 있는 것을 피어서 재규어가 깨달았다.

그것을 받고서 움직임이 신중해지고, 회피를 중시하기 시작하자 피어서 재규어의 피탄이 줄어들었다. 대신에 공격도 적어지고 장기전의 양상이 되었다.

뮤라 쪽도 마찬가지.

상황은 팽팽하다. 이럴 때에 뭔가 틈을 보이는 쪽이 무너진다.

교착 상태가 되었을 때는, 천천히 인내심을 강하게 가지는 게 중요하다.

그러나 그것은, 그러는 편이 좋다고 경험하여 몸으로 이해하기 때문에 참을 수 있는 것이다.

"젠장! 맞아라!"

그것을 아직 체감하지 못한 학생에겐 어려운 일이었다.

타이치의 뒤에서도 기회를 노리고 있던 남학생이 기회도 아닌데 억지로 덤벼들어서 진형에 구멍이 났다. 기구하게도 타이치가 피어서 재규어의 공격을 비껴낸 참이었다.

"나한테 맡겨!"

아크토는 구멍이 뚫린 것을 반사적으로 짐작하고 커버하려고 나섰다. 중거리에 가까운 근거리 무기인 창이기에, 조금 뒤에서 볼 수 있었기 때문에 깨달은 것이다.

그렇지만, 그것은 악수였다.

"윽?!"

마술『물 탄환』이 아크토 가까운 곳에 착탄. 그 위력에 조건반사로 피한 아크토의 자세가 무너진다.

'잘못 쐈나!'

강대한 마물 앞에서 손이 떨린 것이리라. 아크토도 완벽한 지원 공격만 한 것이 아니다. 그래서 그 잘못을 탓할 수는 없다. 무엇보다도 직격은 하지 않았으니까.

그러나 상황이 가속도적으로 악화된 것을 아크토는 다음 순간에 통감했다.

피어서 재규어는 그것을 놓치지 않았다. 아크토를 향해 억지로 몸통 박치기.

파워 다이브가 아니라고 하지만, 그래도 저 정도 체구와 속도가 있는 격이 높은 마물의 몸통 박치기다.

"윽!!"

커다란 대미지였다. 아크토가 해낸 것은 고통을 견디는 것뿐. 전혀 버티지 못하고 날아가 버렸다.

"아크토!"

시야 구석에서 타이치가 다가오는 걸 아크토는 포착했다.

그리고 깨달았다. 아크토가 날려간 곳은 그 전이 함정이 있는 장소라는 것을.

오면 안 돼—.

그렇게 외칠 틈마저 없었다.

아크토의 팔을 타이치가 붙잡은 순간, 다리가 전이진에 닿았다.

전이진에서 빛이 솟아오르고, 세계가 시커매졌다.

제58화 던전 실습·타파편

보이는 경치는 그다지 변하지 않았다. 굳이 따지자면 9층보다도 통로의 폭이 4배 정도 넓어졌고, 천장도 배 정도 높아졌다.

그러나, 경치 말고는 변화가 컸다.

무엇보다도 일단 잔뜩 있었던 사람의 기척이 완전히 사라졌다.

그리고 주위에 피어오르는 응어리진 공기.

그것을 느끼고 아크토는 당황했다.

조심하라는 말을 들었는데, 함정이 걸려 버렸다는 현실에 처했기 때문이다.

게다가.

그 함정이 걸린 것은 아크토뿐이 아니다.

아크토는 자기 팔을 붙잡고 있는 타이치의 모습을 봤다. 그 표정은 한심했을 것이다.

아크토를 구출하려고 한 타이치가 말려들어버렸다.

자기 혼자라면 모를까, 다른 사람을 끌어들여 버리다니.

"미안……. 너까지 말려들어버렸네, 타이치."

사과로 넘어갈 문제가 아니다.

이곳은 사지였다.

그렇지만, 말하지 않는 것은 더욱 의리가 없다.

뭐 이 절체절명의 상황에서 의리라는 것을 따질 때가 아니지만.

어쨌든지 사과한 아크토에게, 타이지는 웃으면서 쥐고 있던 팔을 놓았다.

그 웃음에는 우려 따위 전혀 없고, 이 상황을 전혀 위협으로 느끼지 않는다는 것이 전해졌다.

대체 어째서 그렇게 느긋한 거야? 보통 신경이라면 그렇게 소리를 쳤을 것이다.

아크토가 아니라도 그럴 것이다. 그 정도로, 타이치에게 위기감을 느끼지 못했다.

그렇지만, 아크토는 그러지 않았다.

"괜찮아. 나는 말야."

타이치는 빙글 주위를 둘러보았다. 통로와 벽밖에 안 보일 텐데, 그 눈은 멀리 있는 무언가를 보는 것 같았다.

"37층에 대해서는 일단 조사해뒀어."

9층에 있는 유명한 초심자 죽이기 함정.

이 부근에서는 운 나쁘게, 혹은 얕본 결과의 자업자득으로 날려간 모험가들이 다수 죽어갔다.

먼 옛날이야기지만, 고랭크 모험가가 길드의 의뢰로 조사한 결과 여기는 피델리스의 던전 37층이라는 것이 이미 판명되어 있다.

조금 조사하면 딱히 모험가가 아니라도 알 수 있다.

그리고 37층은 B랭크에서 A랭크의 모험가가 주로 돈벌이 장소로 삼는 플로어. 그곳에 나오는 마물은 이미 거의 망라되어 있다.

거의 라고 표현한 것은 아직 보지 못한 희귀한 마물이 있을지도 모르기 때문이다.

"나오는 마물도 아마 문제없이 이길 수 있을 거야. 나라면."

"용케 잘라 말하네……."

큰 소리를 치는 걸로 보이진 않았다. 「아마」라는 것은, 아직 싸운 적이 없고 실적이 없기 때문에. 싸워보면 안다.

아크토에게는 그렇게 말하는 것처럼 들렸다. 아니, 실제로 그렇게 말하는 것이리라.

아크토 혼자라면 확실하게 쓰러져 죽거나 마물에게 살해당했을 37층의 한가운데에서 차분한 타이치를 보고, 아크토의 마음에서 초조함이나 불안이 사라졌다.

어쩐지 자기만 소리치는 게 바보 같아졌다.

"어디. 그러면 돌아가자. 나는 스카우트 능력은 없으니까. 덤으로 방향 감각도 별로 자신이 없어. 그러니까 기대하지 마."

다시 말해서, 그는 구석구석 찾아서 귀환한다고 말하는 것이다. 할 수 있는 일과 못하는 일을 확실하게 파악하고 있다.

그렇다면 맵핑하는 시늉 정도는 아크토가 해야 하리라. 아마도 적과 싸우는 건 전적으로 타이치에게 의지하게 될 테니까.

"내가 맵핑을 할게. 나도 그쪽 전문이 아니니까, 그렇게까지는 못하겠지만……."

수업에서 조금 배운 정도다. 본격적인 맵핑 스킬은 스카우트의 능력을 중점적으로 단련하는 선택 수업에서만 배운다.

그렇다고 해도 아무것도 안 한다는 선택지는 없다. 위협이 되는 마물은 타이치가 대처를 해야 하는 것이다. 이대로는 그저 물새의 병아리처럼 뒤를 따라가기만 하게 된다.

"오. 납신 모양인데."

타이치가 오른쪽을 가만히 보고 그렇게 말했다.

뭐가 왔는지 생각할 것도 없다.

마물이 다가오는 것이다.

아크토에게는 안 보이고, 기척도 느껴지지 않는다. 그러나 타이치는 알고 있었다.

조금 기다려본다.

"저건……."

"록 보어네."

온몸이 바위로 둘러싸인 거대한 멧돼지가 나타났다.

"록 보어……."

처음으로 그 당당하고 어엿한 모습을 보고, 아크토는 저도 모르게 오른발을 뒤로 물렸다.

너무나도 크다.

그리고 피부는 진짜 바위로 뒤덮여 있었다.

록 보어의 공격방법은 거대한 몸을 이용한 몸통박치기뿐이다.

바위로 만들어져서 단단하며, 그리고 무겁다. 몸통 박치기는, 멧돼지의 이름에 부끄럽지 않은 직선뿐.

그러나, 빠르다.

중량이 있는 거체가 고속으로 부딪히면, 그것만으로도 대미지가 크다. 게다가 표피가 대단히 단단하기 때문에, 그냥 타박으로 넘어갈 리 없다.

그런 데다가 단단하기에 어중간한 공격은 안 통한다. 통한다고 해도 체력이 빼어나기 때문에 좀처럼 쓰러지지 않는다.

특수한 능력 따위 일절 없다. 그저 강하고 단단하며 터프하다. 단순하다. 따라서 위협적이다.

록 보어는 앞다리로 땅을 할퀴고 돌진 준비를 하고 있었다.

"걱정 마. 저런 적은 말이지……."

타이치가 말하는 것과 동시에, 록 보어는 땅을 박차고 달렸다.

그 속도는 피어서 재규어가 귀엽게 보일 정도.

두두두두. 굉음을 내면서 거체가 점점 커진다.

"위, 위험해!!"

아크토는 무심코 외쳤다.

타이치가, 피하려고 하지 않았기 때문이다.

쿠웅!! 충돌음.

타이치가 아무렇게나 뻗은 왼손이 록 보어의 돌진하는 기세를 완전히 죽이고 있었다.

"……내가 제일 특기인 타입, 이야!"

말이 끝나는 것과 동시에, 내리친 오른 주먹이 록 보어의 정수리에 직격. 그 머리를 땅바닥에 처박았다.

거체가 땅에 부딪혀 튕겼다.

쿠웅. 록 보어가 가라앉았다.

완전히 흰자위를 드러내고, 한심하게 혀가 튀어나와 움찔거리며 경련하고 있었다.

록보어의 정수리가 움푹 들어갔다. 즉사거나, 그렇지 않더라도 빈사인 것은 명백했다.

아무리 터프하다지만, 두개골이 몇 센티미터 함몰되면 살 수 없으리라. 머리가 파괴되면 죽는 건 인간도 마물도 마찬가지다.

"무슨?"

무슨? 이 아니다.

아크토는 입을 쩍 벌리고, 그 범상치 않은 광경에서 무심코 도피해 버렸다.

한편 그런 상식을 벗어난 광경을 만들어낸 본인인 타이치는 손맛과 결과를 확인하는 것처럼 자기 손과 쓰러뜨린 록 보어를 번갈아 보았다.

그가 무슨 생각을 하고 있는지 아크토는 알 수 없었다.

그렇지만, 뭔가 엉뚱한 말을 꺼내지 않을까? 어쩐지 모르게 그렇게 생각했다.

그것은 정답이었다.

"야 아크토."

"뭐, 뭔데?"

무심코 주춤거린 아크토는, 분명히 정상적인 반응을 했을 거다.

그런 리액션에 무심코 쓴웃음을 지으면서, 타이치는 말했다.

"기왕 왔으니까, 조금 싸워볼래? 나도 커버해줄 테니까—."
역시, 아크토가 들은 말은 생각지도 못한 터무니없는 것이었다.

◇◆◇◆◇◆◇◆

한순간.
정말로 한순간의 일이었다.
그 누구도, 뭔가 반응을 하기 전에 아크토의 모습이 사라져버렸다.
자신의 억지 공격이 원인이 되어 생긴 틈을 찔렸다. 그것을 이해한 남학생은 얼굴이 파래졌다.
한편 자신의 마술이 아크토를 흉악한 함정으로 던져 넣게 된 계기를 만든 여학생 또한, 얼굴이 파랬다.
명령을 받아서, 거스를 수 없었다. 그렇지만, 자신의 행동이 어떤 결과를 불러왔는가. 그것을 새삼 느꼈을 것이다.
"멍하니 서 있지 마!"
타이치가 빠진 구멍에, 즉시 린이 커버하려고 들어왔다.
학생들은 동료가 함정에 걸려 버렸다고 생각할 것이다.
걱정되지 않는 건가?
박정한 것 아닌가?
그 감정 자체를 부정할 생각은 없지만, 지금을 그럴 때가 아니다.

린이 커버하러 들어오지 않았다면 어떻게 됐을까?

"아직 적이 있어! 넋 나간 채 죽고 싶어?!"

린이, 강한 말로 학생들을 타일렀다.

말하면서도, 그러나 적을 단단히 바라보며 린이 쏘아낸 마술에 피어서 재규어는 약간 거리를 두고 회피에 전념하고 있었다.

호시탐탐 기회를 노리는 시선에, 눈을 뜬 학생들이 황급히 전투태세를 취했다.

린이 커버하러 들어오지 않았다면 죽은 것은 자신들이었을 것이다.

그들이 정신을 가다듬는 것을 보고, 린은 마음속으로 작게 숨을 내쉬었다.

일단, 첫 목적이 달성됐으니까.

'타이치. 뒤는 부탁해. 이쪽은 맡겨둬.'

이제 연명은 필요 없다.

무엇의 연명인가?

물론 피어서 재규어의 연명이다.

"그러면, 린. 이제 괜찮을까?"

계획대로, 타이치가 아크토와 함께 37층에 날아갔다.

목적을 달성했다고 할 수 있으리라. 다음은 그쪽에서 타이치가 잘 해주는 것뿐이다.

그것은 타이치에게 맡긴다.

이쪽은 이쪽대로 뒤처리를 할 필요가 있다.

그들을 두고서 37층에 가버리면, 기다리는 건 전멸이다. 대강 예상은 했지만 역시 그랬다.

역시, 타이치와 함께 가는 선택지는 고를 수 없었다.

그래서, 린과 뮤라는 남은 것이다.

"그렇네."

끝낼까? 라는 뮤라의 물음에, 린이 동의를 표했다.

끝을 낸다는 것은, 어떤 것일까?

그렇게 말하자마자, 뮤라는 가볍게 땅을 박차고 반응이 늦은 피어서 재규어의 품으로 파고들었다.

상대의 움직임의 틈을 노려 간격을 좁힌다.

행동과 행동의 틈. 혹은 행동하는 와중. 행동을 하려고 생각한 뒤에 실행에 옮기기까지의 틈.

그것에는 틈이 생긴다.

말하자면 뮤라는 그것을 찔렀을 뿐이다.

다음 움직임을 하려다가 접근해온 뮤라를 보는 게 한계였다.

그녀는 그대로 검을 아래쪽에서 목으로 찔러 넣어, 바깥을 향해 뿌렸다.

목에서 피를 뿜으면서, 피어서 재규어는 비틀비틀 세 걸음 정도 걸었다가 풀썩 쓰러졌다.

깔끔한 결말. 한순간이었다.

한편 린 또한, 솜씨가 깔끔했다.

뮤라가 일격으로 처치한 모습을 다른 피어서 재규어가 힐끔 확인하는 것을, 린은 놓치지 않았다.

피어서 재규어의 몸통 측면에 바위의 창이 두 개 박혔다.

쿨럭 목에서 검붉은 덩어리가 흘러나오고, 서 있을 수가 없었는지 천천히 무너졌다.

교사의 데몬스트레이션으로 본 적이 있다. 이름은 알고 있다. 이것은 『꿰뚫는 말뚝(드라이브 스택)』이다.

그렇지만, 데몬스트레이션으로 본 마술이 이 정도 위력과 속도였던가?

무영창으로 사용하는 마술이었던가?

상급이라고 불릴 정도는 아니지만, 소화가 쉽지는 않다. 그런 마술이었을 것이다.

사용하는 자가 우수하다면, 어떤 마술도 변화한다.

마술 개론의 수업에서 교사에게 여러 차례 들은 말이다. 어떤 마술을 쓸 수 있는가보다도, 어떤 사용자가 될 것인가가 중요하다고.

그 교사가 했던 말은 정답이었다는 것을, 모두가 눈앞에서 통감하게 됐다.

그렇게나 고생한 것은 대체.

그렇게 생각할 틈도 없이 한순간에, 눈앞에 있던 괴물 두 마리가 땅에 쓰러져 있었다.

학생을 공격하던 두 마리가 간단히 쓰러지자, 교사와 호위 모험가가 발을 묶고 있던 세 마리의 공격이 더욱 소극적이 되고, 물러날 틈을 살피게 됐다.

결코 방심하지는 않는다. 회피에 전념하며, 그러나 틈을 놓치지 않는 자세. 좀처럼 유효타를 주지 못하고 있었다.

세 명은 어깨를 들썩이고 있어서, 그 전투가 얼마나 치열한 것이었는지를 이야기하고 있었다.

모두 부상을 입어 피를 흘리고 있었다.

다만, 경상이다. 움직임이 둔해질 법한 고통을 느낄 정도의 상처는 일절 없었다.

그들의 움직임에 그늘이 언뜻 보이기 시작한 것은, 단순히 피로 때문이다.

계속 막아두고 있었던 것이다. 그들이 무너지면 피어서 재규어가 격류처럼 학원생을 덮칠 것이다.

물러서지 않는 결의로, 이 자리에서 버틴 것이리라.

그렇다면 얼른 해방해야 한다. 린이 손바닥을 내밀자, 피어서 재규어는 재빨리 후퇴하여 거리를 벌렸다.

"……윽!"

마이라가, 삼키고 있던 숨을 내뱉었다.

위기에서 벗어난 것이다.

"어이쿠. 나한테서 도망칠 수 있다고 생각하나."

퀸 피어서 재규어 근처까지 가서 태세를 가다듬으려고 했으리라. 그 세 마리 중에서 한 마리가, 세로로 떨어진 보이지 않는 칼날에 몸통이 양단되었다.

내장을 뿌리면서 땅바닥에 떨어지는 마물. 말할 것도 없이 즉사였다.

순식간.

순식간이다.

아크토가 타이치와 함께 전이진으로 사라지고서, 불과 몇 초의 일.

그것만으로, 마물은 눈앞에서 사라지고 게다가 세 마리를 처리했다.

“이제, 놀아줄 이유는 없어.”

“그렇네. 단련이 되는 상대도 아니고.”

“그래. 끝내 버리자. 자 학생 제군. 이쯤에서 하나, 마술의 진수를 추구한다는 것이 어떤 것인가를, 진수에 이르지 못한 자의 기술이라 송구하지만 하나 보여주지.”

레미아가 말한 직후.

각자가 마술을 발동한다. 레미아가 하는 말의 의도를 이해하고, 린과 뮤라는 제도에 오는 길에서 레미아에게 배운 마술을 행사했다.

에리스테인에서 온 마술사 세 명이 만들어낸 것은 『파이어 볼』 한 발이다.

불 속성을 가진 마술사라면 누구든지 쓸 수 있는, 드물지도 않은 걸 넘어 스탠다드한 마술이다.

위력, 범용성, 속사성, 명중률. 모두 대단히 밸런스가 좋고, 초심자는 물론 일반적으로 상급이라 불리는 마술사가 되어서도 자주 사용하는 우수한 마술이다.

그렇기에 사용자도 대단히 많다. 이 학원에 다니는 학생은 이미 질릴 정도로 봤다고 해도 과언이 아닐 정도로 많이 본 마술이다.

진수라는 거창한 말을 하기에 뭔가 했는데, 참으로 맥빠지는 일이다.

겉보기에는 아무 특색도 없다.

그러나.

세 사람이 각자 손바닥의 『파이어볼』을 재규어 피어서들에게 겨누었다. 아무래도 전혀 드물지도 않은 마술을, 그대로 쓰는 모양이다.

“쏴라.”

말이 끝난 순간.

날려가 버리는 것이 아닐까 싶을 정도의 폭풍이 흩어졌다.

파괴적인 불기둥이 퀸 피어서 재규어를 중심으로 일어났다. 그 기세는 어마어마했으며, 잠시 동안 천장을 격렬하게 태웠다.

퀸을 포함한 세 마리 피어서 재규어는 고열에 몸부림치면서 괴로워했지만, 그것도 몇 초였다. 열을 헤아릴 무렵에는 몸이 쓰러지고, 무너지는 것이 보였다.

아연해져서, 벌린 입을 다물지 못했다.

그것은 딱히 학생들만 그런 게 아니었다. 인솔 교사인 마이라도, 호위 모험가 바튼과 아리아스도 마찬가지였다.

언제 쏜 것인가?

언제 날아간 것인가?

그리고 저 위력은 무엇인가?

저게 『파이어볼』이란 말인가? 불 속성의 마술사라면 누구나 쓸 수 있는 마술이란 말인가?

학생들의 상식으로는 존재하지 않는다.

저런 것을 쏜다면, 방어조차 제대로 못 할 거다. 그도 그럴 것이 쏘았다는 것도 알 수 없었으니까.

저것은 뭔가 다른, 불덩이를 쏘아내는 마술처럼 보이는 상위 마술이 틀림없다.

누가 뭐래도 『낙엽의 마술사』가 다루는 마술이다.

뭔가 트릭이 있는 것이 틀림없다. 그렇게 생각하고 싶었다.

"지금 쓴 것은, 마술의 요소에서 성능까지 모든 것을 극한까지 파고든 『파이어볼』이다. 아직 연구 과정에 있는 분야라서. 완성된 술식은 이것밖에 없어."

터무니없는 일이다.

이것밖에 없다, 라고 넘어갈 것이 아니다.

오의, 도달점이라고 해도 지장이 없다고 생각했다.

그리고.

"그게 있으면…… 금방 끝낼 수 있었던 게……."

학생이 그 의문에 도달하는 것도, 어떤 의미로 당연했다.

린과 뮤라는, 언제든지 피어서 재규어를 쓰러뜨릴 수 있었다. 전멸시킬 수 있었다. 물론 레미아도 마찬가지다.

그 사실에, 어느 학생의 불만이 분출했다.

어떤 의미로 당연한 감정의 발로다.

그런 감정을 느끼지 않아도 괜찮았던 것이다.

그렇게까지 위기감을 느낀 것은, 린, 뮤라, 그리고 레미아가 힘을 뺐기 때문이다.

강하니까, 얼른 쓰러뜨리면 되지 않았나?

불만을 느낀 학생은 대개 약 절반. 다른 학생은 불만을 품는 기분은 이해했지만, 그렇다고 그것에 영합할 생각이 없는 건지 진지한 표정을 짓고 있었다.

한 차례 불만을 들은 뮤라가 응답했다.

"그렇네. 당신들이 하는 말은 지당해. 미안해."

뮤라의 진지한 사과. 그녀는 뭔가 다른 뜻은 없으리라. 그러나 그것을 받아 버릴 경우의 일을 생각하여, 마이라는 이마에 손을 대고 한숨을 쉬었다. 바튼과 아리아스도, 마이라에게 이해를 표했다.

모험가가 되든 군대에 들어가는 걸 노리든, 싸우는 길을 선택한 경우 먼저 죽는 것은 「난처할 때 누가 도와주는 게 당연」하다는 사고방식을 가진 자부터다.

목숨을 거는 것을 고른 것은 자기자신이다.

그건 그렇다 치고, 해둘 말이 있다. 린은 그렇게 생각하여 입을 열었다.

"변명이 된다는 건 부정하지 않지만…… 우리는, 일하는 중이야."

일하는 중.

분명히 린도 뮤라도, 그리고 여기에 없는 타이치도. 학생으로서 참가한 것은 처음뿐이다.

던전을 나아감에 따라 그들은 후방에서 호위 같은 위치로 변해 있었다.

그것은 실력 차이로 생각하면 당연한 배치 전황이다.

그러나 그런 것을 말하는 것이 아니다.

"우리는 어느 귀인의 의뢰를 받아서 학원에 있어. 이번 던전의 대응도, 모두 의뢰주와 합의를 취한 일이다. 귀군들의 안전에 최선을 다한다는 조건으로."

레미아가 말한 것처럼, 이번 전투의 흐름은 처음부터 마지막까지 정해져 있던 것.

다만 그것을 알아 봤자 한 번 솟아오른 불만이 잦아들 리가 없었다. 최선을 다한다. 절대가 아니라는 것에 한층 불만이 부풀었다.

"이제 그만해. 더 이상 물어보는 건 룰 위반이다."

소란이 커지기 전에 마이라가 제지하러 들어갔다. 교사가 학생에게 가르치는 거라면, 린 일행이 뭔가를 말할 필요는 없다. 마이라에게 맡기면 된다.

"교관! 그렇지만, 우리들은 위험한 상황에……."

"그만 두라고 말했다."

"큭……."

강한 어조로 탓하자, 말하던 학생이 입을 다물었다.

"그들이 하는 말은 진실이다. 나는 물론이고, 학원도 이미 알고 있는 일이다. 말단인 우리들이 뭐라고 말을 해도, 아무것도 바뀌지 않아."

"……어디서 내려온, 일인가요."

그래도 한 번 덤벼들고서 간단히 물러날 수 없는 것인지, 그렇게 물었다.

"일의 내용을 캐는 건 금기라고 가르쳤을 텐데. 특히, 귀인이 의뢰한 일은."

"……."

"납득하지 못하는 건 이해한다. ……가볍게 말하기도 어려운 의뢰주다. 라고만 말해두지."

마이라가 그렇게 말하자, 반발하고 있던 학생들은 더 이상 파고들면 위험하다는 걸 그제야 이해했다.

귀인이 맡긴 일에 대해서 캐내면 제대로 된 꼴을 못 보는 것은 사실이다.

그것은 수수께끼를 해명하면 난처한 지배층도 있기 때문이다. 뒤가 켕기는 것은 없었다고 해도, 내용 자체는 그다지 바깥에 흘리고 싶지 않다. 그런 사정은 누구에게든 존재한다. 특히 지배층에 있는 자들은, 체면과 마찬가지로 정보도 중요시한다.

함부로 움직였다가 실수하면 적대해 버리는 일도 있을 수 있는 것이다.

거기까지 알면, 내심이야 어떻든 표면상으로는 린 일행 세 사람에게 불만을 드러내는 학생은 사라졌다.

"마음은 이해하지만, 그만 둬라. 애당초 과정이야 어찌 됐든 우리들은 살았어. 그걸로 불평을 하는 건 도리가 아니지."

뿜어져 나온 불만에 올라타지 않았던 학생이 그렇게 논했다. 그 말은 틀림없이 정론이며, 린 일행에게 덤벼들었던 학생들은 입을 다물었다. 그런 것은, 말할 것도 없이 알고 있기 때문이다. 눈을 돌리고 있었을 뿐이다. 즉시 도와주지 않았던 것에 대한 불만. 귀인들의 일을 받은 것에 대한 질투. 자신들이 힘이 없다는 것에 대한 분노. 갈 곳이 없는 그것들을 부딪친 것에 지나지 않는다.

예측 못한 사태나 자신들의 손이 닿지 않는 권력이라는 힘에 희롱당하는 것은, 이런 장소에 오는 선택을 했으니 언제 일어나도 이상할 것 없다. 막상 독립을 한 뒤에 그것이 일어나면, 할 수 있는 일이라고는 자신의 불운을 저주하거나 상관없는 누군가를 매도하면서 죽는 것뿐.

살아가는 것도 죽는 것도 자신이 책임을 지니까, 보답이 크다.

"아, 그렇지. 한 가지만 말해줄까 생각하는데."

이미 불평은 없으리라.

그렇게 판단한 참에, 덧붙이고자 린이 입을 열었다.

그러나 그것을 교사인 마이라가 막았다. 그것은 그녀들이 할 말이 아니었다. 비판이나 악감정을 품는 것을 각오하고 입을 열었을 린에게 경의도 섞어서, 여기서부터는 자신이 하겠다는 의사표시다.

"오늘 여기서 이 반에 피어서 재규어가 습격을 한다는 것은 그녀들의 사전 조사 그대로였다. 그래서 그녀들의 일을 위해서 우리와 같은 반이 되도록 사전 공작을 의뢰했다."

평소처럼 중성적인 어조로, 마이라는 이야기를 계속했다.

이 학원에서 사전 공작은 거의 귀족의 전매특허다. 모두라고는 안 하겠지만, 평민이 사전공작을 해도 통과되는 영역은 거의 남지 않았다. 한정된 리소스를 귀족들이 차지한 다음이기 때문이다. 그런데도 의뢰했다고 간단히 통과됐다는 것은, 자신들의 손이 절대 닿지 못하는 거물이 있을 가능성이 높아졌다.

"그녀들이 없어도, 피어서 재규어는 이 반을 습격했을 것이다. 여기서 습격을 받은 것은 우연 따위가 아니다."

그것은 무시무시한 사실이었다.

세부 사항은 구체적으로 설명하지 않았다. 그러나 습격을 받은 것이 우연이 아니라 작위적이었다면. 에리스테인의 유학생 팀이라는 강자가 일절 없는 상태에서 피어서 재규어에 맞서 격퇴해야 했을 것이다.

싸워봤기에 알지만 쉬운 일이 아니었다. 린 일행은 간단히 격퇴했지만, 그것은 예외인 것이다. 자신들만 있었다면, 틀림없이 어떻게 할 수 없었을 것이다.

또 하나. 한정된 리소스인데, 적지 않은 수의 귀족들이 경쟁하는 것처럼 리소스를 쟁탈하고 있을 텐데 유학생 전원을 하나의 반으로 뭉쳐두는 것. 어느 반이든 그들을 넣고 싶었을 텐데, 이 결과가 나왔다.

그 정도 일을 할 수 있는 누군가가 협력자이리라.

학생들은 린이 말하는 내용에서 추측할 수 있는 것에 머리를 굴리고, 얼굴이 파래졌다.

어떤 경위를 거쳤든지. 피어서 재규어의 습격이 예정대로였다면.

린 일행의 「일」 덕분에 자신들이 살아난 것을 깨달은 것이다. 린 일행이 그 일을 맡지 않았다면, 여기에 오는 일도 없었다.

그들의 모습을 보고, 이제 괜찮겠네, 라고 린은 생각했다.

린 일행은 자신들의 사정에 따라 움직였다. 그것은 뒤집을 수 없는 사실이며, 부정할 생각도 없었다.

린도 부조리하다고 생각한다. 학생의 입장이 아니니까 마음 편하게 생각하고 있는 것이다. 그 부분을 착각하면 안 된다고 경계했다.

그렇지만 자신 따위가 어떻게 할 수 없는 커다란 의지에 의해서, 부조리함에 휘둘리는 일 따위 흔히 있는 이야기다. 현대에서도 크든 작든 위정자에게 휘둘리지 않는가?

그리고 이번에는 자신들이 휘두르는 쪽이었지만, 언제 자신이 휘둘리는 쪽에 서게 될 지 알 없다. 그것은 제대로 명심을 해야 한다. 까놓고 말해서 타이치라는 억지력이 있고, 레미아라는 교섭자가 있으니까 과도하게 휘둘리지 않고 있을 뿐이었다.

린은 작게 숨을 내쉬었다.

다음은, 타이치가 돌아오는 걸 기다릴 뿐이다.

◇◆◇◆◇◆◇◆

타이치의 전투 능력은 아크토의 예상을 넘어서고 있었다.

그야말로 스쳐도 죽는다. 피어서 재규어 따위는 상대도 안 되는 마물들이 차례차례 다가와서는 타이치가 가진 도(刀)의 혈흔이 되었다.

어쩐지, 짐작한 것이 있었다.

이 정도로 강하다면 타이치 일행이 피어서 재규어를 즉시 섬멸하는 것은 간단했을 것이다.

거기에 퀸 피어서 재규어가 있더라도 상관없다.

그렇지만, 그러지 않았다.

일부러 우회하는 짓을 해가면서 피어서 재규어를 막아내고, 함정에 걸렸던 아크토를 구하기 위해 타이치도 함께 37층까지 날아왔다.

다시 말해서.

"처음부터 나랑 여기에 오는 게 목적이었어……?"

한 번 그렇게 생각하자, 그렇게 생각할 수밖에 없었다.

함정에 걸린 것. 타이치를 말려들게 한 것. 그리고, 타이치의 록 보어를 비롯한 마물과의 싸움에 압도되어 지금까지는 머리가 돌아가지 않았었다.

"뭐. 하긴 깨닫겠지."

타이치가 선두에서 걸으며, 딱히 망설이지도 않고 아크토의 추론을 인정했다.

"어째서, 그런 짓을?"

이유는 모른다.

이런 일을 한 의미도 의도도 전혀 상상이 안 된다.

타이치라면, 딱히 여기를 헤쳐나가는 것은 어렵지 않으리

라. 하지만, 어째서.

"대략적으로 말하면, 말이지. 아크토, 네 수행을 위해서야."

타이치는 발길을 멈추고 뒤를 돌아보며, 아크토를 보았다.

"내 수행?"

"그래, 맞아."

타이치는 말했다.

아크토의 단련은 충분히 엄격한 기준으로 하고 있었다.

그래도 늘지 않는 것은, 경험치가 부족하니까.

그냥 경험이 아니다. 극한 상태라고 할 수 있는 것을 헤쳐 나가는 경험.

그것을 하면 아크토는 한 꺼풀 벗을 가능성이 있다. 물론 반드시 뭔가 변하는 것은 아니다. 그저 지금과 같은 일을 해도 그것은 진화는커녕 그 자리에서 제자리걸음. 아니, 주위가 걸어가는 것을 생각하면 퇴화일 수도 있다고.

그것이 타이치 일행이 추론을 세우고 저명한 『낙엽의 마술사』가 해볼 가치가 있다고 인정한 이유라고 한다.

결과는 보증할 수 없고, 가능성에 지나지 않는다. 그렇지만 해볼 가치가 있다.

"그건 알았어. 그러면, 어째서?"

같은 「어째서」였지만, 가리키는 것이 달랐다.

"아아. 나를 포함해서 린, 뮤라, 그리고 스승인 레미아 씨가 받은 의뢰야."

"의뢰, 라. 의뢰주는?"

"지금은 듣지 않는 편이 행복할걸? 언젠가 알게 될 테지만."

그렇군. 말할 수 없다, 라고 말하는 거라고 아크토는 짐작했다.

"참고로."

여기까지 이야기했다면, 이것도 괜찮겠지. 타이치는 판단했다.

"이런 방법을 취한 것은, 아크토를 단련시키기 위해서라는 게 첫째지만 또 하나 있어."

"응."

"그 피어서 재규어로 목적을 달성하여 플러스를 얻자, 라는 녀석들의 계획을 물거품으로 만들기 위해서이기도 해. 의뢰주의 의향에도 따르고."

"……그렇군, 합리적이야."

일석이조, 라는 건가?

납득이 안 되는 것도 아니다.

한껏 휘둘린 상황에서 「네, 그런가요」라고 즉시 받아들일 수 있는 인간 따위가 있을까? 아크토는 알 수 없었다.

석연찮은 감정은 옆으로 치워두고, 이 상황이 고마운가 아닌가를 말하자면 틀림없이 고맙다고 할 수 있다.

그도 그럴 것이 아크토는 정체를 느끼고 있었던 것이다. 요즘 들어서 아무리 훈련을 해도 강해지는 기분이 안 들었다.

지금까지와 마찬가지로 지내면 얻을 수 없는 경험이라는 것을 얻을 기회가 된다면, 납득하지 못하는 마음이 뭐란 말인가?

얻고 싶었던 강함을 얻을 수 있을지도 모른다. 그렇다면 이제 생각할 것도 없었다.

"알았어. 부탁해."

납득은 못했지만, 이러고 괜한 말은 안 한다.

이 기회를 뻔뻔스레 이용해 주마, 라는 기분이다. 휘둘리고 있으니까 그 정도는 상관없을 것이다.

그러는 편이 오히려 타이치도 바라는 바였는지, 맡겨둬 하고 곧장 대답했다.

"그러면, 가자."

그렇게 말하며, 시간이 아깝다는 듯 걷기 시작하는 타이치.

그 뒤를 잠시 따라가자, 트인 장소에 나왔다.

통로의 좌우, 그리고 천장이 펼쳐진 작은 방 같은 곳이었다.

"본 랫……."

머리 일부분에 뼈가 노출되어 있기 때문에 붙은 이름이다.

그걸 이용한 박치기가 주체이자 최대의 공격 수단. 뼈는 철처럼 단단하며, 그럭저럭의 크기와 속도가 있기 때문에 직격하면 철갑옷을 입고 있어도 위험하다.

반대로 말하자면 그것밖에 특징이 없고, 하나랑 싸우면 D랭크에 가까운 C랭크에 지나지 않는다.

이 마물이 37층에 있는 이유는, 언제나 큰 무리로 행동하기 때문이다. 일제히 덤벼들면 위험도는 상당히 높다.

B랭크의 마물조차 무리의 힘으로 쓰러뜨려 먹이로 삼아 버리는 일이 있다.

본 랫은 대군을 이루고 타이치와 아크토에게 적의를 드러냈다.

“이 녀석들인가…… 아무래도, 위험한데.”

척 보기에 수백은 있을 것이다. 싸울 각오는 했어도, 위험한 마물을 눈앞에 두고 아크토도 긴장했다. 일격이라도 받으면 다음은 이제 재기할 수 없으리라.

그러나.

“무슨 말이야. 이 녀석들이 어째서 우리들한테 적의를 보이는지 모르겠어?”

아크토는 타이치가 무슨 말을 하는지 몰랐다.

그래서 솔직히 고개를 옆으로 흔들었다.

타이치는 그것을 순순히 받아들이고, 저거야 하고 방의 구석을 가리켰다.

“윽……!”

안쪽에서 나타난 것은 붉은 비늘의 거대 도마뱀.

“플레임 리자드……!”

언젠가 도감에서 본, 40층에 도착하기 위한 최대의 장벽이었다.

피해서 40층까지 가는 것은 가능. 그러나 플레임 리자드를 쓰러뜨리지 못하는 모험가는, 40층에 서식하는 마물들의 호구라는 말도 있다.

어떤 의미로 40층이라는 벽을 돌파하는데 적합한지 판단하는, 시금석이라 할 수 있었다. 실제로 모험가 길드에서는 플레임 리자드 토벌 부위를 가지고 온 모험가의 실력은 충분하다고 공언한다.

플레임 리자드는 타이치 일행을 한 번 보더니, 방에 모여 있는 본 랫을 잡아먹기 시작했다.

"이 녀석들은 저 도마뱀한테서 도망쳐 온 거야. 우리를 원망스럽게 본 것은, 가던 길이 막혀서 절체절명이 된 것을 느꼈기 때문이겠지."

더해서, 본 랫은 타이치와의 실력차를 확실하게 이해했기 때문에 결사의 각오로 뛰어들 때까지 어느 정도의 시간이 필요했었다.

망설이는 사이에 플레임 리자드가 나타났다.

가죽을 가르고, 근육을 찢고, 뼈를 부수는 소리가 울리는 이 장소에서, 타이치는 냉정하게 말했다. 이 장소에 없는 뮤라와 린도 이 정도 광경에는 이미 당황하지 않는다.

그다지 내성이 생기지 않았기 때문에 기분 나쁜 기색을 보이는 아크토와는 대조적이다.

이런 사소한 부분에도 경험치의 차이가 여실하게 보여서, 아크토는 씁쓸함을 느꼈다.

"그럼 아크토. 플레임 리자드랑 싸워봐."

"뭐?"

무심코 나온 그 목소리를 탓하는 자는 없으리라.

그러나, 타이치는 대단히 진지했다.

"뭘 위해서 내가 있다고 생각하는데. 이 부근에서 최강이라고 해도, 록 보어보다 3배 강하거나 한 것도 아니야. 그 정도라면 나한테는 본 랫도 플레임 리자드도 다를 바가 없어."

그렇게 말하고, 타이치는 도를 든 오른손을 왼쪽 어깨 위로 가져갔다. 말없이, 위험해지면 도와준다고 하는 것이다.

"잔챙이 청소는 내가 해줄게!"

그렇게 외치면서 왼쪽에서 오른쪽으로, 땅바닥과 수평으로 도를 휘둘렀다.

그러자 남아 있던 본 랫은 한 마리도 남지 않고 베어져 땅바닥에 쓰러졌다. 상처가 생긴 것 따위의 어중간한 것이 아니다. 위아래로 두 동강이다.

방에는 물씬 피 냄새가 충만하고, 식사를 방해 받은 플레임 리자드는 화를 냈다.

기껏 식사를 하고 있는데 방해를 하면 짜증도 난다.

"크오아아아아아!"

플레임 리자드가 포효했다.

이제 고민할 틈이 없다.

"에이잇! 나도 몰라!"

반쯤 자포자기가 되어 각오를 굳히고, 플레임 리자드를 향해 돌진했다.

온몸 군데군데, 비늘 틈에서 불꽃을 뿜어내며 플레임 리자드가 사지로 단단히 버티고 아크토를 기다렸다.

이 마물의 지식은 아크토도 기억하고 있었다.

공격만이 아니라 방어에도 불꽃을 사용한다.

그러니까 돌진을 중간에 멈췄다.

"핫!"

바람의 칼날을,플레임 리자드의 안면을 향해 뿜었다.

대미지를 줄 거라고 생각지 않는다. 그저 심술을 부리는 게 목적이다.

안면, 특히 눈을 노리고 쏘아낸 마술은 정밀도가 좋아서 노린 곳으로 날아갔다.

그리고 노린 대로 플레임 리자드는 그것을 싫어하여 고개를 돌렸다.

그 순간, 아크토에게서 시선이 떨어졌다.

『에어 대쉬!』

튕겨나가는 것처럼 아크토의 몸이 날아갔다.

창을 허리춤에서 겨누고 스피드는 그대로, 창날은 플레임 리자드의 목을 노린다.

'잡았다!'

플레임 리자드는 드디어 돌렸던 얼굴을 되돌리기 시작했다.

창날이 플레임 리자드의 목을 찢는다.

그런 영상이 아크토의 뇌리에 떠오르고, 그러나 현실은 창날이 튕겨나갔다.

"?!"

등이나 측면의 비늘에 비해 배 따위 하부의 비늘은 하얗고 촘촘하다. 목을 봐도 부드러워 보이고, 그렇기에 거기를 찌르지 않으면 유효타가 되지 않으리라고 생각해서 그렇게 했는데 현실은 무정했다.

다가오는 꼬리를 아크토는 수직으로 세운 창의 자루로 받아내……지 못했다.

"우악!!"

탁구공처럼 튕겨나가 10미터쯤 날아간 다음에 더욱이 몇 미터 땅을 미끄러져서 간신히 멈췄다.

여기저기 찢겨나간 본 랫의 피가 아크토의 온몸에 부착됐다.

거슬리기 짝이 없지만, 전장으로는 그나마 나은 부류였다. 무엇보다도 플레임 리자드와 싸우는데 집중하면 되는 것이다. 이것이 자기 혼자였다면, 플레임 리자드도 신경 쓰면서 본 랫을 쓰러뜨리고 자리를 정비하는 것부터 시작해야 했었다.

방해되는 본 랫의 시체도, 발치에 돌이 데굴데굴 굴러다니는 곳에서 싸운다고 생각하면 어떻게든 된다.

"크으……."

직격은 피했지만, 아크토가 받은 대미지는 적지 않았다.

플레임 리자드는 유유히 아크토를 향해서 걸어갔다.

그리고 플레임 리자드가 입을 쩌억 벌리고 불덩이를 토해냈다.

"!"

시인하는 것과 동시에, 옆으로 뛰어 그 자리를 벗어났다.

불덩이가 작렬하며 불기둥이 올라갔다.

역시, 이름에 뒤지지 않는 화력이다. 떨어져 있는데도 그 열은 아크토가 눈을 가늘게 뜨고 버텨야 할 정도.

다시 말해서 시야가 좁아졌다는 것이다.

플레임 리자드가 돌진하는 것을, 아크토는 간신히 피했다.

간신히다. 압력에 따른 풍압으로 아크토의 몸이 떠올랐다.

"핫!"

반격으로 『에어 해머』를 쏘아냈지만, 플레임 리자드의 비늘에 맞아 무정하게 흩어졌다.

아크토는 땅에 떨어져 굴렀다. 낙법은 했지만, 대미지는 제로가 아니다.

승산이 적다. ……아니, 너무 높게 봤다. 승산 따위 없다.

어떡하면 되지?

뭐가 돌파구가 되지?

"헉…… 헉…… 젠장……."

쌓아 올린 수많은 단련을, 플레임 리자드는 그 포텐셜만으로 가볍게 쳐부순다.

아무리 기량을 올려도, 공격이 안 통하면 의미가 없다.

아크토는 자신의 공격력이 없는 것에 직면해 있었다.

"……어떡해야 되지!"

자신의 압도적 우위를 의심하지 않는 플레임 리자드가 천천히 아크토에게 다가간다.

플레임 리자드의 공격을, 아크토는 회피에 전념하여 버텨냈다.

그 모습을 계속 관찰하고 있던 타이치.

'여기가 돌파 포인트구나.'

비늘은 뚫지 못해도, 대미지를 줄 수 있는 장소는 있다.

입 안이거나 눈이거나, 어렵게 생각할 것도 없이 떠오르는 약점은 있었다.

심경이 너무 벅차서 깨닫지 못하는지, 아니면 깨달았지만 그 틈을 찾을 수 없는 건지.

'……아니, 깨닫지 못한 건 아니군.'

아크토의 첫 공격은 부드러울 거라고 예측했는지 목을 노리고 있었다. 억지로 방어력이 높아 보이는 곳을 노릴 생각은 없어 보였다.

그 이후로 플레임 리자드의 정면에 서지 않도록 하는 걸 보면, 깨달았지만 플레임 리자드의 경계심이 강해서 리스크가 너무 높아 파고들지 못하는 것이리라.

그러면.

단독으로 틈을 만들어 노릴 수 있다면 그 편이 좋다고 생각하여 손대지 않았지만, 현재는 그래서는 싹이 안 나올 거라고 생각했다.

'내가 틈을 만들어주면, 되려나?'

플레임 리자드는 본 랫을 쓰러뜨린 레벨의 강화라면 도망치지 않는다.

그러면, 그 레벨로 지원을 해볼까?

타이치는 방금 전의 감각을 떠올려 강화했다.

곧장, 플레임 리자드의 기척이 변화했다.

여태까지는 타이치가 완전히 안중에 없었지만, 지금은 의식하여 포착하고 있는 것이 느껴진다. 덤비지 않는다면 무시해도 된다, 라고 판단한 걸까?

그러나 타이치가 적대 의사를 보이자마자 방심 없이 경계한다.

역시, 이 근처에서 최강으로 이름 높은 마물이다. 다수를 상대하는데 익숙한 것이 보인다.

분명히 갖가지 경험을 했을 것이다.

그저 주의를 끌려고 하기만 해서는, 간파 당할 가능성이 높다.

그러나.

“잘난 척 말을 했으니, 나도 나름대로 할 일을 해야지.”

아크토를 반쯤 억지로 여기까지 데리고 와서, 위험한 일을 시키는 것이다.

방임할 생각은 없었고, 확실하게 지킬 셈이었다. 당연히 준비도 해왔다.

“갈까.”

무기는 도가 아니라 미스릴 검. 절삭력을 중시한 도와 비교해서, 묵직한 검이 효과적이라고 생각했다.

타이치가 플레임 리자드에게 달려간 순간, 타이밍을 맞춘 것처럼 몸이 시계 방향으로 회전하여 그 기세를 이용해 꼬리를 휘둘렀다.

“!”

그것은 직격 코스가 아니다. 바로 앞의 땅을 때리는 궤도다.

그리고 타이치에게는 안 보였지만, 플레임 리자드는 회전하면서 아크토에게 깨물기 공격을 했다.

아크토가 몸에 익힌 몸놀림으로 그것을 회피한 것을, 타이치는 기척으로 짐작했다.

“제법인데!”

땅바닥을 강타하여 파편이 주위에 튀어 오른다. 거체에 파워가 있으며, 불꽃을 다루는 힘이 있는 데다가 머리도 돌아간다.

타이치는 그것을 바람으로 튕겨내며, 플레임 리자드의 거구에 육박했다.

굳이 높은 위력의 공격은 하지 않는다. 몰래 섞은 공작이 메인이기 때문이다.

상처 자체는 얕아도 된다.

그저 크게 휘둘러 타격을 주는 것보다, 이 플레임 리자드에게 효과가 있다고 생각했다.

파앗. 체액이 튄다.

의도한 그대로다. 몇 밀리 벤 상처가 생기고, 피가 나왔다.

플레임 리자드가 받은 대미지는 없다고 해도 된다.

그러나 전해졌다.

칼날로 플레임 리자드가 자랑하는 비늘을 벨 수 있다는 것이.

이런 부분은, 뮤라라는 뛰어난 검의 스승에게 배운 기술이 빛을 발했다. 그냥 대각선 베기도, 검과 몸을 다루는 법에 따라 절삭력이 얼마든지 바뀐다는 뮤라의 말이 떠올랐다.

아크토를 상대하는 틈틈이 상대 따위 못한다. 타이치는 경시 당한 순간에 플레임 리자드를 벨 수 있다는 것을, 그 일격으로 이해시켰다.

플레임 리자드는 드디어 타이치와 마주보았다.

공격은 안 맞지만, 비늘을 꿰뚫지 못하는 아크토보다도 타이치 쪽이 위협이라고 인식했으리라.

다만 마주보지 않아도 플레임 리자드가 강한 것은 변함이 없다. 육체의 강함은 말할 것도 없고, 타이치를 눈으로 보지 않고도 정확하게 공격하며 수작을 부리는 머리도 있다.

그렇게 잘 되려나.

노린 그대로의 결과에, 타이치는 웃음을 지었다.

왜냐하면, 타이치는 플레임 리자드에게만 전한 것이 아니니까.

타이치가 참격을 뿜었을 때, 아크토의 추가 공격을 피하기 위해 크게 뛰어 오르며 후퇴했다. 아크토의 시선은 플레임 리자드와, 이어서 타이치를 보고 있었다.

보였을 것이다. 타이치가 검의 끝에 바람의 칼날을 둘러서 보강한 것을. 같은 속성을 다루는 아크토라면.

타이치의 공격을 본 아크토는 살짝 눈을 크게 떴다. 그 발상은 못했다, 라고 말하는 것 같았다.

아무래도 기술의 질로는 뮤라의 마술검에 미치지 못한다. 기껏해야 어깨너머로 흉내 낸 거다. 린이 마술로 만들어내는 근접 무기도 마찬가지다. 그렇지만, 전달하는 것으로는 그걸로 충분했다.

아크토에게 보여준, 무기에 마술을 두르는 기술.

"급소를 노려!"

플레임 리자드가 뿜어낸 불꽃에, 정면에서 바람으로 맞상대를 하면서 타이치는 큰 소리를 질렀다.

그 창에 바람의 마술을 두를 수 있다면 더욱 확실성은 오를 것이다.

타이치는, 유효타가 된다는 근거 없는 확신이 있었다.

그저 멍하니 아크토와 플레임 리자드의 전투를 보기만 한 게 아니다. 플레임 리자드를 꼼꼼하게 관찰하고, 어디에 공격하면 될지 알고 있었다.

물론, 간단히 가르쳐주면 의미가 없으니 상세하게는 말하지 않지만, 힌트라면 괜찮겠지.

"급소라고 해도……!"

등을 보이고 있어도, 마치 뒤에도 눈이 있는 것처럼 아크토에게 대처하는 플레임 리자드.

아크토는 공격 직후, 세심한 주의를 기울여 이탈하고 있었다. 반격이 격렬하고, 조금이라도 꾸물거리면 피탄되기 때문이다.

그렇지만 아크토는 타이치가 보인 기술을 즉시 흉내 냈다. 지금까지 갈고 닦은 기량이 즉석에서 모방을 가능케 한 것이리라.

그래서.

"……통했다!"

효과가 있다고는 말 못한다. 그저, 손쉽게 튕겨나가던 공격이 지금은 상처를 낼 수 있게 됐다. 아무래도 피가 나올 정도는 아니니까 플레임 리자드도 깨닫지 못했지만 아크토에게는 커다란 변화다.

그 모습에 역시 타이치는 입가를 올렸다.

자, 다음은 마무리다.

"역린이 있어!"

그렇다. 이 플레임 리자드에게는 역린이 있다. 진짜 용이 아니라 이룡이지만, 이 마물에는 존재하는 것이다. 아니, 어쩌면 이 개체만 그럴지도 모르지만.

옛 이야기처럼 목 아래는 아니었다. 전설상의 생물이 아니라 실재하는 마물이다. 장소가 달라도 딱히 신기할 것은 없다.

그것도 옛 이야기 그대로였다면, 아크토의 초격을 몸으로 받지 않았을 거고 맞았다면 격노했을 것이다.

"역린……! 용의 약점이라는…… 우왓!"

타이치의 말에 뭔가 감이 온 기색의 아크토였지만, 한순간 생각을 하기 위해 움직임이 약간 둔해진다. 그것을 감지한 플레임 리자드가 몸에서 불기둥을 뿜어내며 아크토를 보았다.

간발의 차이로 회피한 아크토였지만, 방어구의 끝이 타 들어갔다.

시야에 들어오지 않아도 격렬한 공격이 가능한 플레임 리자드의 공격을 처리하면서 역린을 찾는 것은 대단히 고생스럽다.

특히 타이치가 아크토보다도 강한 것은 플레임 리자드도 알고 있다. 그래서 타이치와 싸우고 있는 플레임 리자드는 상당히 화려하게 날뛰고 있었다. 타이치 쪽이 산발적으로 플레임 리자드에게 유혈을 강요하고 있기도 해서, 공격은 타이치에게 강하게 향하고 있었다.

타이치가 주의를 끌면서 아크토가 공격을 하고, 쌍방에 반격하는 플레임 리자드라는 구도는 몇 분 이어졌다.

"있다!"

그렇지만 아크토는 그것을 발견한 모양이다. 장소는 등과 꼬리의 뿌리 부분. 꼬리의 뿌리 부분으로 갈수록 비늘이 작아지기 때문에 단단히 관찰하지 않으면 눈으로 확인하기 어려운 장소였다.

아크토에게서 살기가 샜는지, 아크토에 대한 플레임 리자드의 공격이 치열해졌다.

일이 여기에 이르자, 스태미나보다도 적의 제거에 전력을 쏟기로 한 모양이다.

그러나 한 걸음 늦었다.

한순간이면 된다. 플레임 리자드의 움직임을 완전히 정지시키고자 타이치가 힘을 모았다.

지금의 강화로는 쉽지 않지만, 타이치는 할 수 있다고 단정했다.

아크토의 공격이 통한다고 단정한 것처럼, 때로는 근거 없는 자신이 뜻밖에 중요하다는 것은 모험가 활동을 하면서 배운 것이었다.

무엇보다도, 날뛰고 있는 플레임 리자드의 역린을 일격으로 정확하게 꿰뚫는 것은 지금의 타이치는 상당히 어렵다. 이유는 단순하게 다른 비늘과 비교해서 작고, 노출된 면적이 좁기 때문이다.

그리고 염려되는 것을 말하자면 그 한순간을 놓치지 않고 아크토가 파고들 수 있을 것인가도 있는데, 아크토라면 괜찮을 것이다. 그런 틈을 놓치는 짓은 안 한다.

"먹어라!"

타이치는 크게 왼손을 들이 올렸다가, 휘둘러 내렸다.

"키아악?!"

플레임 리자드가 비명을 질렀다.

대미지는 크게 없을 것이다. 그저 움직임을 멈추기 위해서다. 대미지 따위 중시하지 않았다.

뿜어낸 것은, 위에서 아래로 들이닥치는 다운 버스트의 극소 버전.

플레임 리자드의 머리가 순간, 지면에 붙박혔다.

그 기회를 놓칠 수는 없다.

"하아아앗!!"

아크토는 탄환처럼 뛰쳐나가 그 기세를 이용해 창을 휘둘렀다. 창의 끝에는 바람이 강하게 소용돌이쳤다.

분명히 지금까지 단련한 성과와 타이치에게 힌트를 얻은 결과이리라. 아크토의 공격은 어엿하게 한 방으로 플레임 리자드의 역린을 꿰뚫었다.

"키아아아아아!!"

비명이 벽과 천장에 반향 됐다.

공격이 끝나고 즉시 이탈하는 아크토. 날뛰는 플레임 리자드에게 튕겨나갔지만, 살의를 가진 공격이 아니었기 때문인지 대미지는 있었지만 즉시 일어섰다.

플레임 리자드는 방의 한가운데에서 몸부림치고 있었다. 말

려들면 괜한 부상을 입게 되고, 기껏 역린을 공격할 수 있었던 것이 아깝기 짝이 없다.

잠시 동안 날뛰고 있던 플레임 리자드였지만, 이윽고 그 움직임이 둔해지더니 기어이 꿈쩍도 안 하게 됐다.

"……해치웠, 어?"

거대한 도마뱀이 움직이지 않게 됐다.

명백하게 자신의 공격이 결정타였다.

그걸 믿을 수가 없어서, 아크토는 그렇게 중얼거렸다.

그렇게 고생했다. 자신의 공격이 타격을 주지 못하고, 치사성의 공격을 버티는 걸로도 벅찼다.

점점 밀리다 패배하는 길로 가고 있었는데, 건강한 상태였던 플레임 리자드를 일격으로 처리하기에 이르렀다.

아크토는 긴장이 풀렸는지, 다리에 힘이 풀려버린 모양이다.

"후우……."

생각대로 된 것에, 타이치는 무심코 숨을 내쉬었다. 아크토는 명백하게 격이 높은 상대인데도 확실하게 싸우고, 그리고 천재일우의 찬스를 곧장 쥐고 공격하여 이렇게 살아남았다. 아크토가 이룬 일은 모두 간단한 것이 아니다.

할 수 있을 거라고 생각했지만, 실제로 이 광경을 보고 타이치는 역시 대단하다고 아크토에게 찬사를 보냈다.

그런 아크토는, 현재 땅바닥에 주저앉아 숨을 정돈하고 있었다.

타이치는 지금의 전투의 총평을 생각했다.

지원이 있었다지만, 플레임 리자드는 거의 상처가 없다. 다소의 출혈도, 움직임이 둔해지기에는 전혀 이르지 못하는 정도.

다시 말해서 만전이라고 해도 되는 상태의 강적을, 급소를 한 번 찔러서 일격으로 처리한 것이 된다.

솔로로 뭐든지 할 수 있는 편이 좋다. 그런 일은 없다.

동료가 있는 편이 종합적으로 편해지지만, 그건 그것대로 어려움이 있는 것이다.

자기 혼자라면 자신이 만들어낸 틈의 타이밍을 파악하는 것도 어렵지 않으리라. 자신이 의도해서 하는 거니까.

그렇지만 동료가 없는 상태에서는 자신이 생각 못한 타이밍에 찬스가 굴러오는 일도 흔히 일어난다.

그렇기에 연계가 필요해진다는 것이 어렵다.

그렇지만 아크토는 벼락치기 더블스로, 타이치가 만든 틈을 놓치지 않고 처치했다. 타이치가 알기 쉽게 힘을 모아 타이밍을 알려줬다고는 해도, 아크토 쪽이 그것에 응답할 의사와 의지가 있었기 때문이다.

이 승리는 틀림없이 아크토의 것.

극한을 보란 듯이 응축하여 체험한 지금. 아크토는 극적으로 변화했을 것이다.

'실력 자체는, 하루 만에 변하는 게 아니지만.'

그러나 금방 깨닫는다. 훈련의 모의전이 아니라, 승패를 정하는 대항전에서 학생과 상대하고 깨닫는다.

상대의 위협도를 꿰뚫어보는 눈. 긴장하고 있는 가운데 자신의 힘을 내는 법.

타이치에게서 얻은 힌트.

그것들은 커다란 힘이 될 것이다.

오히려 여기서부터가 실전. 그러니까, 해낸 지금은 아크토는 힘을 빼도 된다.

못난 적은 신경 쓰지 않아도 된다.

뒤늦게 찾아온 것은, 지금 막 아크토가 쓰러뜨린 플레임 리자드보다 더욱이 두 사이즈 정도 커다란 거체를 자랑했다.

그 플레임 리자드가 죽어 있는 동족을 보고 분노를 사르는 걸 알 수 있었다.

짝이거나, 혹은 부모일까?

어느 쪽이든 좋다.

던전 안의 마물 따위, 기본적으로 상호 이해를 할 수 없는 것이다.

"미안하지만, 너는 안 불렀어."

하나 추가가 되자, 그 위협에 휩쓸리려는 아크토 앞에 타이치가 섰다.

간신히 쓰러뜨린 마물보다도 더욱 강대하다. 그거에 겁을 먹는 것도 무리가 아니다. 이긴 것은 사실. 그걸로 해도 되는 착각과, 하면 안 되는 착각이 있다.

타이치를 찌르는 것처럼 노려보는 이 플레임 리자드 상대로 이길 수 있다고 생각해 버리는 건, 이 경우는 해선 안 되는 착각이다.

"퇴장해줘야겠다."

검을 겨누고 타이치는 유유히 걸어갔다.

아크토는 뭐라고 말하고자 했지만, 개입할 틈 따위 줄 셈은 없다.

등 뒤에서 열심히 수인이 일어서고자 하기 직전.

튕기는 것처럼 타이치가 돌진했다.

그 속도는 잘라 말해서 예상 밖이었으리라.

지금부터 공격을 하려고 하던 플레임 리자드의 허를 완벽하게 찔렀다.

참!

그 일격은 지금까지 아크토가 본 어떤 사람보다도 날카롭고 강하다.

지나가듯 플레임 리자드와 교차한 타이치가 오른손의 검을 칼집에 넣었다.

플레임 리자드의 거목 같은 목에 한 줄기 선이 들어가고, 굉음을 내면서 머리가 땅바닥에 떨어졌다.

당연히 즉사다. 목이 절단되고 살아 있을 수 있는 마물 따위 없다.

일검으로 양단.

게다가 지금 타이치의 공격은 검에 바람을 두르지 않았다. 그렇게 고생했던 아크토하고는, 잘라 말해서 차원이 다르다.

"무슨……."

입을 뻐끔거리고 있는 아크토 곁으로 타이치가 돌아왔다.

거대한 방에는 거체를 자랑하는 플레임 리자드의 시체가 둘, 드러누워 있었다.

쉬어가는 화

"흐응. 순조롭네. 참으로 좋은 일이야."

여기가 아닌, 어딘가.

묵직한 어둠에 휩싸인 그 장소의 일부분이 사각으로 잘려 나가, 그곳에 플레임 리자드를 한 칼로 베어버리는 타이치가 비치고 있었다.

그 모습을 보고 있던 여성은 만족스럽게 고개를 끄덕였다. 타이치는 가진 힘을 거의 보이지 않았지만, 그 정도쯤은 이 여성에게는 상관없다. 타이치의 실력은 문제없이 모두 추측할 수 있었다.

"너에게는, 그의 시험을 맡겼지."

"분명히, 주명(主命)을 받았습니다."

그 등 뒤 몇 미터 위치에 한쪽 무릎을 짚고 있는 청년.

겉보기에는 젊다. 그러나 그 관록은, 설령 왕이라도 인간은 낼 수 없는 것이다.

그냥 인간하고는 격이 다르다.

그 정도로 존재감을 드러내고 있었다.

그런 그가 지금은 눈앞의 여성에게 최고의 예를 취하며 접하고 있었다. 명분이나 연기가 아닌 전력의 경의다.

"이미 엘프의 마을에서 부딪친 레벨로는 잘 알 수가 없으니까. 그래서, 언제 가는 거지?"

그때의 그것은 실패였지만, 딱히 탓하는 것은 아니라고 청년은 이해하고 있었다.

그저 순수하게 의문을 던지는 것뿐이다.

질책을 받은 것도 아닌데 느끼는, 자신 따위 티끌이 아닐까 착각할 법한 위압감.

"예. 보아하니, 그 소년은 현재 **사소한 일**을 처리하는 와중입니다. 시험을 한다면, 이후의 우려가 없는 편이 힘을 낼 수 있을 듯 합니다."

"그렇구나. 분명히 그래. 그러면, 그게 끝나고 나면, 이구나?"

"그렇게 생각하옵니다."

"합리적이라고 생각해. 너한테 맡긴 거야. 마음대로 하면 돼."

"황송하옵니다."

청년이 고개를 숙였다.

"그런데, 벌써 만났을까?"

무엇을 만났는가? 확인할 것도 없다. 청년이 여성의 말을 즉시 긍정했다.

"그렇구나. 응, 좋아. 참 좋아. 그런데……."

"예."

"그 애랑 계약을 못할 경우, 어떨까?"

"……현시점 그대로라면, 지금의 저에게도 미치지 못할 것입니다."

"그렇구나. 그렇겠지. 그러면, 계약한 경우는?"

"행방을 읽을 수 없습니다."

딱 잘라 망설임 없이, 청년은 그렇게 말했다.

"이야, 정말로 그는 굉장하네. 내 예상을 차례차례 뒤집고 있어."

여성은, 참으로 유쾌한 기색으로 웃었다.

깊은 어둠이, 펼쳐지고 있었다.

〈『이세계 치트 마술사 10』에서 계속〉

이세계 치트 마술사 9

초판 1쇄 발행 2021년 10월 10일

지은이_ Takeru Uchida
일러스트_ Nardack
옮긴이_ 박경용

발행인_ 신현호
편집부장_ 윤영천
편집진행_ 김기준 · 김승신 · 원현선 · 권세라
편집디자인_ 양우연
관리 · 영업_ 김민원 · 조인희

펴낸곳_ (주)디앤씨미디어
등록_ 2002년 4월 25일 제20-260호
주소_ 서울시 구로구 디지털로 26길 111 JnK디지털타워 503호
전화_ 02-333-2513(대표)
팩시밀리_ 02-333-2514
이메일_ lnovelpiya@naver.com
L노벨 공식 카페_ http://cafe.naver.com/lnovel11

ISBN 979-11-278-6233-6 04830
ISBN 979-11-278-4324-3 (세트)

값 7,800원